Birgit Loistl

Winter im kleinen Cafe in den Highlands

Birgit Loistl wurde 1977 in Oberbayern geboren. Trotz ihrer Ausbildung zur Bankkauffrau galt ihre Liebe schon immer mehr den Buchstaben als den Zahlen. 2015 erfüllte sie sich einen großen Traum und veröffentlichte ihren erster Roman, dem mehrere erfolgreiche Bücher als Selfpublisherin folgten. Sie liebt Eiskaffee, Spaziergänge im Regen und das Meer. Die Autorin lebt mit ihrer Familie und dem Familienhund in der Nähe von München.

Birgit Loistl

Winter im kleinen Cafe in den Highlands

Roman

PIPER

Mehr über unsere Autoren und Bücher:
www.piper.de

Wenn Ihnen dieser Roman gefallen hat, schreiben Sie uns unter Nennung des Titels »Winter im kleinen Cafe in den Highlands« an empfehlungen@piper.de, und wir empfehlen Ihnen gerne vergleichbare Bücher.

Wir produzieren nachhaltig
www.piper.de

ISBN 978-3-492-50492-8
2. Auflage 2021

Satz auf Grundlage eines CSS-Layouts
von digital publishing competence (München)
mit abavo vlow (Buchloe)
Redaktion: Birgit Förster
Covergestaltung: Traumstoff Buchdesign traumstoff.at
Covermotiv: Bilder unter Lizenzierung von Shutterstock.com genutzt
Printed in the EU

*Alles, was du brauchst, ist Glaube, Vertrauen
und ein bisschen Feenstaub.*

James Matthew Barrie

Für alle, die gesehen werden wollen.

Jemand sieht dich.

Playlist

A beautiful Lie – 30 Seconds to Mars
From yesterday – 30 seconds to Mars Grenade – Bruno Mars
Bring Me to Life – Evanescence
That's the Way Love Goes – Janet Jackson Why Georgia – John Mayer
Famous Last Words – My Chemical Romance
I'm Not Okay – My Chemical Romance Dynasty – MIIA
Manic Monday – Green Day
Can You Feel My Heart – Bring Me the Horizon
Everybody Talks – Neon Trees
Lights – Ellie Goulding
See You Again – Wiz Khalifa
Perfectly Imperfect – Declan J Donovan Don't Ask – Blood Red Shoes
Bad Liar – Imagine Dragons
Rescue Me – OneRepublic
Sad Song – We The Kings
Dirty Little Secret – The All-American Rejects
Ignorance – Paramore
Seven Nation Army – The White Stripes

1

Marcy

»Lauren veranstaltet tatsächlich eine Scheidungsparty?«, murmle ich und binde meine pinkfarbenen Haare zu einem Messy Bun zusammen. Mein Wecker hat aus unerklärlichen Gründen heute nicht geklingelt, und ich bin mal wieder viel zu spät dran. In weniger als zehn Minuten muss ich das Café öffnen, und dabei bin ich noch nicht einmal dazu gekommen, mir eine Schürze umzubinden. Geschweige denn, zu duschen und mich zu stylen. Aus den Lautsprechern ist leise Michael Bublés Stimme zu hören, wie er darüber singt, dass es ihm gut geht. Ich wünschte, ich könnte dasselbe von mir behaupten.

Jack lehnt an der Kuchenvitrine und beobachtet mich stirnrunzelnd. Heute hat er seine Lederjacke gegen ein schwarzes Button-down-Hemd eingetauscht und die zimtbraunen Haare, die an den Spitzen noch feucht sind, unter einem Beanie versteckt. Ich ignoriere seinen kritischen Blick und mache mich an die Arbeit.

Noch acht Minuten.

Ich kann nur hoffen, dass sich heute der ein oder andere Gast in das Café verirrt und sich einen Coffee to go des Tages gönnt. Heute habe ich mich für einen Caramel macchiato entschieden und ihn auf die Tageskarte gesetzt.

Ich staple die zitronengelben und himbeerfarbenen Macarons auf eine Etagere und stelle sie in die Kuchenvitrine. Darin befinden sich bereits ein gedeckter Apfelkuchen, eine

Buttercremetorte mit Marzipanstückchen, eine Schokoladentarte und frische Zimtrollen. Allein bei dem Anblick werde ich wieder schwach. Aber ich habe in der letzten halben Stunde schon so viele Macarons genascht, dass es mich nicht wundern würde, wenn Raelyn sie mir in Rechnung stellt.

Es ist verdammt schwer, standhaft zu bleiben, wenn man täglich in Versuchung geführt wird. Dabei habe ich mir bereits ein straffes Fitnessprogramm auferlegt, aber mit meiner Disziplin ist es nicht weit her.

Wenn es so weitergeht, werde ich mir eine neue Garderobe zulegen müssen.

Die Krümel, die sich auf meiner weißen No-Name-Bluse befinden, schüttle ich ab und blicke zu Jack, der mich immer noch beobachtet.

»Wie viele von diesen Dingern hast du schon gegessen?«

Ich zucke mit den Schultern und binde mir eine schwarze Schürze um, auf der in roter Schrift Iris geschrieben steht. »Keine Ahnung. Fünf oder sechs.« Okay, es waren neun. Ich habe diese Dinger praktisch inhaliert. Aber Jack würde mich nur damit aufziehen, deshalb diese kleine Notlüge. Es wäre nicht das erste Mal, dass er sich über mein Gewicht lustig macht.

»Du weißt, dass sie einen Zuckerschock auslösen können.« Ich verdrehe die Augen und stecke demonstrativ einen mintgrünen Macaron in den Mund. Ich kann es nicht ausstehen, wenn er den Gesundheitsapostel heraushängen lässt.

»Das zieht bei mir nicht«, murmle ich und schlucke das zuckersüße Zeug hinunter. Aber ein wenig muss ich Jack recht geben. Iain könnte sich wirklich eine kalorienreduzierte Variante davon überlegen. Vielleicht würde das auch sein Geschäft ankurbeln.

»Das ist nur eine Masche, um mich davon abzubringen, weiterzuessen. Du solltest sie probieren, sie sind echt lecker. Iain hat sich mal wieder selbst übertroffen.«

Jack verzieht angewidert das Gesicht und deutet auf seinen Becher. »Danke, ich bleibe bei meinem Kaffee. Schwarz und bitter wie meine Seele.«

Noch drei Minuten.

Grinsend schüttle ich den Kopf, hole einen Lappen unter der Verkaufstheke hervor und mache mich daran, die neuen Holztische abzuwischen. Das Iris gehört meiner Freundin Raelyn, die aus New York nach Duncan, einem kleinem Dorf mitten in den schottischen Highlands gekommen ist, um das Café zu verkaufen, das sie von ihrer leiblichen Mutter geerbt hatte. Aber während ihres Aufenthalts hier hat sie nicht nur Duncan lieben gelernt, sondern auch Colin, der in einem der Fremdenzimmer hier im Haus gelebt hat. Nun sind die beiden verheiratet und haben eine acht Monate alte Tochter namens Gwendolyn.

Wann immer es mir möglich ist, helfe ich im Iris aus. Mittlerweile ist das Café mein zweites Zuhause geworden. Ich glaube sogar, ich hab im letzten Jahr öfter hier in einem der Sitzsäcke geschlafen als in meinem eigenen Bett.

Letzten Sommer haben Rae und Colin beschlossen, umzubauen und die Wand, die direkt an Iains Bäckerei angrenzt, eingerissen und einen Durchgang geschaffen. Jeder Kunde, der sich nun in der Bäckerei aufhält, kann einen Blick in das Café werfen. Im Gegenzug ist es Rae jetzt auch möglich, die Kunden, die sich an den Stehtischen in der Bäckerei befinden, zu bedienen, wenn Iain gerade mal alle Hände voll zu tun hat. Allerdings ist das in den letzten Monaten eher selten vorgekommen.

Den hinteren Teil des Cafés, der mit meterhohen Regalen und einem Wintergarten ausgestattet ist und hauptsächlich als Leseoase dienen soll, haben sie allerdings nicht verändert. Er ist noch genauso nostalgisch, wie Iris, Raes leibliche

Mutter, ihn hinterlassen hat. Schwarz-Weiß-Fotografien an den Wänden, dazwischen ein alter französischer Spiegel und ein Meer von Büchern.

Raes Wohnung, in der früher ihre Mutter gelebt hat, wurde um zwei Zimmer erweitert, sodass Colin, Gwendolyn und Rae nun genug Platz zu dritt dort haben. Nur zwei Fremdenzimmer sind übrig geblieben, die Rae ihrem Besuch zur Verfügung stellen oder bei Bedarf auch an Gäste vermieten möchte. Sollten sich doch mal wieder ein paar Touristen nach Duncan verirren.

Jack schüttelt den Kopf und nippt an seinem Becher Kaffee. Dabei lässt er mich nicht aus den Augen. »Du findest die Idee mit der Party nicht gut?«

Ach ja, die Party. Die hatte ich ganz vergessen.

»Na ja, eine Scheidungsparty ist irgendwie befremdlich, findest du nicht?«, murmle ich, während ich die Stühle zurechtrücke und die leuchtend roten Vorhänge aufziehe. Ich krame in meiner Tasche nach dem Schlüssel und sperre die Tür auf. Aber wie vermutet, ist weit und breit kein Gast zu sehen. Vielleicht darf ich auch nicht zu viel erwarten. Es ist früh am Morgen, und es hat die ganze Nacht geschneit. Die Straßen sehen aus wie mit Puderzucker überzogen.

Ich trete hinaus und blicke mich um. Das Licht der Straßenlaterne vor dem Iris flackert in unregelmäßigen Abständen. Fast, als wollte sie ein SOS-Notsignal abgeben. Ich puste mir in die Hände und reibe sie aneinander. Die am Straßenrand parkenden Autos sind komplett mit Schnee bedeckt. Ein langweiliger, trister Novembermorgen. Genau das brauche ich jetzt noch.

Ich gehe zurück ins Iris und schließe die Tür. Vielleicht sollte ich für heute auch einen Tea to go auf die Tafel schreiben. Bei diesen arktischen Temperaturen gönnt sich sicherlich der ein oder andere eine schöne heiße Tasse Tee.

Jack steht immer noch an der Kuchenvitrine und wartet auf mich. Mist!

»Wo waren wir stehen geblieben?«

»Wir haben über Laurens Party gesprochen«, sagt er und nippt an seinem Becher.

Stimmt. Die Party.

»Ich finde, Lauren sollte traurig darüber sein, dass ihre Ehe mit Jeremiah zerbrochen ist. Wer kommt denn auf die Idee, seine Scheidung zu feiern?«

Ich ziehe den Lappen aus meiner hinteren Jeanstasche und beginne die alte Jukebox, die Colin vor ein paar Wochen auf einem Flohmarkt erstanden hat, abzuwischen. Sie unterstreicht den nostalgischen Flair des Cafés noch. Ich habe mich sofort in sie verliebt. Bisher hat nur noch niemand herausgefunden, wie sie funktioniert.

Dass Lauren und Jeremiah sich scheiden lassen, war für mich eine ziemliche Überraschung. Im Grunde genommen für alle hier aus dem Ort. Niemand hatte auch nur eine Sekunde daran gezweifelt, dass die beiden glücklich miteinander waren. Aber so ist das in einem Dorf wie Duncan. Einer für alle und alle für einen. Jeder hier möchte Lauren unter die Arme greifen, nachdem Jeremiah nach Edinburgh gezogen ist. Nur leider bleiben hier Geheimnisse auch nicht lange geheim.

Niemand von uns wusste, wie es um die Ehe von Lauren und Jeremiah stand. Nach außen hin galten sie als das perfekte Paar, doch hinter der Fassade bröckelte bereits der Putz. Jack greift nach einem Scone, den ich vor wenigen Minuten in einem Korb angerichtet habe, und beißt hinein.

»Jemand, der nach vorn blickt und die Vergangenheit hinter sich lassen möchte«, brummt er mit vollem Mund.

»Sie und Jeremiah haben sich auseinandergelebt. Und soweit ich weiß, geht er seit ein paar Wochen mit einer heißen Krankenschwester aus. Er ist also auch kein Kind von Traurigkeit.« Er zwinkert mir zu und tunkt den Scone in seinen Kaffee. Angewidert verziehe ich das Gesicht. Auch wenn ich eine offensichtliche Vorliebe für Kuchen habe, habe auch ich meine Grenzen.

»Du darfst das nicht so verbissen sehen, Marcy. Schon Konfuzius hat gesagt: *Wo sich eine Tür schließt, öffnet sich eine andere.*« Als ich seine Worte höre, zieht sich etwas in meinem Magen zusammen.

»Das Zitat stammt von Molière«, murmle ich und reiche ihm eine Serviette.

»Ist doch vollkommen egal. Ich will dir nur sagen, dass Lauren mit dem Thema abschließen will. Warum an etwas festhalten, dessen Haltbarkeitsdatum bereits abgelaufen ist?« Ich hole ein paar weitere Servietten hervor und beginne sie zu falten.

»Weil sie sich einmal geschworen haben, gemeinsam durch dick und dünn zu gehen. Ich finde den Gedanken schrecklich, so austauschbar zu sein.«

Jack stellt den Kaffeebecher ab, geht um die Theke herum und bleibt vor mir stehen. Er legt die Hände um meine Taille und zieht mich an sich.

»Dick und dünn – du meinst, so wie wir beide.« Ich erstarre bei seiner Bemerkung, während Jack nur über seinen eigenen Witz lacht. Er nimmt eine meiner pinkfarbenen Locken in die Hand und zwirbelt sie um seinen Finger.

»Entspann dich, Pinkie Pie. Das war ein Witz. Du weißt, dass ich jedes Gramm an dir liebe. Und du musst dir auch keine Sorgen machen. Für mich bist du einmalig.« Ich ignoriere den so verhassten Spitznamen und auch die Tatsache, dass er immer wieder Witze auf meine Kosten macht und es danach so darstellt, als würde er über mein Gewicht hinwegsehen. Obwohl ich weiß, wie unnötig es ist, ziehe ich instinktiv den Bauch ein, als seine Hand an meiner Taille hinabwandert und auf meinem Hintern liegen bleibt.

Er grinst, dann zieht er mich noch näher zu sich heran und küsst mich. Seine Zähne knabbern an meinem Lippenpiercing, und sanft zieht er daran. Obwohl ich immer noch über seine Worte verletzt bin, genieße ich die zarte Berührung, ehe er den Kuss unterbricht und sich seine Lippen zu einem spitzbübischen Lächeln formen.

»Hast du heute Abend schon etwas vor?« Er spielt mit den Fingern an den Knöpfen meiner Bluse.

»Wir könnten uns einen Film ansehen und danach noch ein wenig Spaß haben.« Ein Kloß bildet sich in meiner Kehle. Ich weiß genau, wie der Abend zu Ende gehen wird. Wir landen im Bett, und wenn ich nachts aufwache, ist Jack verschwunden. Danach höre ich ein paar Tage nichts von ihm, bis es wieder von vorn losgeht. So läuft das schon seit fünf Jahren mit uns, und ich bin es mittlerweile leid.

»Ich habe Quentin versprochen, ihm in der Bar zu helfen.« Das ist keine Lüge, aber während ich früher immer ein schlechtes Gewissen hatte, wenn ich Jack absagen musste, stört es mich jetzt seltsamerweise nicht mehr.

Jack legt den Kopf in den Nacken und stöhnt auf.

»Himmel, Marcy. Könntest du vielleicht mal aufhören, immer so verdammt hilfsbereit zu sein?«

Irritiert löse ich mich von ihm und gehe einen Schritt zurück. »Wie meinst du das?«

Sichtlich genervt schüttelt er den Kopf. »Genau so, wie ich es gesagt habe. Ständig hilfst du jemandem. Rae im Café, Quentin im Ginnie's, Iain in der Bäckerei. Du kümmerst dich um deine Tante, und vorgestern hast du sogar auf Gwendolyn aufgepasst, damit Rae und Colin in dieses neue Restaurant in Westhill fahren konnten.«

Ich verschränke die Arme vor der Brust und funkle ihn an. »Na und? Was ist falsch daran, anderen zu helfen?«

»Du selbst bleibst dabei vollkommen auf der Strecke.«

»Das ist absoluter Unsinn«, entfährt es mir. Jack ist nur eingeschnappt, weil ich ihn versetze. Mit Zurückweisung kommt er nicht sonderlich gut klar.

»Nicht? Okay. Dann erklär mir, warum du dein Studium abgebrochen hast. Und den Job bei deinem Dad hast du auch nicht angenommen.«

Ich schlucke, sage aber kein Wort. Dabei weiß ich ganz genau, dass es einen anderen Grund dafür gibt, warum ich meinem Dad gesagt habe, dass ich auf keinen Fall in seiner Firma als Marketingassistentin arbeiten werde. Von meinem Studium will ich gar nicht erst reden. Internationales Management schien mir einfach nicht der geeignete Studiengang für mich zu sein.

»Warum sollte ich einen Job annehmen, der mir nicht gefällt?«

»Das ist ja das Problem. Du hast überhaupt keine Ahnung, was dir gefällt. Weil du bisher gar keine Zeit hattest, dich damit zu befassen. Du musst ja ständig irgendwelchen Leuten helfen.«

»Das sind nicht irgendwelche Leute. Es sind unsere Freunde.«

»Mag sein, aber manchmal muss man erkennen, wenn man ausgenutzt wird.«

Seine Worte versetzen mir einen Stich.

»Niemand nutzt mich aus. Ich biete ihnen meine Hilfe von allein an.«

»Wirklich? Oder machst du das nur, damit du dich nicht damit auseinandersetzen musst, was du wirklich mit deinem Leben anfangen willst?«

Müde fahre ich mir über das Gesicht, als könnte ich so meine Sorgen wegwischen. »Ich bin nicht du, Jack. Autos zu reparieren war schon immer dein Ding. Du hast noch nie auch nur eine Sekunde daran gezweifelt, dass du die Werkstatt deines Vaters übernehmen willst. Aber ich habe andere Pläne.«

Er zieht eine Augenbraue nach oben und mustert mich mit diesem Blick, den ich so sehr verabscheue. Es ist eine Mischung aus Spott und Unglauben.

»Etwa Theater spielen?«, äfft er.

Ich richte mich kerzengerade auf. Eine alberne Geste, trotzdem kann ich nicht anders. Bei Jack habe ich immer das Gefühl, mich verteidigen zu müssen. »Ganz richtig.«

»Es wird nicht umsonst brotlose Kunst genannt. Weil man dabei verhungert.«

Ich kann diese Worte nicht mehr hören. Es ist jedes Mal dasselbe.

»Eigentlich sollte es deine Aufgabe sein, mich zu unterstützen.«

»Nein, meine Aufgabe sollte es sein, dir diesen Schwachsinn auszureden, damit du dich auf vernünftige Dinge konzentrieren kannst.« Vielleicht ist jetzt der richtige Augenblick, die Bombe platzen zu lassen. Störrisch hebe ich das Kinn.

»In zwei Tagen findet in Glasgow ein Vorsprechen statt.«

Jack runzelt die Stirn. Ich kann das Fragezeichen darauf förmlich sehen. Ich spreche sofort weiter, damit er gar nicht erst auf die Idee kommt, mich zu unterbrechen.

»David Long sucht für sein aktuelles Theaterstück eine neue Besetzung, und Hannah hat einen Artikel in der Zeitung entdeckt, deshalb …«

»Moment …«, würgt Jack mich ab und hebt seine rechte Hand, um mich zum Schweigen zu bringen. »Du willst zu einem Vorsprechen? Für ein Theaterstück?«

»Genau.« Meine Stimme klingt viel selbstbewusster, als ich bin. Ich weiß, was Jack davon hält. Dasselbe wie Dad. Nachdem ich mein Studium an den Nagel gehängt habe, strich er mir jegliche finanzielle Unterstützung.

Schau, wie du selbst klarkommst, Marcelyn.

Tante Rose wird auch nicht begeistert sein von dieser Idee, aber wenigstens redet sie es mir nicht aus. Ich bin noch nicht so weit, diesen Traum fallen zu lassen. So verrückt es auch klingt.

»Das ist doch kompletter Schwachsinn!« Bei seinen Worten zucke ich kurz zusammen, aber er scheint es nicht zu bemerken. Stattdessen kommt er auf mich zu und legt mir die Hände auf die Schultern.

»Nur weil du vor Jahren mal die Hauptrolle in einem Theaterstück gespielt hast, heißt das noch nicht, dass du deinen Lebensunterhalt damit verdienen kannst.«

»Du hörst dich an wie mein Vater.«

»Und er hat verdammt recht damit. Du hast überhaupt keine vernünftige Perspektive. Und wir wissen beide, dass du dir eine Schauspielschule niemals leisten könntest.«

Dass man bei diesem Vorsprechen auch ein Stipendium für die beste Schauspielschule Schottlands erhält, sollte man gewinnen, erwähne ich nicht.

»Außerdem hast du bei diesem Casting vermutlich eh keine Chance. Die haben sicherlich alle Unmengen an Erfahrung. Und ...«

Er stockt, dann schüttelt er kurz den Kopf, als wolle er sich selbst bremsen, weiterzureden.

»Was? Sprich weiter!«

Er sieht mich mit diesem Blick an, den ich so sehr hasse. Als würde er mich bemitleiden.

»So toll war deine Leistung in dem Theaterstück nun auch wieder nicht.« Er meint es nicht so. Er ist nur aufgebracht. Trotzdem kann ich den Schmerz, den seine Worte in mir auslösen, nicht ignorieren.

Jack gehört zu den Menschen, die man als Elefant im Porzellanladen bezeichnen würde. Empathie war noch nie seine Stärke. Aber mit diesem Satz hat er mich mehr verletzt als in all den Jahren, die wir uns kennen.

Ich bemühe mich um einen neutralen Gesichtsausdruck. Auf keinen Fall werde ich ihm zeigen, wie sehr mir seine Worte wehgetan haben.

Es war eine Inszenierung der Theatergruppe in Westhill, und gemeinsam führten wir eine moderne Version von Tennessee Williams' Die Katze auf dem heißen Blechdach auf. Auch wenn Jack es jetzt so herunterspielt, ich war die perfekte Maggie. Es gibt keine Figur, die mich so inspiriert hat wie sie. Manchmal träume ich davon, wieder auf der Bühne zu stehen. Die Blicke der Zuschauer auf mir zu spüren. Theaterluft zu atmen. Aber die Schauspielgruppe wurde vor einem Jahr aufgelöst, und seitdem hat sich keine Möglichkeit mehr für mich ergeben, weiterzuspielen. Trotzdem werde ich mich von Jack nicht unterkriegen lassen.

»Na und? Ich werde es auf jeden Fall versuchen. Egal, was du davon hältst.« Aber ein wenig Zuspruch wäre nett gewesen.

Es ist nicht so, dass ich keinen Plan B habe, wenn das mit dem Theaterspielen nicht klappen sollte, trotzdem hoffe ich, dass ich ihn nicht brauche. Ich habe so lange auf diese Chance gewartet, dass ich sie mir von Jack nicht kaputt machen lassen werde.

»Du weißt, was ich davon halte. Und Rose wird dir dasselbe sagen, aber bitte ...« Er hebt die Hände, als würde er aufgeben. »Wenn du in dein Unglück rennen willst.«

Das war nicht, was ich hören wollte. Dass er mir Glück wünscht, wäre schön gewesen. Oder dass er an mich glaubt. Aber vermutlich ist das zu viel verlangt.

Gerade als ich noch etwas sagen möchte, klingelt mein Handy.

Ich seufze, trete einen Schritt zurück und hole es aus meiner Tasche. Eine Nachricht von Tante Rose. Mist! Nervös lese ich sie. Als ich heute Morgen die Wohnung verlassen habe, lag sie noch immer in ihrem Bett und schlief tief und fest. Im ersten Moment wunderte ich mich darüber, denn Tante Rose ist der Inbegriff eines Morgenmenschen, aber dann dachte ich, dass sie vielleicht nachts nicht gut geschlafen hatte. Ich hatte ein schlechtes Gewissen, sie allein zu Hause zu lassen, deshalb bat ich Janet Greene, ihre Nachbarin, später bei ihr vorbeizuschauen.

»Was ist los?« Jack greift noch mal nach einem Scone und tunkt ihn in den mittlerweile kalten Kaffee.

»Tante Rose braucht dringend ihre Tabletten, aber ich kann hier nicht einfach so weg.«

»Was ist mit Rae? Kann sie deine Schicht nicht übernehmen?«

»Sie ist vor einer Stunde nach St. Clara gefahren, um ihren Großvater zu besuchen.«

Er schürzt die Lippen und lehnt sich an die Theke. »Und Colin?«

Ich ziehe eine Augenbraue nach oben und blicke ihn fragend an. »Was glaubst du wohl? Er passt in der Zwischenzeit auf Gwendolyn auf.«

»Kennst du niemand anderen, der zu Dr. Kendall fahren könnte?«

Stirnrunzelnd blicke ich ihn an. »Was ist mit dir?«

Er hebt beschwichtigend die Arme. »Tut mir leid, Pinkie Pie, aber ich kann nicht.«

»Warum nicht?«

Er zieht sein Handy aus der Jackentasche und wirft einen Blick darauf. »Ich habe gleich ein Date mit einem Mustang, Baujahr 1964. Den kann ich unmöglich warten lassen. Ich bin praktisch schon weg.«

Warum wundert mich das nicht? Es ist so typisch für Jack, dass er irgendeinen Wagen als Ausrede benutzt.

Aber ich habe keine Lust mehr, mit ihm darüber zu streiten.

»Okay, dann frage ich Iain.«

»Mach das«, murmelt er und drückt mir einen Kuss auf die Stirn.

»Was hältst du eigentlich von meiner Idee?«

Irritiert blicke ich ihn an. Ich habe keine Ahnung, wovon er spricht. »Welche Idee?«

»Von der ich dir erzählt habe. Wegen Laurens Scheidungsparty.«

Ich habe immer noch keinen blassen Schimmer, wovon er spricht. Aber mein Handy vibriert schon wieder in meiner Tasche. »Ist bestimmt super!«, murmle ich und werfe einen Blick auf das Display.

»Finde ich auch. Dann werde ich mal Lauren Bescheid geben.« Und noch bevor ich fragen kann, was er wirklich damit meint, ist er auch schon verschwunden.

Der Duft von warmen Scones, Muffins und frisch gebackenem Brot liegt in der Luft, und schon wieder beginnt mein Magen zu knurren.

Ich werfe einen Blick aus dem Schaufenster und entdecke Jack, der vor dem Café steht und sich mit Lauren Walker unterhält. Er scheint es nicht mehr eilig zu haben, zu seinem Wagen zu kommen.

Weit und breit ist kein einziger Kunde zu sehen. Iain ist gerade dabei, ein Blech Croissants aus dem Ofen zu holen.

»Guten Morgen«, sage ich und hole einen Korb aus dem Regal.

»Es ist fast Mittag«, murmelt er und schiebt ein neues Blech in den Ofen.

»Ist es nicht.«

»Für mich schon. Ich bin seit 4 Uhr morgens auf den Beinen«, erklärt er mir, ohne mich dabei anzusehen.

»Oh, oh, da hat ja jemand heute gute Laune. Welche Laus ist dir denn über die Leber gelaufen?«

Er dreht sich zu mir um und presst die Lippen aufeinander. Ich kenne meinen besten Freund gut genug, um zu spüren, dass er etwas auf dem Herzen hat, auch wenn ich weiß, dass ich ihm alles aus der Nase ziehen muss.

Zu meiner Überraschung ist das heute jedoch nicht der Fall.

»Die Bank will den Kredit nicht verlängern.«

Bevor Rae das Café ihrer Mom übernommen hat, ist sie zurück nach New York geflogen mit dem Plan, Duncan für immer zu verlassen. Damals überließ sie Iain einen Scheck über eine Stange Geld, aber leider nicht genug, um den gesamten Kredit zurückzahlen zu können. Wenn die Bank sich weigert, ihn zu verlängern, müsste Iain die Bäckerei verkaufen, damit würde alles den Bach runtergehen.

»Das ist übel.«

»Kannst du laut sagen.«

»Weiß Rae es schon?«

Er schüttelt den Kopf. »Sie hat momentan genug um die Ohren. Du kennst sie doch, ich will ihr das nicht auch noch aufbürden.«

»Sie bringt dich um, wenn sie herausfindet, dass du es ihr verschwiegen hast.«

Er zuckt zusammen und wird ein bisschen blasser um die Nase, dann verhärtet sich seine Miene.

»Das ist mir egal. Ich werde das Problem irgendwie allein lösen.«

»So wie damals mit Dunn?«

Er schluckt, und sofort überkommt mich ein schlechtes Gewissen. Es ist nicht fair von mir, ihn damit zu konfrontieren.

Vor fünf Jahren gab es eine Brandserie in Duncan, und die Polizei verdächtigte einen kurzen Moment Iain. In seiner Angst ging er auf einen Deal mit Bürgermeister Archie Dunn ein, der es vor allem darauf angelegt hatte, Iain damit zu erpressen.

»Tut mir leid, das hätte ich nicht sagen sollen.«

»Es ist schon in Ordnung. Aber nein, diesmal werde ich das Ganze selbst in die Hand nehmen.«

»Du solltest zumindest Colin einweihen.«

Iain schüttelt den Kopf. »Damit er es vor Rae geheim halten muss? Nein, auf keinen Fall.« Er runzelt die Stirn und starrt auf den Korb in meiner Hand.

»Du solltest ins Café gehen. Es reicht, wenn einer von uns bis zu den Schultern in Schulden steckt.«

Ich seufze, gebe ihm den Korb und warte, bis er ihn mit frischem Gebäck gefüllt hat. Schokoladencroissants, Scones und Cookies.

Er reicht ihn mir und lächelt mich an. Aber ich kann Traurigkeit darin sehen.

»Ich krieg das allein hin, Marcy. Mach dir keine Sorgen.« Ich nicke, dennoch bekomme ich die Gedanken nicht mehr aus meinem Kopf. Ich kenne Iain. Es muss schon die Welt untergehen, damit er über seinen Schatten springt und jemanden um Hilfe bittet.

»Kann ich dich um einen Gefallen bitten?«, wechsle ich das Thema. »Ich muss kurz zu Dr. Kendall und Tabletten für meine Tante abholen. Meinst du, es wäre möglich, dass du ein Auge auf das Café hast, bis ich wieder zurück bin?«

»Klar, kein Problem. Es ist sowieso kaum etwas los.« Der wehmütige Unterton in seiner Stimme entgeht mir nicht. Ich würde ihm so gerne helfen, aber ich weiß nicht, wie.

»Danke. Du hast was gut bei mir.« Ich zwinkere ihm zu, und er nimmt die Schürze ab. Wenn man Rae und Iain sieht, erkennt man auf den ersten Blick nicht, dass sie, wie Hannah und ich, Halbgeschwister sind. Nachdem Iris Donnerly Rae zur Adoption freigegeben hatte, bekam sie mit ihrem Ehemann Scott Iain. Während er sein ganzes Leben von Rae wusste, erfuhr sie erst vor einem Jahr von seiner Existenz. Nach einigen Anlaufschwierigkeiten verstehen die beiden sich aber mittlerweile echt gut.

»Keine Ursache.«

Dann deute ich auf das Café. »Ich beeile mich.«

»Bis später.«

Ich drehe mich um, hole meine Tasche aus dem Café und mache mich auf den Weg zu Dr. Kendall.

2

Marcy

»Tante Rose?«

Der Gestank von verbrannter Milch versetzt mich in Panik, als ich die Wohnungstür hinter mir schließe. Ob ihr etwas zugestoßen ist? Ihre Nachricht klang ziemlich dringend. Nicht, dass ich mir zu viel Zeit gelassen habe, aber das Wartezimmer bei Dr. Kendall war ungewöhnlich voll. Anscheinend macht gerade eine Lebensmittelvergiftung die Runde, und Lindsay Rowe, seine Sprechstundenhilfe, war gerade dabei, Protokoll zu führen, um den Ursprung herauszufinden.

»Tante Rose?«, wiederhole ich noch mal, diesmal klingt meine Stimme noch eine wenig panischer. Auf einmal wirbeln verschiedene Bilder vor meinem geistigen Auge umher. Tante Rose bewusstlos am Boden. In der Badewanne. Im Bett. Denk logisch, Marcy. Dann hätte sie dir keine Nachricht mehr schreiben können, und es würde hier auch nicht nach verbrannter Milch stinken.

»Hallo?«

James, der graue Main-Coon-Kater von Tante Rose, schleicht aus ihrem Schlafzimmer, wickelt seinen Schwanz um meine Beine und maunzt leise. Ich nehme ihn in den Arm, und sofort reibt er sich an mich.

»Na? Hast du Tante Rose gesehen?« Er reagiert überhaupt nicht, stattdessen schließt er die Augen und genießt die Streicheleinheiten.

Ruhe bewahren. Es nutzt niemandem etwas, wenn ich in Panik gerate. Aber das ist einfacher gesagt als getan. Ich setze James auf den Boden und mache mich weiter auf die Suche.

»Tante Rose?«

Als ich einen Blick in die Küche werfe, sehe ich sie in ihrem blassrosa Morgenmantel in der Küche stehen. Sie ist gerade dabei sich eine Tasse Tee aufzubrühen. Ihre frisch gefärbten braunen Haare sind auf klopapierrollengroße Lockenwickler gedreht. Und sie trägt Kopfhörer. Erleichtert gehe ich zu ihr und tippe ihr vorsichtig auf die Schulter. Sie hebt den Kopf, blickt mich überrascht an und nimmt die Kopfhörer ab.

»Marcy? Ist was passiert? Du bist ja ganz außer dir.«

Ich lege die Tabletten auf den Esstisch und lasse mich auf einen Stuhl fallen.

»Es geht dir gut«, stelle ich erleichtert fest.

Verwirrt blickt sie mich an. »Aber natürlich. Warum sollte es mir denn nicht gut gehen?«

»Ich habe deine Nachricht gelesen. Sie klang ernst.«

Tante Rose seufzt laut auf. »Die Nachricht hat Janet geschrieben. Vielleicht hat sie ein wenig übertrieben. Du kennst doch ihren Hang zum Drama.«

Das überzeugt mich noch nicht ganz. »Sie kam von deinem Handy.«

Tante Rose stellt mir eine Tasse hin und setzt sich neben mich an den Tisch. Behutsam legt sie ihre knöchrige Hand auf meine. Sie fühlt sich kalt an. »Sie war zu Besuch und hat nach dem Rechten gesehen. Worum du sie gebeten hattest.« Sie wirft mir einen strengen Blick zu, den ich aber gekonnt ignoriere. Sie ist jetzt nicht in der Position, mir deshalb Vorhaltungen zu machen.

»Ich habe ihr gesagt, sie soll dir eine Nachricht schreiben. Es tut mir leid, dass ich dich damit beunruhigt habe.«

»Schon gut«, murmle ich und greife nach einem Schokoladenkeks, der sich in einer Schale auf dem Tisch befindet. Nervennahrung ist jetzt genau das Richtige.

»Warum stinkt es hier nach verbrannter Milch?«

»Ich habe sie vergessen, als ich ins Bad gegangen bin.«

Ich schüttle den Kopf, sage aber nichts weiter dazu. Tante Rose ist dreiundsechzig Jahre alt und gehört noch nicht zum alten Eisen. Vermutlich war es nur ein Versehen. Trotzdem kann ich meine Sorge um sie nicht einfach ignorieren. Tante Rose ist meine Familie. Im Grunde genommen ist sie die Einzige, die mir noch geblieben ist. Wir sind füreinander verantwortlich.

»Ich muss zurück ins Iris. Iain hat für mich übernommen.«

»Ein paar Minuten wirst du schon noch haben. Trink eine Tasse Tee, und ruh dich ein wenig aus. Du arbeitest sowieso zu viel.«

Schmunzelnd greife ich nach der Tasse, die sie mir hinhält, und nippe daran.

»Du musst das nicht tun, Marcy.«

Irritiert blicke ich sie über den Rand meiner Tasse an.

»Was meinst du?«

»Dich um mich kümmern. Du solltest es nicht als deine Pflicht betrachten, all diese Dinge für mich zu tun.«

Ein Kloß bildet sich in meiner Kehle. Tante Rose ist die Mutter, die ich nicht hatte, nachdem meine eigene Mom aus Duncan weggezogen ist, um sich mit ihrem neuen Partner Pete ein anderes Leben aufzubauen. Sie hat ihr neues Leben mir vorgezogen. Ihrem einzigen Kind.

Tante Rose war es, die mich damals gewollt hat.

Die ihr eigenes Leben hinten angestellt hat, um sich um ihre achtjährige Nichte zu kümmern.

Und ich war weiß Gott kein einfaches Kind.

Ich greife nach ihrer Hand und drücke sie. Sie ist kalt und knochig, und auf ihrem Handrücken sind unzählige Altersflecken zu sehen. Und sie fühlt sich so vertraut an.

»Ich mach das gerne. Du hast dich auch um mich gekümmert.«

»Du warst so ein bezauberndes Kind, Marcy. Und auch wenn es auf den ersten Blick so ausgesehen hat, dass ich dich bei mir aufgenommen habe, so war es letztendlich doch so, dass du bei mir geblieben bist. Bei deiner alten, schrulligen Tante.«

Ich spüre, wie mir Tränen in die Augen steigen.

»Weißt du, man sagt immer, man kann sich Familie nicht aussuchen. Aber das stimmt nicht. Wir haben einander ausgesucht.«

Sie lächelt, und ich sehe, wie ihre Augen schimmern.

Wenn wir beide nicht losheulen wollen, muss ich das Thema wechseln.

»Was hast du heute noch vor?«

Sie nickt, zwingt sich zu einem Grinsen und stemmt sich hoch. Ohne ein Wort zu sagen, schlendert sie zum Kühlschrank, öffnet das oberste Fach des Gefrierschranks und holt etwas heraus.

Ben & Jerry's Caramel. Dabei ist noch nicht einmal Mittag. Iain darf ich das nicht erzählen.

»Damit werde ich es mir auf der Couch gemütlich machen und die nächste Staffel War of Kingdoms ansehen.«

Ein strahlendes Lächeln umspielt ihre Lippen.

Diesmal bin ich es, die laut auflacht, während die Wangen meiner Tante etwas röter werden.

»Tante Rose«, sage ich in diesem Ton, den ich als Kind immer zu hören bekam, wenn sie mich bei etwas Verbotenem erwischt hatte.

»Du siehst dir eine Serie mit halbnackten Männern an, die sich gegenseitig die Köpfe einschlagen, nur um das Herz einer Frau zu gewinnen?«

»Ach«, winkt sie ab, »sie ist so viel mehr als das. Da geht es um Intrigen, um Mord und um Liebe.« Beim letzten Wort wirft sie mir einen sehnsüchtigen Blick zu.

Ich gebe zu, ich habe die Serie noch nie gesehen. Aber sie wird in den Medien in den Himmel gehoben, und der Hype ist enorm.

Tante Rose steht auf und tätschelt dabei meine Hand. »Du solltest sie dir wirklich mal ansehen. Du könntest eine Menge lernen.«

»Was soll das denn heißen?«

»Für die Erfüllung seiner Träume muss man kämpfen.«

»Wer hat das gesagt?«

»Valerius Baron.«

»Muss man den kennen?«

Sie zeigt mit dem Finger auf mich. »Genau aus diesem Grund solltest du dir diese Serie ansehen.«

Dann lächelt sie mich an. »Du solltest zurück ins Café gehen und Iain ablösen. Ich werde mich jetzt frisch machen.«

Ich blicke ihr nach, bis sie in ihrem Schlafzimmer verschwunden ist.

Ich habe keine Ahnung, was ich mit der Information anfangen soll.

3

Marcy

Immer wieder werfe ich einen Blick in die Bäckerei. Iain hat sich vor einer halben Stunde auf den Weg nach Westhill gemacht, um sich dort mit seinem Bankberater zu treffen, und hat die Bäckerei in der Zwischenzeit geschlossen. Ich kann seine Sorgen verstehen. Die Bäckerei läuft noch schlechter als das Iris. Was vermutlich auch daran liegt, dass die Leute mittlerweile lieber nach Westhill in den neuen Supermarkt fahren, sich dort mit frischem Brot und Gebäck versorgen und sich nach einem Einkaufsbummel eine Tasse Kaffee gönnen. Die wenigsten besuchen noch das Iris oder holen sich in der Bäckerei einen Scone.

Vor ein paar Tagen habe ich einen Blick in die Bilanzen geworfen. Im Grunde genommen kenne ich mich damit nicht aus, aber Rae hat es mir ein wenig erklärt. Wenn es den beiden nicht bald gelingt, das Café und die Bäckerei aus den roten Zahlen zu holen, müssen sie wohl verkaufen. Das Geld, das Rae aus der Erbschaft ihrer Adoptiveltern erhalten hat, wurde dafür benutzt, um Iains Kredit bei Archie Dunn zurückzuzahlen. Aber ganz hat es wohl nicht gereicht, und nachdem die Touristen in den letzten Monaten kaum noch einen Weg nach Duncan finden, sieht es immer schlechter aus. Nicht nur Rae und Iain haben damit zu kämpfen, auch alle anderen könnten ein wenig Unterstützung gebrauchen. Lauren mit ihrem Antiquitätengeschäft, Kate und ihr Friseursalon und auch Brenda mit ihrem Gemischtwarenhandel.

Aus dem ersten Stock höre ich ein lautes Scheppern. Verwirrt blicke ich nach oben und sehe Rae die Treppen hinunterlaufen.

Auf ihrer Hüfte trägt sie Gwen, die laut gluckst, während Rae in der anderen Hand einen Koffer die Stufen hinabzieht. Ich halte mittendrin inne und drehe mich zu ihr herum.

»Willst du verreisen?«

»Nein. Umziehen«, stöhnt sie und stellt den Koffer neben der Eingangstür ab.

Wieder lautes Geschepper. Diesmal ist es Colin, der ebenfalls die Treppen hinunterpoltert und in jeder Hand einen Koffer trägt.

»Umziehen?«, frage ich verblüfft und sehe abwechselnd von Rae zu Colin. »Habe ich etwas verpasst?« Für einen Moment macht sich Panik in mir breit. Trennen die beiden sich etwa auch wie Lauren und Jeremiah?

Colin verdreht die Augen und stellt die Koffer neben seiner Frau ab.

»Meine Frau ist eine Verräterin.«

Rae schnappt nach Luft und boxt Colin in die Schulter. Gwen scheint das zu gefallen, denn sie gluckst lauter.

»Ich bin keine Verräterin. Aber wenn Henry Lucas hier wohnen wird, werde ich …« Okay, irgendetwas habe ich hier wohl nicht mitbekommen.

»Hab ich was verpasst? Wer ist Henry Lucas?«

»Danke«, seufzt Colin und streckt mir seine Hand entgegen, die ich stirnrunzelnd einschlage. »Ich dachte schon, ich bin der Einzige, der den Kerl nicht kennt.«

Rae schnaubt und wischt sich eine weißblonde Haarsträhne aus dem Gesicht. »Henry Lucas alias Valerius Baron. Sag bloß, du bist genauso ein Banause wie Colin? Ich hätte nicht gedacht, dass es noch ein Lebewesen auf dieser Welt gibt, das War of Kingdoms nicht kennt.« Seufzend lasse ich den Kopf sinken. Mir fällt das Gespräch mit Tante Rose wieder ein.

»Ich habe nie behauptet, dass ich die Serie nicht kenne. Mord, Intrigen, nackte Männer und heißer Sex, wie Tante Rose es nennen würde. Ziemlich einfallslos, wenn du mich fragst, aber anscheinend ein Quotengarant. Tut mir leid, aber ich steh nicht so auf dieses Fantasygedöns.«

Colin bricht in schallendes Gelächter aus, während Rae entsetzt die Augen aufreißt. »Das ist nicht nur so ein Fantasygedöns. Allein die Bücher sind regelmäßig auf der Bestsellerliste.«

Ich zucke mit den Schultern. »Bücher sind auch nicht so mein Ding.« Das stimmt zwar so nicht, aber das ist momentan nicht wichtig. »Aber was hat das mit dem Iris zu tun?«

Jetzt ist es Colin, der mich überrascht anstarrt. »Hast du es noch nicht gehört? Der halbe Ort spricht davon. Sie beginnen hier in den nächsten Tagen mit den Dreharbeiten für die dritte Staffel, und gestern hat sich die Managerin von Henry Lucas gemeldet und zwei Zimmer reserviert.«

»Hier? Ausgerechnet in Duncan?«

»Der Regisseur ist ein Schulfreund vom alten Dunham. Er hat ihn auf die Idee gebracht, ein paar Szenen in den Highlands zu drehen.«

»Und wo wollt ihr hinziehen?«

»Zu Brenda«, meldet sich Colin, »sie hat uns angeboten, die nächsten Wochen bei ihr zu wohnen.« Er wirft einen Blick auf seine Armbanduhr. »Wenn ich meinen Flug noch erwischen will, müssen wir uns beeilen.«

»Du fliegst weg?«

»Für drei Tage nach Dublin. Ich muss an einem Workshop teilnehmen.« Colin ist Fotograf bei *NewPlanet*, einem Magazin für Umwelt und Lifestyle. Sein Foto von einer Eisbärenmutter, die mit ihrem Jungen auf einer Eisscholle in der Hudson Bay trieb, ging um die Welt. Er wirft mir einen gespielt besorgten Blick zu. »Du musst in der Zwischenzeit auf

Rae aufpassen. Nicht, dass dieser Henry Lucas meiner Frau den Kopf verdreht.« Ich schnaube laut auf. Als wenn das jemals passieren würde.

»Okay, klärt mich mal auf. Wer ist dieser Kerl?«

»Du hast echt überhaupt keine Ahnung, Marcy.«

»Hey, wie ich bereits sagte. Ich steh nicht so auf dieses Fantasyzeugs.«

Außerdem bin ich kein Serienjunkie.

»Vielleicht solltest du auch zu Brenda ziehen, dann können wir uns in der Zeit, wenn Colin nicht da ist, ein paar heiße Serien ansehen. Und mit War of Kingdoms fangen wir an.«

»Ganz bestimmt nicht.« Ich werde mir diesen Unsinn sicherlich nicht ansehen. Ich kann diesen Hype sowieso nicht verstehen.

Rae stellt sich auf die Zehenspitzen und drückt Colin einen Kuss auf die Lippen.

»Ich vermisse dich jetzt schon.«

Ich finde es immer noch bewundernswert, wie Colin und Rae mit der ganzen Situation umgehen. Brenda ist Colins Schwiegermutter. Ihre Tochter Erin, Colins erste Frau, starb zusammen mit ihrem gemeinsamen Sohn Elliott bei einem Brand. Anfangs hatte ich befürchtet, dass es zwischen den dreien komisch werden könnte, doch Rae hat von Anfang an klargemacht, dass Brenda zur Familie gehört. Manchmal glaube ich, dass Brenda in Rae die Tochter sucht, die sie verloren hat, und bei Rae ist es ähnlich. Auch sie hat in Brenda die Mutter gefunden, die sie nie gehabt hat.

»Keine Sorge«, sagt Rae und greift nach dem Koffer. »Wir sind ja gleich um die Ecke. George wird auch bei Brenda wohnen, solange er in Duncan ist.«

»George?« Ich frage mich, was Raes alter Boss aus New York damit zu tun hat.

»Ich habe dir doch erzählt, dass er für ein paar Tage nach Schottland kommen will. Die Geschäftsleitung von New

York Estate möchte den europäischen Markt erobern und ein paar Häuser in Edinburgh mit ins Portfolio aufnehmen. George hat gedacht, er könnte damit zwei Fliegen mit einer Klappe schlagen und uns besuchen. Eigentlich wollte er im Iris übernachten, aber da das ja jetzt nicht geht, nehmen wir ihn einfach mit zu Brenda.«

»Wann wird er denn ankommen?«

»Oh, er ist schon seit ein paar Tagen in Schottland. Er meinte, er würde spontan vorbeikommen, da er nicht wisse, wie lange er in Edinburgh bleiben muss.«

Einen Moment warte ich. Bisher habe ich noch keine Sehnsucht aus ihrer Stimme herausgehört. Als Rae in Duncan ankam, gab es für sie nur den einzigen Gedanken, wieder zurück nach New York zu fliegen und ihren Job als Immobilienmaklerin weiter auszuüben. Aber dann kam ihr das Leben dazwischen, und jetzt wohnt sie hier bei uns in Duncan. Manchmal ist es schon seltsam, welchen Weg das Schicksal geht.

»Und dieser Valerius Baron ist wirklich heiß?«, frage ich und ernte dafür einen strengen Blick von Colin. Ich bin mir sicher, dass Rae ziemlich für diesen Kerl schwärmt, und Colin wirkt, als wäre er genervt davon. Aber mir macht es Spaß, ihn ein wenig zu ärgern.

Dabei muss er sich keine Sorgen machen. Es gibt niemanden auf der Welt, der ihm gefährlich werden könnte. Raelyn hat nur Augen für ihn.

»Der absolute Wahnsinn. Hier …«, murmelt sie und holt ihr Handy heraus. Colin schüttelt den Kopf und nimmt ihr Gwendolyn ab. »Ich bring die Koffer hinüber zu Brenda.«

»Warte«, ruft Rae und holt eine Mütze heraus, die hinten in ihrer Jeanshose steckt. Sie zieht den Reißverschluss von Gwens Schneeanzug nach oben, zieht ihr die Mütze und ein paar Handschuhe über und drückt ihr einen Kuss auf die Nase. »Es hat heute Nacht geschneit. Sie wird frieren.«

»Wir könnten noch schnell einen Schneemann bauen«, sagt Colin und packt Gwen in den Kinderwagen. Ich finde es immer bewundernswert, wie ein Kind einen Menschen verändern kann. Der Tod seiner Frau und seines Sohnes Elliott hatte dazu geführt, dass Colin nur noch ein Schatten seiner selbst gewesen war. Vor lauter Schuldgefühlen, die ihn zerfraßen, hat er Duncan nicht mehr verlassen. Dabei war es niemals seine Schuld gewesen. Aber Gefühle sind tückisch. Oft gaukeln sie dir etwas vor, was nicht existiert, und bis du es merkst, ist es schon zu spät.

So schön sie auch sind, manchmal wird man von ihnen aufs Kreuz gelegt.

Rae lacht und zieht den Reißverschluss des Daunensacks zu. »Sie ist acht Monate alt. Am besten, du fragst sie in drei Jahren noch mal.«

Colin wirft ihr einen entsetzten Blick zu. »Man ist nie zu jung für seinen ersten Schneemann.«

Dann zwinkert er mir zu und greift sich einen Koffer, während er mit der anderen Hand den Kinderwagen schiebt.

»Sobald ich Gwen bei Brenda abgegeben habe, komme ich zurück. Dann packen wir den Rest und nehmen den Wagen.«

»In Ordnung.«

Sie hebt den Kopf und küsst Colin noch einmal. Einen Augenblick lang will ich wegsehen. Obwohl ich das Bild schon so oft gesehen habe, versetzt es mir einen Stich. Sofort macht sich ein schlechtes Gewissen in mir breit. Ich sollte nicht eifersüchtig auf ihr Glück sein. Weiß Gott, die beiden haben so viel mitgemacht, dass es für fünf Leben reicht. Trotzdem kann ich nicht aus meiner Haut. Ich greife nach einem Scone, zerpflücke es wie ein Gänseblümchen und stecke es mir in den Mund.

»Mach's gut, Pinkie Pie«, ruft Colin und hebt die Hand. Ein Grinsen umspielt seine Lippen, und dann zwinkert er mir zu. Das war seine Revanche. Er weiß genau, wie ich diesen Spitznamen hasse, aber ich bin nicht schlagfertig genug. Noch ehe mir etwas einfällt, hat er das Café schon verlassen.

Rae schließt die Tür und dreht sich strahlend zu mir herum. »Das Wetter ist herrlich. Du kannst dir nicht vorstellen, wie sehr ich mich danach gesehnt habe.« Man könnte meinen, sie hätte die letzten siebenundzwanzig Jahre in der Wüste gelebt. Ich bin mir sicher, in New York gibt es auch eine Menge Schnee.

»Er hätte ruhig noch ein wenig warten können, wenn du mich fragst«, murmle ich und gehe zurück hinter die Theke.

Rae lacht laut auf. »Rose hat mir erzählt, dass ihr jedes Jahr um diese Zeit einen Wintereinbruch habt. Langsam solltest du dich daran gewöhnt haben.«

»Das ist ja das Problem«, murmle ich und rümpfe die Nase. »An manche Dinge gewöhnt man sich nie.«

Rae schüttelt den Kopf, dann ertönt ein Vibrationsgeräusch aus ihrer hinteren Jeanstasche. Sie holt ihr Handy hervor und runzelt die Stirn, als sie auf das Display blickt.

»Unbekannte Nummer. Wer kann das sein?«

»Das erfährst du nur, wenn du rangehst.«

Sie nimmt das Gespräch an, und eine seltsame Stille macht sich breit. Für einen Augenblick ist es richtig unheimlich. Dann weiten sich ihre Augen, und mit einem Mal wird sie weiß wie ein Taschentuch.

Sie hebt den Kopf und lässt langsam den Arm sinken. »Iain hatte einen Unfall.«

4

Henry

Willkommen in Duncan.

Ich weiß nicht, was ich erwartet habe, aber ganz bestimmt nicht das. Auf dem Ortsschild ist eine Distel zu sehen, sie scheint hier in der Gegend eine besondere Bedeutung zu haben. Keine Ahnung, warum. Ich stelle meinen Land Rover in die Parkposition und lasse das Fenster herunter. Ein eiskalter Wind bläst mir entgegen. Aber ansonsten ist hier nichts. Es wirkt fast so, als hätte mich Richard ans Ende der Welt verfrachtet. Weit und breit ist hier nichts weiter als Schnee zu sehen.

Die Stimme aus meinem Navigationsgerät weist mich an, nur noch ein paar Meilen zu fahren, bis ich an meinem Zielort ankomme.

Entweder hat Paige mir die falsche Adresse geschickt, oder Richard hat ganz klar eine Schraube locker. Ich tendiere zu Letzterem. Sein Ruf als Exzentriker ist in der Branche bekannt. Und ja, ich gebe zu, das Drehbuch gehört zu den besten, die ich bisher gelesen habe. Nur deshalb habe ich für eine weitere Staffel zugesagt. Dennoch wird es an meinem Entschluss nichts ändern. Ich muss es nur Paige noch irgendwie beibringen. Ich schätze, das wird das Schwierigste daran.

Ich scrolle mich durch mein Telefonbuch und wähle die Nummer meiner Managerin. Ich verwette mein ganzes Vermögen darauf, dass Paige meinen Anruf bereits erwartet.

Nach meiner Ankunft in Edinburgh hat sie mir viertelstündlich eine WhatsApp-Nachricht geschickt, aber seit etwa sechzig Meilen erhalte ich keine mehr. Ich schätze, entweder hat sie sich bereits in den nächsten Flieger gesetzt und ist auf dem Weg nach Duncan, oder aber die Internetverbindung ist einfach grottenschlecht hier.

Bereits nach dem ersten Klingeln hebt sie ab.

Wusste ich es doch.

»Henry? Was ist los?« Ich höre einen leichten Anflug von Panik in ihrer Stimme. »Ist etwas passiert?« Mein Blick wandert hinaus über das weite Nichts.

»Hier liegt überall Schnee.«

Erleichtert atmet sie aus. »Nun, es ist Winter, und wenn ich mich nicht irre, befindest du dich bereits mitten in den schottischen Highlands. Was hast du erwartet? Einen Sandsturm?«

»Sehr witzig. Aber du hättest mich vorwarnen können.«

»Das habe ich getan. Wenn ich mich recht erinnere, habe ich dir gestern eine E-Mail mit der Wetterprognose für die nächsten Tage geschickt.«

Ach ja, die E-Mail. Eine von zweiundfünfzig, die heute Morgen eingegangen sind. Fuck! Ich habe sie nicht gelesen. Wie die restlichen einundfünfzig.

Ich fahre mir über das Gesicht, als könnte das meine momentane Lage irgendwie verbessern.

Paige seufzt, und ohne dass ich es sehen kann, weiß ich, dass sie den Kopf schüttelt. »Du hast sie nicht gelesen. Na toll. Und ich habe mich schon gewundert, warum du dich noch nicht gemeldet hast.«

Misstrauen macht sich in mir breit. »Warum hätte ich das tun sollen?«

»Nun, es haben sich ein paar Änderungen ergeben.«

»Mach es nicht so spannend«, antworte ich lahm und nippe an einer Flasche Wasser.

»Sie werden dir nicht gefallen.«

»Warum wundert mich das nicht?«

Ich starte den Wagen erneut und folge dem Schild Richtung Ortsmitte. Einen Augenblick lang frage ich mich, ob das eine gute Idee ist. Überall sehe ich nur massenweise Schnee, ansonsten gähnende Leere. Es ist mir ein Rätsel, wie jemand es schafft, hier zu leben. Am Arsch der Welt. Ob es hier überhaupt fließendes Wasser und Elektrizität gibt?

»Soweit ich weiß, lässt die Internetverbindung in dieser Gegend sehr zu wünschen übrig.«

Ach nein, auf diese Idee wäre ich gar nicht gekommen. Aber ich spare mir meinen Sarkasmus für später auf.

»Wir werden also die nächsten vierundzwanzig Stunden telefonieren müssen, bis ich in Duncan angekommen bin.«

Genau das habe ich gemeint. Sie hat bereits ihren Flug gebucht und wird mich wie ein Schoßhündchen verfolgen.

»Gut zu wissen. Aber lenk nicht ab. Von welchen Veränderungen redest du?«

Einen Moment lang ist es still in der Leitung, und ich frage mich, ob die Telefonverbindung hier ebenfalls schlecht ist, aber dann höre ich Paige leise atmen. Sie schindet Zeit. Wie immer, wenn sie mir unerfreuliche Nachrichten mitteilen muss.

»Paige«, warne ich sie. Die Straßenverhältnisse werden immer schlechter. Ich kann von Glück sagen, dass Paige einen Wagen mit Allradantrieb für mich gebucht hat. Ich bin ziemlich sicher, dass sie zuvor auf Google Maps die Gegend genau unter die Lupe genommen hat.

»Na schön. Richard möchte, dass du, Vicky und Jason während der Dreharbeiten so nah wie möglich am Set wohnt. Du kennst ihn doch, er will unbedingt diese Spontanität beibehalten. Die ersten Szenen werden sowieso nur mit euch drei gedreht. Deshalb musste ich das ursprüngliche Hotel stornieren. Und da du ja nicht im Trailerpark am Set wohnen willst, habe ich dir stattdessen direkt eines vor Ort gebucht.«

»Okay, und wo ist der Haken?«

Wieder ist es still in der Leitung, dann räuspert sie sich. Sehr verdächtig.

»Nun, es ist kein Hotel im herkömmlichen Sinne.«

Manchmal möchte ich meiner Managerin den Hals umdrehen.

»Paige!«

»Es ist nur ein Fremdenzimmer.«

»Ein was?«

»Hör auf, den arroganten Schnösel heraushängen zu lassen. Du hast jahrelang in einer verschimmelten Studentenbude gehaust. Du weißt genau, was ich meine.«

»Ich werde ganz bestimmt nicht in einer Pension wohnen.«

»Nun, im Grunde genommen ist es keine Pension.«

»Sondern?«

Nichts.

»Paige?«

»Ein Café.«

»Das ist ja noch schlimmer!«

»Schau es dir wenigstens mal an. Wenn es dir nicht gefällt, werden wir uns nach etwas Neuem umsehen.« Ich blicke aus dem Wagen. Ich bin mir sicher, dass es hier im Umkreis von zwanzig Meilen keine vernünftige Unterkunft gibt. Ach was, hundert Meilen.

»Wo wohnen die anderen Crewmitglieder?«

»Im Trailerpark. Richard hat mich gefragt, ob du es dir nicht noch mal anders überlegen möchtest, aber ich habe ihn gleich abgewimmelt.«

»Danke, Paige.«

Sie seufzt auf, und ich entspanne mich ein wenig. So nervig sie auch sein kann, so sehr setzt sie sich für meine Belange ein. Für kein Geld der Welt würde ich in einem Wohnwagen leben. Nicht noch einmal.

»Wie war noch mal die Adresse?«

»Iris Cafe. Great King Street 51.«

»Das hört sich an wie ein verdammt kleines Café.«

Wieder schnaubt sie, und ich weiß, dass sie mit ihrer Geduld fast am Ende ist.

»Du kennst Richard. Wenn er sich etwas in den Kopf gesetzt hat, dann zieht er das auch durch. Duncan hat fünftausend Einwohner. Wir müssen froh sein, wenn das Fremdenzimmer ein eigenes Bad hat und du es dir nicht auf dem Flur mit anderen Gästen teilen musst.«

»Das macht das Ganze nicht besser, Paige.«

»Diesmal ist alles anders, Henry. Du hast das Drehbuch gelesen. Für die nächsten fünf Folgen werden ausschließlich Außenaufnahmen benötigt, danach geht es weiter nach Island und Australien. Ich bin mir sicher, dort wirst du wieder in einem Hotel wohnen können, das deinem Standard entspricht. Du kennst Richards Motto. Millionengage, ja, Starallüren, nein. Und wenn ich mich recht erinnere, habe ich mit Richard verdammt lange über deine Gage verhandelt.«

Sie hat recht. Jeder der Hauptdarsteller von War of Kingdoms erhält eine Gage in Millionenhöhe, aber meine ist dieses Mal noch ein wenig höher ausgefallen. Im Gegenzug werden die anderen Kosten so gering wie möglich gehalten, um das Budget nicht zu sprengen. Was nichts anderes bedeutet als keine Helikopterflüge, kein Wasser aus einer tibetischen Quelle und keine Luxushotels. Es ist nicht so, dass ich diesen ganzen Luxus brauche. Ich komme sehr gut ohne zurecht. Für meine Rolle in Return, einer Low-Budget-Produktion, die ich zusammen mit meinem besten Freund Simon gedreht habe, habe ich sogar einige Nächte in einem Biwak in Sibirien verbracht. Ich lege auf diesen ganzen Luxus keinen Wert. Im Grunde genommen ist mir sogar das Geld vollkommen egal. Aber irgendwas nagt an mir, ich weiß nur nicht, was es ist.

Richard Clay gehört zu den genialsten Regisseuren unserer Zeit. Wenn er um ein Gespräch bittet, gibt es niemanden in dieser Branche, der ihn warten lässt. Was er anfasst, wird zu Gold. Als er mich gebeten hat, die Rolle des Valerius Baron zu übernehmen, habe ich zugesagt, ohne einen Blick ins Drehbuch zu werfen. Nicht viele Menschen haben so eine Wirkung auf andere, aber Richard verfügt über dieses Talent. Er ist bereit, alles zu geben, und verlangt dies im Gegenzug auch von seinen Schauspielern. Als niemand an mich geglaubt hat, war er für mich da.

Ich bin es ihm schuldig, weiterhin die Rolle zu übernehmen, auch wenn ich es leid bin, dass die Menschen mich nur als halbnackten Kerl wahrnehmen, der in die Schlacht zieht, um sein Königreich und die Frau, die er liebt, zu erobern. Ich würde lügen, wenn ich behauptete, dass die Serie eine Herausforderung für mich darstellt. Die Dialoge sind einfach gehalten, der Plot vorhersehbar, die Sexszenen langweilig. Aber die Menschen lieben sie, und ich bin Richard etwas schuldig. Aber nicht mehr lange.

Schnaubend setze ich den Blinker und fahre die Straße weiter. »Ein vernünftiges Bett zu verlangen würde ich nicht als Starallüren bezeichnen.«

»Du bist Richards bestes Pferd im Stall und musst mit gutem Beispiel vorangehen. Wenn du keine Ansprüche stellst, werden die anderen es auch nicht tun.«

»Übernachten Vicky und Jason auch in diesem Café?«

»Nein. Jasons Manager hat ihm einen nagelneuen Wohnwagen besorgt.« Ich kann förmlich hören, wie sie die Augen verdreht.« Dort werden er und Vicky untergebracht. Sie bilden sozusagen die Kingdoms-WG. Die Kameramänner teilen sich ein eigenes Wohnmobil. Richard hingegen wohnt bei einem Freund von ihm direkt im Ort. Mein Flugzeug kommt morgen Nachmittag an, ich werde auch bei dir im Café wohnen.

»Du willst mich kontrollieren.«

»Das würde mir nicht im Traum einfallen. Aber es ist nicht verkehrt, ein Auge auf dich zu werfen. Damit du nicht auf dumme Gedanken kommst.«

»Ich brauche keine Babysitterin, Paige.« Sie seufzt tief, und mir wird klar, dass ich sie verletzt habe. Paige meint es nur gut. In all den Jahren ist sie meine engste Vertraute geworden. Ein Themenwechsel wäre nicht schlecht.

»Das Café ist okay, sagst du?«

»Ja, soweit ich das über die Website erkennen konnte. Die Besitzerin war sofort bereit, dir ein Zimmer zur Verfügung zu stellen. Es handelt sich um einen Familienbetrieb. Wenn du dort ankommst, frag einfach nach Rae. Aber das weißt du natürlich schon alles, schließlich hast du ja meine E-Mail gelesen.«

Der sarkastische Unterton in ihrer Stimme entgeht mir nicht.

Ich fahre weiter durch die Stadt, entdecke ein Schild, auf dem »Mackenzie Single Malt Whisky« steht, und frage mich, ob diese Brennerei hier in der Nähe ist. Wenn ich schon meine Zeit hier verbringen muss, dann sollte ich sie zumindest gut nutzen.

Ich reduziere die Geschwindigkeit und biege in die nächste gepflasterte Seitenstraße ab.

Auf beiden Seiten befinden sich Häuser mit großen Schaufenstern, die dicht aneinandergereiht sind. Ein Friseur, mehrere Touristenläden, ein Antiquitätengeschäft, eine Tierarztpraxis und Ginnie's Pub. Ich schätze, das wird meine erste Anlaufstelle sein, sobald ich mein Zimmer bezogen habe. Hier werde ich eine Menge Zeit verbringen.

Nur wenige Meter weiter erkenne ich einen Brunnen mit einer Bronzefigur in Form eines Pferdes. Es ist später Nachmittag, dennoch ist weit und breit kein Mensch zu sehen. Irgendwie unheimlich.

Es dauert nicht lange, bis ich schließlich vor besagtem Café stehen bleibe.

Ich will Paige gerade mitteilen, dass es gar nicht so schlecht ist, wie ich angenommen habe, da höre ich bereits ihre Stimme.

»Olivia hat mich angerufen.«

Mit einem Mal ist das Café vergessen. Im Grunde genommen will ich gar nicht wissen, warum meine Ex-Frau Paige angerufen hat, aber ich schätze, ich werde es gleich erfahren.

»Was wollte sie?«

»Liv hat mir mitgeteilt, dass sie gestern ein Interview mit der L. A. Times geführt hat und dass es in der Onlineausgabe am Samstag erscheinen wird.«

»Hat sie dir auch gesagt, um was es in dem Interview geht?«

»Nein. Sie meinte nur, wir dürfen gespannt sein.«

»Hört sich an wie eine Kriegserklärung.«

»Es wäre nicht die erste.«

Paige hat recht. Seit der Trennung gibt Liv ständig irgendwelche Interviews, um der Welt mitzuteilen, was für ein elender Mistkerl ich bin. Sie schert sich einen Dreck um die Klausel in den Scheidungspapieren und verbreitet alle möglichen Geschichten über mich. Dabei ist jedes Wort gelogen. Das wissen ihre Anwälte genauso wie sie selbst. Aber Olivia ist der altbekannten Meinung, dass eine schlechte Publicity besser als gar keine ist. Und da ihr nächster Film in wenigen Tagen in die Kinos kommen wird, kann sie jede Art von Publicity gerade gut gebrauchen. Ich lehne meine Stirn gegen das Lenkrad und schließe die Augen. Nur einen kleinen Moment. Ich bin das alles so verdammt leid.

»Soll ich mich darum kümmern?«, fragt Paige, und ich atme tief durch. Paige will wissen, ob sie meine Anwälte einschalten soll. Es ist immer dasselbe. Sie würden eine einstweilige Verfügung einreichen und somit das Erscheinen des Interviews verhindern. Danach würde man es prüfen, und wenn auch nur ein Wort über mich drinsteht, das nicht das

Okay meiner Anwälte bekommt, ist es der Zeitung untersagt, das Interview zu drucken. Im Grunde kann es mir egal sein, denn ich muss mir daran meine Hände nicht schmutzig machen, aber ich will nicht mehr. Ich will mich damit nicht befassen. Weder mit Olivia noch mit dieser verdammten Scheidung oder den Auswirkungen, die das Ganze hat.

»Henry?«

»Nein, sie sollen das Interview drucken.«

»Bist du dir sicher? Sie ist dabei, deine Karriere zu zerstören.«

Und sie hat bereits ganze Arbeit geleistet. Es gab mittlerweile schon zwei Produktionen, die die Zusammenarbeit mit mir gestrichen haben, weil sie sich auf Olivias Aussagen berufen. Sie wirft mir vor, sie betrogen und hintergangen zu haben. Dass ich ihre Karriere manipuliere und sie deshalb in den Staaten nicht Fuß fassen kann. Dabei liegt das nicht an mir, sondern an ihrer Art, mit ihren Mitmenschen umzugehen. Im Grunde genommen ist es mir egal, welche Lügen sie über mich verbreitet. Es ist mir gleich, was die Leute von mir halten. Aber sie zieht Theo mit hinein, und das nehme ich ihr übel.

Ich habe keine Lust, weiter gegen sie zu kämpfen.

»Du weißt, dass sie damit nur das alleinige Sorgerecht für Theo erzwingen will.« Dieser Rosenkrieg ist ihre Rache dafür, dass ich sie verlassen habe.

»Das bekommt sie nicht. Egal, wie viele Interviews sie geben wird.« Es gibt Dinge, mit denen ich klarkomme. Wenn sie meine Karriere zerstört, dann ist das eine Sache, aber ich werde nicht zulassen, dass sie mir mein Kind wegnimmt.«

»Wenn sie so weitermacht, stehen ihre Chancen nicht schlecht. Vielleicht solltest du es dir noch mal überlegen und sie mit ihren eigenen Waffen schlagen.«

»Auf keinen Fall.«

»Du musst doch nur ein Interview geben, Henry. Zusammen mit Theo. Geh auf das Angebot von Rachel Meyers ein.«

»Wenn das dein einziger Vorschlag ist, dann vergiss es. Ich werde mein Kind nicht für meine Karriere opfern und es den Wölfen zum Fraß vorwerfen. Ich kenne Rachel und weiß, dass ihre Ambitionen nichts mit dem Befinden meines Sohnes zu tun haben, sondern dass es ihr nur um die Einschaltquoten geht. Und ganz bestimmt werde ich mich nicht auf Olivias Niveau herablassen. Theo wird aus allem herausgehalten, hast du mich verstanden? Wenn ich nicht mehr drehen kann, finde ich eine andere Beschäftigung.« Vielleicht wäre das die beste Lösung. Raus aus dem Rampenlicht. Weg von der Presse. Ein normales Leben führen.

»Dann solltest du vielleicht noch mal mit Liv sprechen und die Wogen glätten. Du weißt, dass sie dich wieder zurückhaben will.«

Meine Hände ballen sich zu Fäusten zusammen. »Ich soll mich wieder auf sie einlassen? Das schlägst du mir vor? Ist das dein Ernst?«

Paige atmet schwer aus, fast, als müsse sie sich beherrschen, nicht das Falsche zu sagen. »Du solltest versuchen, mit ihr klarzukommen. Allein schon wegen Theo.«

Ich habe keine Lust mehr auf diese Diskussion. Paige meint es nur gut, aber ich bin es leid, mir darüber den Kopf zu zerbrechen. Ich blicke aus dem Fenster und betrachte die Hausfassade.

»Ich bin jetzt da. Bist du sicher, dass hier alles mit rechten Dingen zugeht?«

»Warum fragst du?«, murmelt sie misstrauisch.

»Auf der Frontseite des Hauses ist das Porträt einer Frau abgebildet.«

»Vielleicht wohnt darin ja Norman Bates, und es ist das Bild seiner Mutter.« Sie lacht laut auf.

»Dein Humor ist wirklich unbezahlbar. Dir ist klar, dass auch du hier ab morgen wohnen wirst.«

»Vollkommen. Aber ich bin ein Hitchcock-Fan. Ich komme mit durchgeknallten Typen klar. Deswegen bin ich auch deine Managerin.« Ich höre das Lächeln aus ihrer Stimme.

»Sehr witzig. Ich werde jetzt auflegen.«

»Gut. Wir sehen uns morgen.«

»Okay«, murmle ich und steige aus dem Wagen. Ich bin gespannt, was noch alles auf mich zukommt. Schlimmer als mein Leben jetzt kann es fast nicht werden.

5

Marcy

Wie ein Tiger streift Colin im Gang auf und ab und erzählt Gwen ununterbrochen das Märchen von einem kleinen Jungen, der als Wechselbalg seinen menschlichen Eltern weggenommen wurde und nun zusammen mit einer Elfe und einem Drachen auf der Suche nach ihnen ist. Colins verstorbene Frau Erin hatte sich die Geschichte ausgedacht und ein Kinderbuch daraus gemacht. Vor wenigen Monaten hat Raelyn diese Geschichte heimlich an einen Verlag geschickt, der sofort den Wunsch äußerte, sie zu veröffentlichen. Sosehr sie sich auch darüber freute, wuchs die Panik in ihr, dass Colin und auch Brenda, Erins Mutter, nicht sehr glücklich darüber sein würden. Aber ihre Angst war vollkommen unbegründet, denn beide waren begeistert von der Idee. Ich glaube, durch diese Aktion hat Colin sich sogar noch etwas mehr in Rae verliebt. Wenn das überhaupt möglich ist.

Erst vor wenigen Tagen haben beide die ersten Exemplare erhalten. Ich finde es bewundernswert, dass Raelyn dies alles für die verstorbene Frau ihres Mannes macht. Aber so ist sie nun mal. Für Raelyn ist Blut nicht dicker als Wasser.

Sie sitzt neben mir und drückt meine Hand, während sie leise vor sich hin summt. Colin wirft ihr immer wieder besorgte Blicke zu. Ich nicke ihm kurz zu, um ihm zu signalisieren, dass ich mich um Rae kümmern werde.

»Was mache ich, wenn er stirbt?« Ihre Stimme bricht fast, als sie die Worte ausspricht, die ihr mit Sicherheit ununterbrochen im Kopf herumwirbeln.

»Er wird nicht sterben. Iain ist zäh. So ein Autounfall bringt ihn nicht um.«

Ich drücke ihre Hand ein wenig fester und lege den Kopf an ihre Schulter. »Mach dir keine Sorgen. Du kennst ihn doch. Er würde dich niemals alleinlassen.«

»Er ist mein kleiner Bruder. Es ist an mir, für ihn da zu sein, nicht umgekehrt.«

»Ich seid beide füreinander da. Da spielt es keine Rolle, wer zuerst zur Welt gekommen ist.«

Sie nickt nur, aber ich kann immer noch die Tränen in ihren Augen glitzern sehen.

»Erzähl mir etwas. Irgendwas, was mich ablenkt.«

Was soll ich ihr denn erzählen?

»Der alte Mr Dunham hat ein Hühnerauge am rechten Zeh, und Dr. Kendall meinte, dass …«

»Marcy! Das will ich nicht wissen!«

Ich grinse sie an. »Aber für eine Sekunde hast du Iains Unfall vergessen, gib es zu!«

»Dafür hatte ich die Zehen des alten Dunham vor Augen. Das ist superekllig. Du musst dir etwas anderes überlegen.«

Einen Moment zögere ich. Ich bin mir nicht sicher, ob ich Rae in meinem Plan einweihen soll. Wenn es nicht klappt, stehe ich da wie eine Idiotin. Aber wenn ich meiner Freundin nicht davon erzählen kann, wem dann?

»Ich möchte an einem Vorsprechen für ein Theaterstück teilnehmen, und Jack ist dagegen. Wir haben deswegen gestritten.«

Erleichterung macht sich in mir breit. Es fühlt sich gut an, es endlich auszusprechen. Ich kann an ihrem Gesichtsausdruck sehen, dass ihr viele Fragen im Kopf herumschwirren.

»Wo findet das Vorsprechen statt?« Ich bin ihr dankbar, dass sie zuerst diese Frage stellt, obwohl ich ihr ansehen kann, dass sie unbedingt mehr über meinen Streit mit Jack erfahren möchte. Aber wenigstens habe ich sie von Iain abgelenkt. Jack ist Colins bester Freund. Und auch wenn Jack sich damals bei Raes Ankunft in Duncan echt mies benommen hat, kommen die beiden mittlerweile gut miteinander klar.

Mein Blick fällt auf Colin, der auf einem der Plastikstühle Platz genommen hat und mit Gwen ein Kinderlied singt. »In Glasgow.«

»Das ist toll. Ich freu mich für dich.« Ich weiß, dass sie es ernst meint. Rae gehört zu der Kategorie Mensch, die immer ihre Meinung sagt. Ehrlich und direkt.

»Warum habt ihr gestritten?«

Ich seufze und bin das Ganze so leid. Es ist nicht unsere erste Diskussion deswegen. »Er hält es für Zeitverschwendung.«

Nun ist es Rae, die meine Hand nimmt und sie drückt. »Es ist deine Entscheidung, nicht seine.«

»Ich weiß, aber es wäre schön gewesen, etwas Zuspruch zu bekommen.«

Rae presst die Lippen aufeinander. Ich kann förmlich sehen, wie sie sich zurückhält.

»Spuck es schon aus. Du platzt ja gleich«, sagt Colin, und erschrocken sehe ich zu ihm herüber. Mir war nicht klar, dass er alles mit angehört hat.

»Nein, ich werde mich nicht einmischen.«

»Das wäre das erste Mal.« Er lacht und zwinkert Rae zu.

Aber diese schüttelt nur den Kopf. »Diesmal nicht.«

»Dann werde ich es tun.« Rae protestiert, aber Colin steht auf, hebt Gwen auf seine Schultern und schlendert mit ihr zu mir herüber.

»Wenn du an diesem Vorsprechen teilnehmen willst, dann lass es dir von niemandem ausreden. Weder von Jack noch von Rose oder sonst jemandem.«

»Danke.« Ein wohliges Gefühl macht sich in mir breit. Genau das habe ich gebraucht.

Rae seufzt und nimmt Colin das Baby aus dem Arm. Einen Moment starre ich auf das friedlich schlafende Mädchen in ihren Armen. Sie ist wunderschön. Ein weißblonder Flaum bedeckt ihren Kopf, und ich widerstehe dem Drang, einfach so hinzufassen. Dieses Kind hat etwas Magisches an sich. Man verspürt jedes Mal den Wunsch, es zu berühren.

6

Henry

Bisher habe ich noch keinen Menschen gesehen. Es ist wie in einem Science-Fiction-Film, kurz bevor die Welt untergeht und wenn die Straßen leer gefegt sind. Ich warte eigentlich nur darauf, dass Zombies wie in The Walking Dead aus den Häusern kriechen. Das wäre das perfekte Setting für die neue Staffel.

Vielleicht hatte Richard die gleichen Gedanken, als er beschlossen hat, in diesem Nest zu drehen.

Ich rüttle an der verschlossenen Tür des Cafés.

»Hallo?«

Niemand da. Vermutlich verstecken sie sich vor den Zombies.

Ich klopfe dagegen und warte einen Moment. Aber nichts. Niemand hier. Das kann doch nicht wahr sein! Genervt trete ich einen Schritt zurück, lege den Kopf in den Nacken und betrachte das Gebäude. Iris Cafe steht in schwarz geschwungener Schrift neben dem Bild dieser fremden Frau. Wer auch immer dort wohnt, muss echt ein massives Problem haben. Vielleicht sollte ich mir eine andere Bleibe suchen. Zur Not penne ich doch im Wohnmobil. Auch wenn ich den Dingern echt nichts abgewinnen kann.

Wieder trete ich vor und klopfe an die Tür. Das fängt ja gut an. Ich werde das Gefühl nicht los, dass die Staffel unter keinem guten Stern steht.

Nirgends brennt Licht. Ich hole mein Handy hervor und checke Paiges E-Mail. Die Adresse stimmt. Noch mal klopfe ich an der Tür, aber nichts. Es scheint niemand da zu sein. Fuck! Vielleicht sollte ich mich telefonisch dort melden. Aber natürlich ist keine Telefonnummer angegeben. Gerade als ich Paiges Nummer wählen möchte, höre ich jemanden lautstark fluchen. Ich drehe mich um und entdecke einen schwarzen Porsche 911, der am Straßenrand ein paar Meter entfernt steht und schon ein paar Jahre auf dem Buckel hat. Die Motorhaube steht offen, ein Typ beugt sich darüber und reibt sich die Hände. Er flucht in einer mir vollkommen fremden Sprache. Verdammt, ist das kalt hier. Ich werde Richard vorschlagen, die nächsten Staffeln in südlichen Gefilden spielen zu lassen, auch wenn es mich dann nicht mehr betrifft.

Einen Moment zögere ich, dann gehe ich zu ihm über die Straße.

»Entschuldigung?«

Der Kerl hebt den Kopf und stößt ihn sich an der Motorhaube. »Daingead!«

Fuck! Das hat wehgetan.

Er schaut mich mit einem grimmigen Blick an und tritt einen Schritt zurück.

»Tut mir leid, Mann«, sage ich und deute auf seinen Wagen. »Ich wollte Sie nicht erschrecken.«

Einen Moment sagt er nichts, und ich frage mich, ob er überhaupt meine Sprache versteht.

»Was wollen Sie?« Sehr freundlich.

Ich deute mit dem Daumen über meine Schulter auf die andere Straßenseite. »Ich bin auf der Suche nach Rae. Wissen Sie, wo sie ist?«

»Im Krankenhaus.«

Irritiert runzle ich die Stirn.

»Wie bitte?«

Er knallt die Motorhaube zu und wischt sich die Finger an seiner Jeans ab.

»Iain hatte einen Autounfall. Die Mädchen sind ins Krankenhaus gefahren. Erwartet sie dich?«

Seine vertraute Anrede irritiert mich ein wenig. Aber vermutlich ist das auf dem Land so. Langsam nicke ich. »Ich schätze schon.«

Genau in diesem Moment ertönt ein Klingeln, und er zieht sein Handy aus der Jackentasche. Sein Blick fällt auf das Display.

»So ein Mist!« Er öffnet die Fahrertür und dreht sich zu mir herum. »Steigen Sie ein. Ich nehme Sie mit.«

»Wohin?«

Er sieht mich an, als hätte ich den IQ einer Ameise.

»Ins Krankenhaus. Iain befindet sich in der Notaufnahme.«

Ohne eine weitere Erklärung steigt er in den Wagen.

Was zur Hölle soll ich denn im Krankenhaus? Vielleicht sollte ich mich lieber auf die Suche nach Richard und den anderen machen. Mein Blick wandert die Straße hinab. Ich könnte Paige anrufen und sie fragen, aber wenn ich ehrlich bin, habe ich dazu auch keine Lust. Ich könnte im Wagen warten, aber bei diesen arktischen Temperaturen bin ich vermutlich erfroren, bis jemand mich bemerkt. Vielleicht sollte ich doch mit ins Krankenhaus fahren. Dort ist es zumindest warm, und es gibt einen Becher Kaffee.

Ich öffne die Tür, bücke mich und quetsche mich auf den Beifahrersitz. Ich fühle mich wie in einer Sardinenbüchse. Aber bei einem Porsche 911 darf man sich nicht beschweren, das wäre Blasphemie. Das Auto ist eine Legende.

Der Kerl startet den Wagen, und noch ehe ich michs versehe, steigt er aufs Gas und rauscht über die Straße, über die ich vor wenigen Minuten erst gekommen bin.

»Hübscher Wagen«, murmle ich, während der Kerl den Porsche die Landstraße ortsauswärts lenkt. Ich habe keine

Ahnung, wo sich das nächste Krankenhaus befindet, und frage mich, ob ich nicht doch besser Paige kontaktieren sollte. Schließlich weiß niemand, wo ich bin. Der Kerl könnte mich auch irgendwo in den Highlands verscharren, und niemand würde mich finden. Ich sehe die Schlagzeile schon vor mir: Henry Lucas in den Highlands verschollen. Mein Management würde daraus eine Pilgerstätte machen und damit noch postum Kohle mit mir verdienen. Ich wäre nicht die erste Berühmtheit, aus deren Tod andere Kapital schlagen. Mein Zynismus erschreckt mich selbst, aber genau aus diesem Grund werde ich meinen Plan in die Tat umsetzen. Ich muss nur noch den richtigen Zeitpunkt abwarten. Als ich mein Handy aus der Tasche ziehe, bemerke ich, dass mein Akku leer ist. Ich habe kein Ladekabel dabei, und ich bin mir sicher, dass es in dem Wagen keine Ladestation gibt. So viel also dazu, jemandem Bescheid zu geben, wo ich mich befinde.

»Danke. Ich arbeite schon eine ganze Weile an ihm«, antwortet Jack und streichelt liebevoll über das Armaturenbrett, als wäre es ein Haustier.

Überrascht blicke ich ihn an. »Sie haben ihn restauriert?«

Er nickt, und ich sehe Stolz in seinem Gesicht. »Hat mich drei Jahre meines Lebens gekostet, aber das war es wert.«

»Gute Arbeit.«

»Danke.« Er lacht laut auf. »Das sollten Sie mal meiner Freundin sagen. Sie hasst den Wagen.«

Warum wundert mich das nicht?

»Das kenne ich. Meine Frau ... Ex-Frau hat es auch nie verstanden, wenn ich viel Zeit mit meinem Hobby verbracht habe.«

»Was ist es bei Ihnen? Motorräder? Fußball?«

Ich werde ihm ganz bestimmt nicht erzählen, was meine Leidenschaft ist.

»Nein, nichts von alldem.« Er scheint nicht weiter nachzubohren, denn er lacht nur und wechselt die Spur.

»Für Marcy ist der Wagen eine Zumutung. Sie nennt ihn Höllengerät.«

Seine Worte erinnern mich an Olivia. Wann immer es ihr möglich war, hat sie mir ein schlechtes Gewissen eingeredet. Dabei ging es primär immer nur um sie und ihre Bedürfnisse. Vermutlich gehört diese Marcy auch zu diesen Frauen – egoistisch und selbstsüchtig.

»Dieses Baby hat mich unzählige schlaflose Nächte gekostet. Marcy hat mich sogar schon mal aus dem Bett geworfen, weil ich im Schlaf über die Zylinderkopfdichtung gesprochen habe.« Er hält mir seine Hand hin und lächelt mir zu. »Ich bin übrigens Jack. Mir gehört die einzige Autowerkstatt im Umkreis von zwanzig Meilen.«

»Henry.« Einen Moment warte ich auf eine Reaktion von ihm. Dass er mich erkennt. Menschen verändern sich, wenn sie auf prominente Personen treffen. Diese Erfahrung habe ich schon zur Genüge gemacht. Unfreundliche Menschen werden plötzlich höflich und nett; Extrovertierte ziehen sich zurück. Schweigsame plappern ohne Punkt und Komma.

Aber Jack scheint mich nicht zu erkennen, denn er spricht einfach weiter, und erleichtert starre ich aus dem Fenster und höre ihm zu. Diese Momente sind viel zu selten, und vielleicht war es gar keine schlechte Idee von Richard, am Arsch der Welt zu drehen.

Als wir auf dem Parkplatz vor der Notaufnahme ankommen, steigt Jack aus und wirft die Wagentür zu, während ich aus dem Fenster blicke. Es ist ein paar Jahre her, dass ich in einem Krankenhaus gewesen bin. Zum letzten Mal bei Theos Geburt und am Sterbebett meines Dads. Kurz nachdem ich mich von meinem Vater verabschiedet hatte, kam Olivia mit Wehen drei Wochen zu früh ins Krankenhaus. Es ist eine Ironie des Schicksals, dass mein Sohn eine Stunde nach dem Tod seines Großvaters geboren wurde. Es ist schon fünf

Jahre her, aber es fühlt sich an, als wäre es gestern gewesen. Seit diesem Tag habe ich kein Krankenhaus mehr betreten.

Plötzlich zieht Jack die Beifahrertür auf und reißt mich aus meinen Gedanken.

»Was ist los?«

»Ich bleibe besser im Wagen. Familiensache, du weißt schon.«

»Unsinn! Rae wartet doch auf dich.« Er geht voraus, und einen Moment hadere ich mit mir. Ich habe keine Ahnung, was ich hier soll, aber dann steige ich doch aus und folge ihm.

»Wie geht es ihm?«, ruft Jack, als wir an der Notaufnahme ankommen. Eine junge Frau mit pinkfarbenen Locken dreht sich überrascht um. Sie trägt ein Kind im Arm, kommt auf ihn zu und umarmt ihn. Er ist fast zwei Köpfe größer als sie, und sie muss sich auf die Zehenspitzen stellen, damit sie die Arme um seinen Hals schlingen kann. Mein bester Freund Simon würde sie wohl als Standgebläse bezeichnen.

Ohne dass ich es beabsichtige, wandert mein Blick über ihre Erscheinung. Sie trägt eine weiße Bluse, dazu eine Jeanslatzhose und schwarze Doc Martens. Aber was mich am meisten beeindruckt, sind die Bilder auf ihrer Haut. Ihre Arme sind komplett bunt tätowiert. Es ist als würde jedes Bild eine eigene Geschichte erzählen. Ihre Geschichte, und ich muss zugeben, dass ich neugierig bin, mehr darüber zu erfahren.

Sie löst sich von ihm und streicht sich eine Locke aus der Stirn.

Ich schätze mal, sie ist die Porschehasserin.

»Den Umständen entsprechend gut. Rae und Colin sind gerade bei ihm. Iain hat echt Glück gehabt.« Sie streicht über das schlafende Baby und drückt ihm einen Kuss auf die Stirn.

»Hast du mit Tante Rose gesprochen?«

Sie lächelt ihn an, aber es erreicht ihre Augen nicht. Fast, als würde sie sich hinter einer Mauer verstecken. Jack reibt sich den Nacken.

»Nein, tut mir leid. Der Porsche ist nicht gleich angesprungen, und es hat eine Weile gedauert, bis ich ihn zum Laufen gebracht habe.«

»Aber sie wird sich Sorgen machen. Außerdem muss sie das Iris öffnen. Rae erwartet einen wichtigen Gast.«

Jack deutet grinsend auf mich.

»Keine Sorge, den habe ich mitgebracht.«

Die junge Frau zieht eine Augenbraue nach oben und folgt seinem Blick. Ich komme mir wie ein Volltrottel vor.

Ihrem Gesicht nach zu urteilen, hat sie keine Ahnung, wer ich bin. Bis vor wenigen Minuten war ich noch froh darüber, aber jetzt wäre es ganz praktisch.

Es würde mir eine Menge unangenehmer Fragen ersparen.

Jack grinst mich an. »Henry, das ist Marcelyn.«

Ich hebe die Hand zum Gruß. »Hey.«

Sie zieht die Augen zu Schlitzen zusammen und mustert mich. Okay, sie scheint definitiv kein Fan von mir zu sein. Ihre Euphorie lässt ziemlich zu wünschen übrig.

»Du kannst doch nicht einfach einen Fremden mit ins Krankenhaus bringen.«

»Er stand vor dem Iris und hat sich die Eier abgefroren. Was hätte ich tun sollen?«

»Tante Rose Bescheid geben, so, wie ich es dir gesagt habe«, zischt sie und funkelt ihn wütend an. Definitiv die Porschehasserin.

»Wo liegt denn dein Problem, Pinkie Pie? Henry ist cool, und er steht genauso auf Autos wie ich.«

Das würde ich so nicht unterschreiben. Ihr Blick wandert noch mal zu mir. Oh, oh. Ihrem Gesichtsausdruck nach zu urteilen, würde sie mir am liebsten eine Menge Dinge an den Kopf werfen. Als wäre das alles meine Schuld. Doch irgendwie habe ich das Gefühl, dass es noch einen anderen

Grund gibt, warum sie wütend zu sein scheint. Aber vielleicht täusche ich mich auch. Meine Menschenkenntnis war schon mal besser.

»Na, dann ist ja alles in Ordnung«, murmelt sie, setzt sich zurück auf einen der Plastikstühle und summt eine Melodie, während sie das Kind im Arm wiegt. Ich hätte doch im Wagen warten sollen.

Im nächsten Moment öffnet sich die automatische Tür zur Notaufnahme, und eine zierliche Frau mit hellem blondem Haar kommt heraus. Fuck! Das ist dieselbe Frau wie auf der Hauswand. Neben ihr geht ein Kerl, der den Arm um sie schlingt und ihr etwas ins Ohr flüstert.

»Rae? Alles okay?« Marcy steht auf und geht auf die blonde Frau zu, die wohl eindeutig die Besitzerin des Cafés ist. Mir fallen Paiges Worte wieder ein: Frag nach Rae.

»Du kannst zu ihm«, sagt der Mann, nimmt dieser Marcelyn das Baby aus der Hand und drückt ihm einen Kuss aufs Haar. »Er wartet auf dich.«

Ohne weiter auf Jack und mich zu achten, läuft sie an uns vorbei und direkt auf die elektrische Tür zu. Kurz bevor sie verschwindet, dreht sie sich noch mal um.

»Hey, Rae. Valerius Baron wartet auf dich.« Ihr Blick trifft kurz meinen, dann verschwindet sie durch die Tür.

Sie weiß also doch, wer ich bin. Und sie scheint kein Fan von mir zu sein.

7

Marcy

Ich hasse Krankenhäuser. Dabei kann ich noch nicht einmal genau sagen, was genau mich daran stört. Ob es dieser penetrante Geruch nach Desinfektionsmittel ist oder eher die Tatsache, dass Onkel Peter hier nach einer Routine-OP gestorben ist. Noch immer sehe ich Tante Roses Gesicht vor mir, als man ihr die Nachricht von seinem Tod überbracht hat. Niemand hatte damit gerechnet. Absolut niemand.

Einen Moment warte ich an dem Vorhang vor Iains Krankenbett. Solange sein Zimmer auf der Station noch nicht bezugsfertig ist, muss er in der Notaufnahme bleiben. Mein Puls rast, und ich versuche krampfhaft, mich zu beruhigen. Ein paar Minuten werde ich noch abwarten, dann gehe ich zu ihm.

Unzählige Gedanken schießen mir durch den Kopf. Ich wollte vor Rae keine Angst zeigen, aber mir geht es ähnlich wie ihr. Ich mache mir furchtbare Sorgen um ihn, gleichzeitig möchte ich ihm am liebsten den Hals umdrehen.

»Kann ich Ihnen helfen?« Die junge Krankenschwester blickt mich an, und ich schüttle nur kurz den Kopf. Der Kloß in meinem Hals will einfach nicht verschwinden.

»Ich besuche nur einen Freund.« Sie nickt und schaut in die Krankenakte, die sie in den Händen hält.

»In Ordnung. Aber bitte nur kurz, der Patient braucht viel Ruhe.«

Müde lächle ich und reibe meine verschwitzten Hände an meiner Jeans ab. Dann atme ich ein paarmal tief ein und schiebe den Vorhang zur Seite.

Iain liegt in einem Bett, die Augen geschlossen. Rae hat gemeint, er würde auf mich warten, aber jetzt scheint es so, als wäre er eingeschlafen.

Der Kloß in meinem Hals schnürt mir die Luft ab, als ich ihn so sehe. Sein Gesicht ist bleich, auf seiner Stirn ist eine fette Beule zu sehen und an seinem linken Arm hängt eine Infusion.

»Hey«, murmle ich und trete näher an das Bett heran.

Er öffnet die Augen einen Spalt und lächelt.

»Hey.« Ich setze mich zu ihm und greife nach seiner Hand. »Was machst du denn für Sachen?«

»War nicht meine Schuld. Jemand hat mir die Vorfahrt genommen.«

»Man muss nicht alles erzwingen, weißt du.«

»Sag das mal dem anderen Kerl.« Er grinst mich an, und ich seufze laut auf. Ich will ihn nicht belehren, auch wenn ich ihm am liebsten den Kopf abreißen möchte.

Iain ist mein bester Freund. Ihn hier liegen zu sehen macht mich fertig.

»Bist du schwer verletzt?«

Er verzieht schmerzhaft das Gesicht, als er versucht, sich aufzurichten. »Der Arzt meinte, ich hätte großes Glück gehabt. Ist vermutlich ein Satz, den man im Medizinstudium als Erstes lernt.«

Dass er schon wieder Witze reißen kann, sagt wohl eine Menge über seinen Zustand aus.

»Gehirnerschütterung, zwei Rippenbrüche und ein Schulterbruch. Sie wollen mich ein paar Tage zur Überwachung hierbehalten.«

Iain streift meine Hand und lächelt entschuldigend.

»Eine gute Entscheidung.«

Ein gequältes Lächeln erscheint auf seinem Gesicht.

»Colin meint, das Essen hier ist ungenießbar.«

»Wenn du dich an die Anweisungen des Arztes hältst, dann bist du schneller draußen als gedacht, und Tante Rose bringt dir bestimmt ihre weltberühmte Lasagne vorbei.«

»Das wäre eine Überlegung wert. Die Lasagne deiner Tante ist zum Niederknien.« Er hält einen Moment inne. Auf einmal wirkt er nervös.

»Ich muss dich um einen Gefallen bitten, Marcy, und es fällt mir echt nicht leicht.«

»Klar, was gibt's?«

»Ich weiß, dass es viel verlangt ist, aber du bist die Einzige, die ich darum bitten kann. Rae hat mit dem Baby und dem Café genug um die Ohren, und Colin muss zu diesem Workshop. Er hat seinen Flug zwar auf morgen früh verschoben, aber ...«, er bricht ab.

»Mach es nicht so spannend. Was ist los?«

Er atmet tief ein, als müsste er seinen ganzen Mut zusammennehmen. »Ich habe keine Ahnung, wie lange ich hierbleiben muss, und ich kann die Bäckerei nicht so lange geschlossen lassen. Könntest du dich in der Zwischenzeit darum kümmern?«

Für einen Augenblick weiß ich nicht, was ich darauf sagen soll.

Ich denke an das Vorsprechen. Es findet in zwei Tagen statt. Wenn ich Iain helfe, kann ich nicht nach Glasgow fahren. Dann ist meine Chance vorbei. Aber ich kann ihn auch nicht hängen lassen. Er ist mein bester Freund und braucht meine Hilfe.

Vielleicht hat Jack doch recht, und das Vorsprechen ist reine Zeitverschwendung.

Es werden so viele talentierte Leute daran teilnehmen. Die Chance, ausgewählt zu werden, ist sowieso verhältnismäßig gering. Meine Chancen sind gleich null. Und meine Welt ist Duncan. Außerdem hätte ich niemanden, der sich um Tante

Rose kümmert, während ich weg bin. Es sind lausige Versuche, mir die Entscheidung leicht zu machen.

»Hey«, stoße ich ihn an und versuche mir die Enttäuschung nicht anmerken zu lassen. »Natürlich helfe ich dir. Du kennst mich doch. Allzeit bereit.«

Iain blickt mich zweifelnd an.

»Bist du dir ganz sicher? Ich weiß, dass es viel verlangt ist. Ich kann dir auch nicht viel bezahlen.«

»Natürlich.« Ich kenne seine finanzielle Lage. Was wäre ich für eine Freundin, wenn ich ihn hängen lassen würde?

Er tastet nach meiner Hand und drückt sie. Es muss ihm Schmerzen bereiten, denn er verzieht für einen kurzen Moment das Gesicht.

»Danke. Du hast keine Ahnung, wie sehr du mir damit hilfst.«

»Mach dir keine Sorgen. Wir bekommen das schon irgendwie hin.«

Ich sehe ihm sein schlechtes Gewissen an und weiß, wie schwer es ihm fällt, mich um diesen Gefallen zu bitten. Aber er hat recht, es gibt niemanden, der sonst für ihn einspringen könnte.

»Aber wenn alles gut läuft, kann ich dir eine Beteiligung anbieten. Dein Anteil wären dreißig Prozent. Was hältst du davon?«

Iain scheint meine Sprachlosigkeit falsch zu deuten, denn er beginnt breit zu grinsen. »Ich muss nur Rae noch fragen, ob sie damit einverstanden ist.« Iain ist der Besitzer, aber die Geschwister haben, nachdem Rae das Erbe angenommen hat, entschieden, größere Investitionen gemeinsam zu beschließen. Mein Magen zieht sich zusammen.

Ich will das nicht. Alles in mir schreit danach, ihm zu sagen, dass ich auf keinen Fall an seiner Bäckerei beteiligt sein möchte. Nicht, weil ich es nicht zu schätzen weiß, sondern weil es sich wie eine Kapitulation anfühlen würde. Als würde ich meine Träume endgültig begraben. Aber kein

Wort kommt über meine Lippen. Stattdessen zwinge ich mich zu einem Lächeln und nicke einmal kurz.

»Hört sich gut an. Aber jetzt solltest du dich ausruhen. Ich muss nach Hause zu Tante Rose.«

»Okay«, murmelt er. »Aber bevor ich es vergesse: Gestern, nachdem du zu Dr. Kendall gefahren bist, kam eine Frau von dieser Produktionsfirma vorbei, die gerade im Ort dreht. Ihr Name ist Regina, und sie hat für morgen Kaffee und frisches Gebäck für die Crew bestellt. In der Bäckerei liegt eine Liste mit Ware, die sie haben möchte.«

Schlagartig wird mir eiskalt, und meine Hände werden feucht. Jetzt erst wird mir die Bedeutung seiner Worte klar.

»Ich soll backen?«

Im letzten Jahr, als Iains und Raes Mutter starb und der Notar auf der Suche nach Rae war, habe ich mich um das Café gekümmert und Iain um die Bäckerei. Ich habe mich bewusst für das Iris entschieden, denn Tee und Kaffee zuzubereiten schien mir keine große Sache zu sein. Aber backen ist absolut nicht mein Ding.

Iain seufzt. »Ich habe mich schon gewundert, dass du so schnell zugestimmt hast. Ein paar Sachen habe ich eingefroren. Aber sie werden nicht lange reichen. In der Zwischenzeit musst du dir die Rezepte ansehen und ein wenig üben. So schwer ist das nicht. Rae wird vielleicht abends helfen können. Und allzu lange werde ich ja nicht hier sein.«

Vielleicht war es doch keine so gute Idee einzuwilligen. So gerne ich Iain auch habe, aber mit meinen mangelnden Backkünsten bin ich ihm bestimmt keine große Hilfe. Aber ich kann ihn auch nicht hängen lassen. Dieser Deal mit der Produktionsgesellschaft würde ihm bestimmt helfen. Ein schlechtes Gewissen macht sich in mir breit. Ich ruiniere noch alles, und dann wird Iain mir das nie verzeihen. Am Ende hat er noch eine Schadensersatzklage am Hals. Oder jemand verlangt Schmerzensgeld, weil die Backwaren ungenießbar waren. Dieses Risiko will er bestimmt nicht eingehen.

»Vielleicht solltest du dir doch jemand anders dafür suchen.«

Er lächelt mir müde zu. »Ich bin mir sicher, dass du das schaffen wirst.«

Sein Vertrauen in mich beruhigt mich nicht besonders. Aber ich will ihn nicht hängen lassen. Das kann ich ihm nicht antun.

8

Marcy

Als ich zurück in den Krankenhausflur komme, steht Rae ein paar Meter entfernt und unterhält sich mit einem Arzt. Von Jack und Colin ist weit und breit nichts zu sehen. Als Rae mich sieht, umarmt sie den Arzt und kommt auf mich zugelaufen.

»Der Arzt meint, sie wollen ihn noch ein paar Tage hierbehalten. Es wird aber noch eine Weile dauern, bis er wieder in der Bäckerei arbeiten kann.«

»Das hat er mir auch erzählt. Ich werde so lange dort aushelfen.« Verwirrt blickt sie mich an.

»Du? Aber hast du vorhin nicht etwas von einem Vorsprechen erwähnt?«

Lächelnd winke ich ab. »Das war nicht das letzte Vorsprechen. Es wird andere Möglichkeiten geben.«

Rae greift nach meiner Hand. »Du musst ihm nicht helfen, Marcy.«

»Er hat mich darum gebeten, Rae. Was hätte ich denn tun sollen?«

»Nein sagen? Wir finden eine andere Möglichkeit.«

Vehement schüttle ich den Kopf. »Werden wir nicht. Hat er dir von seinem Deal mit der Produktionsfirma erzählt? Das ist seit Langem mal wieder eine Chance, und die muss er ergreifen, Rae.«

»Bist du dir da wirklich sicher?«

Nein. Alles in mir schreit förmlich Nein, aber ich zwinge mich zu einem Lächeln und nicke.

»Absolut.«

In Raes Blick kann ich sehen, dass sie an meinen Worten zweifelt.

»Das gefällt mir nicht.«

»Ich bin ein großes Mädchen und kann für mich selbst entscheiden.«

»Genau das bezweifle ich im Moment.«

Ich will mit ihr nicht weiter darüber reden. Nicht hier. Suchend sehe ich mich nach Jack um.

»Wo ist Jack?«

»Er fährt Colin zu Brenda, damit er Gwen zu Bett bringen kann. Ich bleibe noch ein wenig bei Iain.« Obwohl sie es nicht zeigt, kann ich spüren, wie viel Sorgen sie sich um ihren Bruder macht.

»Mist! Er hätte mich mitnehmen können. Ich muss nach Hause zu Tante Rose.«

»Warum nimmst du nicht Colins Wagen? Dann kannst du unseren Superstar mitnehmen.«

Der hat mir gerade noch gefehlt. Überrascht ziehe ich die Augenbraue hoch.

»Schau nicht so. Wir haben uns ein wenig unterhalten. Er ist ein echt netter Kerl.«

Sie beugt sich näher zu mir hin. »Und unglaublich charmant. Aber nichts davon Colin erzählen. Er ist sowieso schon eifersüchtig.«

»Ich schweige wie ein Grab.« Trotzdem fällt es mir schwer zu glauben, dass der Kerl charmant ist. Er kommt mir eher vor wie ein Typ, der sich nimmt, was er haben will. Ohne Rücksicht auf Verluste. Ein Superstar eben. Und es ist mir momentan total egal, dass ich hier an einem Vorurteil festhalte.

Seufzend blicke ich mich um. Weit und breit ist er nicht zu sehen.

»Wo steckt er denn?«

»Er wollte sich ein Taxi rufen.«

Sie holt den Schlüssel von Colins Taxi aus der Hosentasche und lässt ihn mir in die Hand fallen.

»Sei vorsichtig. Ich will dich nicht auch noch im Krankenhaus besuchen müssen.«

»Bin ich immer.« Ich drücke ihr einen Kuss auf die Wange.

»Und pass mir auf Henry auf. Nicht, dass du ihn auf dem Rückweg aus dem Auto stößt und es wie einen Unfall aussehen lässt.«

»Das traust du mir zu?«

»Das und noch viel mehr.«

»Keine Sorge, von Unfällen habe ich in der nächsten Zeit genug.«

Als ich das Krankenhaus verlasse, sehe ich Henry Lucas vor der Notaufnahme stehen. Er tippt auf sein Handy und flucht dabei so laut, dass ich schon taub sein müsste, um ihn nicht zu hören. Er wird sich seinen Hintern abfrieren, wenn er noch länger dort draußen steht. Einen Moment lang bleibe ich stehen und lasse das Gesamtbild auf mich wirken. Vielleicht sollte ich ihn doch noch eine Weile hier in der Kälte schmoren lassen. Es würde ihm sicherlich nicht schaden. Den Gedanken verwerfe ich aber sofort wieder und gehe langsam auf ihn zu. Er ist wirklich groß. Im ersten Moment habe ich ihn gar nicht erkannt. Er sieht ganz anders aus als auf den Fotos, die man regelmäßig in den sozialen Medien oder in den Boulevardzeitschriften findet. Seine dunkelbraunen Haare liegen ihm auf den Schultern und sind leicht gewellt, dazu der Dreitagebart und die gebräunte Haut. Niemand käme auf den ersten Blick auf die Idee, dass er Engländer ist. Er hat etwas Verwegenes an sich und würde sich bestimmt gut in der Rolle eines Piraten machen.

Henry Lucas trägt einen dunkelblauen Hoodie von Dolce & Gabbana, darüber eine Biker-Lederjacke und dunkle Designerjeans, dazu schwere, schwarze Boots. Er reibt sich die Hände und blickt sich suchend um.

Ich stelle mich neben ihn.

»Ich fahre zurück nach Duncan. Soll ich Sie mitnehmen?«

Er sieht mich nicht einmal an, sondern starrt stattdessen in die entgegengesetzte Richtung. »Nein, danke. Mein Taxi müsste jeden Moment hier auftauchen.«

»Wann haben Sie mit dem Taxiunternehmen gesprochen?«

»Vor zwanzig Minuten.«

»Und wann, sagte man Ihnen, würde der Fahrer hier sein?«

»In zwanzig Minuten.«

»Nun, es hat heute Nacht frisch geschneit, und wir befinden uns hier mitten in den Highlands. Die nächste Stadt ist dreißig Meilen entfernt. Ich schätze also, dass Sie noch eine Weile auf Ihr Taxi warten müssen.«

Jetzt habe ich seine volle Aufmerksamkeit. Er dreht sich zu mir herum und sieht mich ungläubig an. »Was meinen Sie mit ›eine Weile‹?«

»Zwei Stunden. Wenn Sie Glück haben, auch nur eine.«

»Wollen Sie mich auf den Arm nehmen? Ich bin gerade dabei, mir die Eier abzufrieren.«

»Das wäre natürlich eine Schande.« Ich bin mir nicht sicher, ob er die Ironie in meiner Stimme erkennt, aber wenn ich ehrlich bin, wäre es das wirklich. Er sieht ziemlich heiß aus.

»Dann sollten Sie mit mir zurückfahren. In Colins Wagen gibt es sogar eine Heizung.«

Ich sehe ihm an, wie er mit sich hadert. Aber ich denke, er hängt an seinen Eiern, daher wird ihm die Entscheidung leichtfallen.

»Ich komme mit Ihnen.«

»Ist Colin Taxifahrer?«
Wir sind seit fünfzehn Minuten unterwegs, aber das sind die ersten drei Worte, die er seit der Abfahrt sagt.

Ich zucke zusammen, als ich seine Stimme höre. Ich war so in Gedanken versunken, dass ich ihn vollkommen ausgeblendet habe. Soweit das bei seiner Größe und seinem Erscheinungsbild möglich ist. Von seinem Geruch will ich gar nicht erst reden. Es sollte verboten sein, dass Menschen nach einem langen, anstrengenden Tag, ohne mit Wasser in Kontakt gekommen zu sein, noch so gut riechen können. Bestimmt stinke ich wie ein Elch. Ein Elch mit Kakaoflecken auf der Bluse und einer vollen Blase. Verdammt, ich hätte vor der Fahrt noch auf die Toilette gehen sollen.

Ich spüre seinen Blick auf mir, während ich den Blinker setze und auf die Schnellstraße abbiege. Henry sitzt auf dem Beifahrersitz, die Beine angezogen, sodass er theoretisch sein Kinn auf seinen Knien abstützen könnte, und starrt mich an. Der Wagen ist definitiv ein paar Nummern zu klein für ihn.

»Nein, der Wagen hat einmal Jack gehört. Er hat ein Faible für ungewöhnliche Autos. Colin hatte eine schwere Phase hinter sich, und der Wagen hat ihm gefallen.«

Ich werde nicht Colins Geschichte erzählen. Dazu habe ich weder das Recht noch die Lust. Es steht mir nicht zu, mich in andere Angelegenheiten zu mischen. Wenn Colin will, dass Henry von seiner Geschichte erfährt, wird er sie ihm erzählen.

»Sie können Autos nicht ausstehen.« Es ist keine Frage, eher eine Feststellung.

Überrascht blicke ich zu ihm. »Wie kommen Sie denn darauf?«

»Jack hat mir von Ihrer Abneigung erzählt.«

Misstrauisch blicke ich ihn an. »Sie scheinen ja schon sehr vertraut miteinander zu sein.«

»Wir haben uns nur unterhalten. Ist es wahr?«

»Was denn?«

»Dass Sie den Porsche nicht leiden können?«

»Aus Ihrem Mund hört es sich viel schlimmer an, als es ist.«

»Sie haben Jack aus dem Bett geworfen.«

»*Das* hat er Ihnen erzählt?«

Er hebt eine Augenbraue und wirft mir einen kurzen Blick zu. »Stimmt es etwa nicht?«

»Nur zu meiner Verteidigung: Das lag nicht daran, dass er im Schlaf spricht. Jeder Mensch hat Macken, und im Grunde genommen macht es einen sogar gerade deswegen liebenswert. Aber Jack schnarcht, und ich spreche hier von einem verdammten Sägewerk. Deswegen habe ich ihn aus dem Bett geworfen. Ich musste am nächsten Morgen früh raus, und dann ... Moment mal. Warum rechtfertige ich mich denn vor Ihnen? Und warum verdammt noch mal spreche ich mit Ihnen über das, was in unserem Bett vorgeht?« Wenn ich mich nicht gleich bremse, erzähle ich ihm noch viel intimere Details.

»Weil Sie ein schlechtes Gewissen haben. Müssen Sie aber nicht. Glauben Sie mir, ich bin überhaupt nicht neugierig.« Er sieht aus dem Fenster, und Wut brodelt in mir. Ich will es nicht so stehen lassen, als wäre das Ganze meine Schuld gewesen.

»Ich könnte Ihnen noch viel mehr Geschichten erzählen, aber ...«

»Darf ich?« Er deutet zum Radio, und ohne mein Okay abzuwarten, schaltet er es ein. Er spielt an den Knöpfen herum und wählt einen Sender aus. Schon im nächsten Moment dröhnt Seven Nation Army von The White Stripes aus dem Lautsprecher. Henry nickt zufrieden, dann lässt er sich nach hinten fallen, ohne mich eines Blickes zu würdigen. Ich bin immer noch viel zu perplex, um etwas zu sagen. Hat er mich gerade wirklich abgewürgt? Im Ernst? Was für ein arroganter Kerl.

Seine Finger trommeln auf seinem Oberschenkel, und obwohl ich mich wirklich auf die Straße konzentrieren müsste, kann ich nicht anders und beobachte ihn aus den Augenwinkeln. Er hat die Augen geschlossen, aber seine Lippen bewegen sich zum Text. Er singt stumm mit und klopft im Takt dazu. Am liebsten würde ich ihm die Meinung sagen, aber kein Wort kommt über meine Lippen. Der Kerl macht mich nervös. Keine Ahnung, warum das so ist. Für gewöhnlich bringen mich Männer nicht aus der Fassung, aber dieser Mann hat etwas an sich, was mich verunsichert. Und das hat nichts mit seiner Größe zu tun oder mit der Tatsache, dass er ein verdammt berühmter Schauspieler ist. Onkel Peter würde mir vorschlagen, sich den Kerl einfach nackt vorzustellen. »Nackt sehen alle Menschen gleich aus, Marcy. Das nimmt dir ein wenig die Angst vor ihnen.«

Falsch, ganz falsch. Das funktioniert überhaupt nicht. Sich Henry Lucas nackt vorzustellen macht alles nur noch schlimmer.

Es sind nur noch wenige Kilometer bis nach Duncan, und während der weiteren Fahrt beschränkt sich die Kommunikation auf ein paar seltsame Blicke, die wir uns gegenseitig zuwerfen. Nun hat er die Augen geschlossen, die Arme vor seiner Brust verschränkt und schläft.

Gut so. Dann habe ich zumindest meine Ruhe vor ihm. In ein paar Minuten sind wir in Duncan, da zeige ich dem Kerl sein Zimmer und verschwinde wieder. Mit ein wenig Glück kann ich ihm in den nächsten Tagen aus dem Weg gehen. Vermutlich erinnert er sich dann schon gar nicht mehr an mich.

Plötzlich klingelt mein Handy, und erschrocken keuche ich auf. Mist! Instinktiv sehe ich zu Henry, der immer noch mit geschlossenen Augen neben mir sitzt. Sein Brustkorb hebt und senkt sich leicht. Ist er eingeschlafen? So ganz traue ich dem Frieden nicht. Ich blicke auf das Display, und Tante Roses Stimme ertönt aus den Lautsprechern.

»Marcy? Gut, dass du dich meldest. Ich habe mir schon Sorgen gemacht.«

»Tut mir leid, Tante Rose. Iain hatte einen Unfall, und ich habe Jack gesagt, dass er dir Bescheid geben soll. Aber du kennst ihn ja.« Der enttäuschte Ton meiner Stimme entgeht selbst mir nicht.

»Sei ihm nicht böse, mein Schatz. Ich habe ihn vorhin gesehen, als er Colin zu Brenda gebracht hat. Er hat mir schon alles erzählt.«

Erleichterung macht sich in mir breit. Vielleicht bin ich einfach zu hart zu ihm.

»Erzähl mir von Henry Lucas.«

Ruckartig blicke ich zu Henry, der immer noch die Augen geschlossen hat. Er hat sich nicht bewegt.

»Wie kommst du denn jetzt darauf?«

»Jack hat mir erzählt, dass er ihn mit ins Krankenhaus genommen hat. Ich will alles über den Mann wissen. Sieht er genauso gut aus wie im Fernsehen?«

Ich kann nicht glauben, dass sie mich das fragt. »Deswegen hast du mich angerufen?«

»Ja, warum denn auch nicht? Jetzt erzähl schon!«

Himmel, das kann doch nicht wahr sein. Ich lasse Henry nicht aus den Augen, aber er schläft tief und fest.

»Ich weiß nicht. Ich habe mir wegen Iain Sorgen gemacht, da konnte ich mir nicht auch noch Gedanken über diesen eingebildeten Kerl machen.«

»Ach, komm schon. Du wirst deiner alten Tante doch sagen können, ob der Mann gut aussieht oder nicht.«

»Nein, kann ich nicht. Er sitzt nämlich gerade neben mir.«

»Wirklich?« Ich kann förmlich sehen, wie ihre Miene sich erhellt. »Gib ihn mir mal.«

»Er schläft.«

»Bist du noch im Krankenhaus?«

»Nein, wir sind gerade auf dem Weg nach Hause. Er ist im Wagen eingeschlafen.«

»Also hört er uns sowieso nicht. Dann kannst du mir ja sagen, wie er aussieht.«

Ich schätze, aus der Nummer komme ich so schnell nicht wieder heraus. Vielleicht sollte ich irgendwas sagen. Nur, damit sie Ruhe gibt.

»Na gut, schön. Ja, er sieht gut aus.«

»Auf einer Skala von eins bis zehn?«

»Tante Rose! Du wirst ihn bald selbst sehen, dann kannst du dir dein eigenes Urteil bilden.«

»Natürlich, aber ich würde es gerne jetzt schon wissen.« Himmel, ich hatte ganz vergessen, wie stur sie manchmal sein kann.

Am liebsten würde ich in Grund und Boden versinken.

»Eine Acht«, flüstere ich.

»Was? Sprich doch ein wenig lauter. Ich verstehe dich gar nicht.«

»Eine Acht.«

Tante Rose keucht auf.

»Eine gute Acht oder eine schlechte?«

»Ich werde jetzt auflegen. Gute Nacht!«

»Gute Nacht, mein Schatz. Vergiss nicht, die Tür zu zuzusperren, wenn du nach Hause kommst.«

Ich lege auf und sehe zu Henry hinüber, der immer noch die Augen geschlossen hält und in regelmäßigen Zügen atmet. Aber ich bilde mir ein, dass seine Mundwinkel zucken. Hat er etwa alles mit angehört?

9

Henry

Eine Acht? Im Ernst? Ich weiß nicht, ob ich beleidigt oder geschmeichelt sein soll. Aber es war verdammt witzig, ihr zuzuhören, während sie so leise wie möglich gesprochen hat. Ich musste mich ziemlich anstrengen, um nicht laut loszulachen. Aber damit hätte ich meine Gunst wohl komplett verspielt.

Wobei, was habe ich schon zu verlieren? Es kann mir egal sein, was die Leute hier von mir denken. Niemand von ihnen kennt mich, und den meisten Menschen ist es auch egal, wer sich hinter einem Namen verbirgt. Sie haben sich ihr Urteil über mich sowieso schon gebildet. Keiner von ihnen weiß, ob in den Geschichten über mich auch nur ein Funken Wahrheit steckt. Aber wie heißt es so schön? Man kann nichts verlieren, was man nicht besessen hat, und mein Ruf war von Anfang an beschissen. Zum einen, weil mein Management genau diesen Typ aus mir machte, um mich vermarkten zu können. Zum anderen, weil meine Ex-Frau die absurdesten Dinge über mich in die Welt gesetzt hat, um es mir heimzuzahlen.

Es kann mir egal sein, was die Leute hier von mir denken, und genau aus diesem Grund werde ich keine Rücksicht mehr auf andere nehmen.

Als das Taxi vor dem Iris hält, strecke ich mich, als wäre ich gerade erst aufgewacht, und steige aus dem Wagen. Ich brauche ein Bett, einen Whisky und ein gutes Fernsehprogramm. Und Ruhe. Verdammt viel Ruhe. Genau in dieser Reihenfolge. Ohne Marcy weiter zu beachten, gehe ich zu meinem Land Rover und hole meinen Koffer heraus. Um den Rest werde ich mich morgen kümmern.

Marcy steigt ebenfalls aus dem Wagen, dann holt sie einen Schlüssel aus der Jackentasche und sperrt die Tür zum Café auf.

»Sie haben alles gehört, nicht wahr?« Sie sieht mich dabei nicht an, aber ich höre das Zittern in ihrer Stimme. Ich habe nicht vor, sie bloßzustellen, also mache ich das, was ich am besten kann. Schauspielern.

»Ich habe keine Ahnung, wovon Sie sprechen.« Sie wirft mir einen skeptischen Blick zu, aber sagt nichts weiter dazu, sondern tastet nach einem Lichtschalter. Ich weiß nicht, was ich erwartet habe, aber nicht das. Die Vorhänge sind zugezogen, und das dämmrige Licht verwandelt den Raum in einen behaglich warmen Ort. Die Nostalgie, die sich wie eine Decke um diesen Raum legt, ist in jeder Ecke zu spüren. Alt trifft auf Neu. Holz auf Metall. Es ist, als würde sich alles hier anziehen. Schwarz und weiß. Modern und antik. Das Café wirkt wie aus einem anderen Leben. Alles ist bunt gemischt. Glastische mit bunten Sitzsäcken, die vereinzelt im Raum verteilt sind. Dazwischen Holztische und Stühle mit roten Bezügen und dazu passende Vorhänge. Auf der Kuchenvitrine stapeln sich Espressotassen, Vasen, Milchkaraffen und Glasplatten mit Pralinen.

Es ist, als wäre man aus seinem tristen langweiligen Leben in eine neue Welt katapultiert worden.

»Ihr Zimmer ist im oberen Stockwerk, gleich die erste Tür. Rae meinte, der Raum daneben ist für Ihre Managerin reserviert.«

Mein Blick wandert die Treppe entlang nach oben. »Sie müssen keine Rücksicht nehmen. Außer Ihnen wohnt niemand mehr im Haus. Nur für den Fall, dass …«

»Dass?«

»Sie Damenbesuch erwarten.«

»Danke«, murmle ich und greife nach meinem Koffer. Dazu wird es ganz sicher nicht kommen. Mein Bedarf an Komplikationen ist für den Moment gedeckt.

»Das Café öffnet erst gegen 8 Uhr, aber Sie können natürlich schon früher frühstücken. Die Bäckerei hat ab 6 Uhr geöffnet.« Sie deutet auf die gegenüberliegende Straßenseite, wo hinter einem Durchgang ein kleiner Verkaufstresen zu sehen ist.

Als ich die Treppen nach oben gehe, spüre ich Marcys Blick im Rücken. Oben angekommen, bleibe ich kurz stehen, dann drehe ich mich noch mal zu ihr um.

»Sie haben recht gehabt.«

Sie steht vor der Eingangstür und blickt zu mir herauf.

»Womit?«

»Ich habe alles mit angehört. Und über die Acht müssen wir noch mal sprechen.« Dann zwinkere ich ihr zu und betrete mein Zimmer.

10

Marcy

Als ich in mein Apartment komme, ist es schon spät. Einen Augenblick lang spiele ich mit dem Gedanken, noch mal bei Tante Rose vorbeizuschauen, verwerfe ihn dann aber wieder. Vermutlich schläft sie sowieso schon, und ich würde sie nur aufwecken.

Ihre Wohnung liegt direkt unter meiner. Früher bestand sie aus zwei Stockwerken, aber nach Onkel Peters Tod beschloss Tante Rose, die Tür, die beide Wohnungen miteinander verband, zumauern zu lassen, damit ich ein wenig mehr Privatsphäre bekam.

Ich setze mich auf mein Bett, greife unter das Kopfkissen und hole den Zeitungsartikel, den Hannah mir geschickt hat, und mein Mutmachglas hervor. Der Zettel, den ich bereits vor Tagen herausgefischt habe, liegt zerknittert daneben.

Zeig der Angst den Mittelfinger und lächle.

Wenn das nur so einfach wäre.

Seufzend stecke ich den Zettel zurück in mein Mutmachglas. Von den hundert Papierröllchen sind nicht viele übrig geblieben. Hannah hat es mir zu meinem Geburtstag geschenkt, und in letzter Zeit häufen sich die Momente, in denen ich in das Glas greife.

Mein Blick fällt auf den Artikel im Herald. Meine Schwester hat sich nicht einmal die Mühe gemacht, ihn vernünftig auszuschneiden, sondern ihn lediglich herausgerissen und in ein Kuvert gesteckt, auf den ein pinkfarbener Smiley gemalt ist. Auf dem Artikel klebt ein Post-it mit den Worten:

Bevor du ihn liest, nimm einen Zettel aus deinem Mutmachglas. Du wirst ihn brauchen.☺

Es sollte mich nicht wundern, dass sie den guten alten Postweg genutzt hat, um mir den Artikel zukommen zu lassen. Seit ein paar Wochen steckt sie mitten in einem Schulprojekt, in dem es darum geht, auf jegliche Art von moderner Kommunikation zu verzichten. Kein Handy. Kein Internet. Es wundert mich, dass sie mir den Artikel nicht mit einer Brieftaube geschickt hat.

Wehmütig lese ich noch mal den Zeitungsartikel. Ich weiß, Iain hätte mich nie darum gebeten, ihm zu helfen, wenn er von dem Vorsprechen gewusst hätte. Er kennt meine Liebe zum Theater und weiß, wie lange ich schon auf diese Chance warte. An unzähligen Abenden habe ich ihn nach Westhill ins Theater geschleppt, um sich mit mir ein neues Stück anzusehen. Im Gegensatz zu Jack hat Iain noch nie versucht, es mir auszureden.

Aber ich habe es nicht über mich gebracht, ihm davon zu erzählen. In dem Moment, als ich mich dafür entschieden habe, die Bäckerei für die nächste Zeit zu übernehmen, habe ich mit dem Gedanken abgeschlossen.

Wobei ich vermutlich nie wieder die Chance erhalten werde, bei David Long vorzusprechen.

Er ist der Quentin Tarantino des Theaters. So ungewöhnlich seine Ideen auch sind, bisher wurden all seine Projekte Erfolge. Und die Schauspieler, denen er eine Chance gegeben hat, werden auf den größten Theaterbühnen der Welt gefeiert.

Ich habe Schottland bisher noch nie verlassen. Bin noch nie in ein Flugzeug gestiegen. Meine weiteste Reise war der Besuch meines Vaters und seiner neuen Familie in Porree. Hundertzweiundzwanzig Meilen von Duncan entfernt. Ziemlich erbärmlich.

Aber ich habe mich dafür entschieden, Iain zu helfen, und dazu stehe ich. Es bringt nichts, jetzt noch weiter darüber nachzudenken.

Ich stelle das Mutmachglas zurück ins Regal und stecke den Zeitungsartikel wieder unter das Kopfkissen. Vielleicht ist es an der Zeit, mir einen Plan C zu überlegen. Nur für alle Fälle.

11

Marcy

Am nächsten Tag habe ich Henry nicht zu Gesicht bekommen, und darüber bin ich auch sehr froh. Immer wieder erwische ich mich dabei, wie mein Blick zu seinem Zimmer wandert, aber kein einziges Mal sehe ich ihn, wie er hinein- oder hinausgeht. Die Eingangstür des *Iris* öffnet sich, und Lizzy, die Tochter von Dr. Kandall, steht in der Tür.

»Hallo, Marcy.« In der Hand hält sie die Hundeleine von Mrs Greens Labradoodle Mia.

»Ich soll Mrs Green einen Coffee to go mitbringen. Kannst du ihn mir bitte einpacken?«

»Klar, mach ich.« Ich drehe mich um, hole einen Papierbecher hervor und starte die Espressomaschine. Heute steht der Pistazien Vanilla Latte zur Auswahl. Ich schraube einen Deckel darauf und bringe ihn Lizzy, die im Türrahmen lehnt und auf mich wartet.

Sie drückt mir fünf Pfund in die Hand. »Stimmt so. Der Rest ist für die Kaffeekasse«, trällert sie. »Schönen Tag, Marcy.«

»Dir auch«, rufe ich ihr nach und bemerke erst jetzt, dass eine weitere Frau im Iris steht. Sie sieht sich um und summt dabei eine Melodie, die mir unbekannt ist.

»Kann ich Ihnen helfen?«

Abrupt dreht sie sich zu mir um.

»Sehr gerne. Bekomme ich bei Ihnen auch einen Coffee to go, wenn ich mich hier hinsetze? Zusammen mit einem Stück Marzipantorte?«

Eigentlich wäre es jetzt meine Aufgabe, ihr zu sagen, dass die Preise für die To-go-Varianten so kalkuliert sind, dass weder die Tischnutzung noch Geschirr oder Besteck mitberechnet wurden, geschweige denn meine Arbeit. Aber bei der momentanen Situation kann es sich niemand in Duncan leisten, Gäste zu vergraulen. Das *Iris* am allerwenigsten. »Natürlich.«

»Sehr schön. In New York wird man da sofort rausgeschmissen.«

Sie lässt sich an einem Tisch am Fenster nieder und holt ihren Laptop heraus. »Ich muss noch ein wenig arbeiten, und die Dame meinte, mein Zimmer wäre noch nicht beziehbar.« Verwundert sehe ich sie an.

»Sie wohnen hier?«

Sie deutet auf das Zimmer im ersten Stock. Direkt neben dem von Henry Lucas. »Das ist für die nächsten vier Tage mein Reich, dann muss ich leider kurzfristig zurück nach London.«

»Dann gehören Sie auch zur Produktionsfirma?«

Sie lächelt und streckt mir ihre Hand hin.

»Ich bin Paige Madison. Henry Lucas' Managerin.«

»Oh. Tut mir leid, das wusste ich nicht. Dann geht der Kaffee natürlich aufs Haus.« Ich ergreife ihre Hand.

»Ich bin übrigens Marcy.«

Sie runzelt einen Moment die Stirn. »Sie sind Marcy? Henry hat Sie erwähnt.«

Röte schießt mir in die Wangen. Vermutlich hat er ihr von meiner Acht erzählt. Könnte es noch peinlicher sein?

»Sie haben ihn nach Hause gefahren.«

O ja, sie weiß von der Acht.

»Das war wirklich sehr nett von Ihnen. Ich bin mir sicher, jemand anders hätte die Situation ausgenutzt. Freut mich,

Sie kennenzulernen.« Ihr Blick wandert durch das Café. »Es wirkt sehr gemütlich hier. Aber es scheint nicht viel los zu sein.«

»Das ist noch untertrieben. Es verirren sich nicht viele Menschen nach Duncan. Es wird jedes Jahr schlimmer.«

»Woran liegt das?«

Seufzend zucke ich mit den Schultern. »Na ja, um diese Jahreszeit ist hier immer wenig los, aber in diesem Jahr ist es wirklich extrem. Nachdem der Bau eines Luxusresorts geplatzt ist, haben sich die Investoren nach anderen Projekten umgesehen. Ich schätze, Duncan ist einfach nicht mehr interessant genug. In Westhill wurde ein neues Einkaufszentrum gebaut, und für die meisten Menschen ist es entspannter, wenn sie alles unter einem Dach kaufen können.«

»Nun, dann müssen Sie den Leuten eben auch einen Grund geben, warum sie ausgerechnet hierher kommen sollen.« Sie legt den Kopf ein wenig zur Seite und rümpft kurz die Nase.

»Damit meine ich natürlich kein Einkaufszentrum, sondern etwas, das sie sonst nirgends bekommen. Sie könnten etwas Publicity vertragen, meinen Sie nicht? Nur schade, dass der Regisseur die Dreharbeiten so unter Verschluss hält.« Sie beugt sich näher an mich heran. »Er hasst die Presse.«

»Das kann ich sogar verstehen. Ich wäre auch nicht gerne unter Beobachtung. Aber Sie haben recht, ein wenig mehr Touristen könnten uns wirklich guttun.«

Paige nickt und deutet mit dem Zeigefinger auf mich.

»Ich schätze, wir zwei müssen uns etwas einfallen lassen.«

»Wir?«, frage ich irritiert.

»Aber natürlich. Ich werde Ihnen dabei helfen, dass mehr Touristen nach Duncan kommen. Im Gegenzug muss ich Sie um einen Gefallen bitten.«

In diesem Moment klingelt ihr Handy. Als Paiges Blick auf das Display fällt, runzelt sie kurz die Stirn, dann signalisiert sie mir, dass sie das Gespräch annehmen muss, und lächelt mich bedauernd an. Ich nicke stumm und mache mich auf den Weg in die Küche.

Als ich nach zehn Minuten wieder an ihrem Tisch stehe, telefoniert sie immer noch, und ihrem Gesichtsausdruck nach zu urteilen, scheint sie nicht glücklich mit dem Telefonat zu sein. Ich stelle den Teller mit einem Stück Marzipantorte auf den Tisch und bin gerade dabei, wieder zurückzugehen, doch sie hält mich zurück.

Warten Sie, formt sie mit ihren Lippen, dann lächelt sie mich kurz an, bevor sie wieder in ihren Managermodus verfällt.

»Sie haben vollkommen recht. Natürlich werde ich mich mit ihm darüber unterhalten.«

Ich habe keine Ahnung, was ihr Gesprächspartner sagt, aber sie verdreht nur die Augen und schüttelt den Kopf.

»Selbstverständlich. Ich melde mich bei Ihnen, sobald ich etwas weiß.« Sie legt auf und knallt das Handy auf die Tischplatte.«

»Schlechte Nachrichten?«

»Schlecht ist noch untertrieben. Kennen Sie das Gefühl, dass Sie in einer Sackgasse stecken und keine Ahnung haben, wie Sie da wieder herauskommen?«

»Wie wäre es mit Rückwärtsgang einlegen und Gas geben?«

Sie lacht auf und streicht sich eine Haarsträhne aus dem Gesicht. »Fürs Rückwärtsfahren ist es schon zu spät. Aber jetzt bin ich an dem Punkt angelangt, an dem ich Ihre Hilfe brauche. Das kam schneller, als mir lieb ist, aber gut. Wir müssen uns jetzt etwas einfallen lassen.«

Langsam lasse ich meinen Blick durch das Café wandern. Absolute tote Hose. Theoretisch könnte ich mir einen Cappuccino holen und ein paar Macarons und mich zu ihr an den Tisch setzen. Es würde niemandem auffallen.

»Schießen Sie los.«

»Können Sie mir sagen, wo man hier in der Nähe nett essen gehen kann? Sie wissen schon … für ein Date.«

»Ist der Kerl gesprächig?«

Sie runzelt die Stirn. »Bitte?«

Ich zucke mit den Schultern. »Na ja, wenn Sie jemanden kennengelernt haben, der eher wortkarg ist, dann können Sie sich mit ihm im *Ginnie's* treffen. Die Bar ist am Ende der Straße. Verdammt gute Spareribs, das beste Pale Ale im Umkreis von hundert Meilen und coole Musik. Da wird es nicht unangenehm, wenn der Gesprächsstoff ausgeht.«

»Ich hatte eher an etwas Ruhiges gedacht. Etwas Romantischeres.«

Seufzend streiche ich mir eine Locke aus dem Gesicht. »Dann sollten Sie nach Westhill fahren. Dort gibt es einen echt guten Italiener. Glauben Sie mir, für sein Tiramisu würden manche einen Mord begehen.«

Sofort erhellt sich ihre Miene.

»Sehr gut. Also wäre das schon mal geklärt. Dann brauchen wir nur noch das Date.«

Neugierig blicke ich sie an. »Normalerweise kümmert man sich doch erst um den Partner und dann um die Location, oder läuft das in England anders?«

Sie lacht laut auf und schüttelt den Kopf. »Nein, Sie haben natürlich recht. Aber es handelt sich hier nicht um mein Date, und glauben Sie mir, bisher war das Schwierigste immer, eine geeignete Location zu finden, und nicht das Date an sich.«

Ich lege den Kopf zur Seite. »Jetzt haben Sie mich neugierig gemacht.«

»Tut mir leid. Wenn ich Ihnen davon erzähle, muss ich Sie eine Verschwiegenheitsklausel unterschreiben lassen.«

Lachend winke ich ab. »Schon gut. Ich will es gar nicht wissen.« Ich stehe auf und mache mich auf den Weg in die Küche.

12

Marcy

Meine Schicht im Ginnie's ist in vollem Gange, als ich an der Theke stehe und Jack sein Pale Ale reiche. Im ersten Moment dachte ich, dass es nach dem gestrigen Gespräch komisch zwischen uns sein könnte, aber Jack benimmt sich wie immer. Er beugt sich über den Tresen und zwinkert mir zu.

»Also noch mal wegen Laurens Party ...«

Ich verdrehe die Augen und stelle das frisch polierte Glas zurück in das Hängeregal, das über dem Schrank mit den Spirituosen angebracht ist. Einen Augenblick überlege ich, was Quentin mir noch alles aufgetragen hat. Es gehört nicht gerade zu meinem Stärken, mir solche Dinge zu merken. Vielleicht hätte ich es mir doch aufschreiben sollen. Gläser polieren, Getränkebestände kontrollieren und bei Bedarf auffüllen, Servietten falten. Ich weiß, dass ich noch etwas vergessen habe, aber mir fällt es einfach nicht mehr ein. Müdigkeit macht sich in mir breit, und meine Füße schmerzen. Nachdem ich den ganzen Tag in der Bäckerei verbracht habe, wünsche ich mich jetzt nur noch in mein Bett. Einen Moment lang verfluche ich mich dafür, dass ich Quentin versprochen habe, heute seine Schicht zu übernehmen, während er ein Date mit einer mir völlig unbekannten Frau hat. Er hat sie auf dem Onlineportal kissandhug kennengelernt und weigert sich, mir auch nur ihren Namen zu verraten. Ich weiß lediglich, dass sie aus Newville stammt, einer Kleinstadt im Süden von Aberdeen, und dass sie sich in einer Bar treffen werden. Ich bin mir sicher, dass der Vorschlag von Quentin kam. Dort befindet er sich auf bekanntem Terrain. Keine schicke Kleidung. Kein nobles Essen. Keine tiefgründigen Gespräche.

Ich greife nach einem Lappen, gehe an Jack vorbei und sammle die leeren Flaschen von den Tischen. Der alte Dunham hebt die Hand und signalisiert mir damit, dass sein Vorrat an Pale Ale dringend Nachschub benötigt. Für einen Freitagabend ist es heute recht ruhig. Nur ein paar Gäste sitzen an der Bar, und einige vereinzelte Tische sind besetzt. Obwohl er es mir gegenüber niemals zugeben würde, weiß ich, dass Quentin genau wie Rae und Iain bis zu den Schultern in Schulden steckt. Erst vor ein paar Monaten hat er das *Ginnie's* renoviert. Die alten Wasserleitungen wurden erneuert, die Gäste-WCs saniert und die alte Holztheke gegen eine neue ausgetauscht. Aber solche Investitionen kosten eine Stange Geld und können mit den wenigen Touristen nicht finanziert werden. Noch vor einigen Monaten war der Bau eines Luxusresorts im Gespräch, aber nachdem man unserem Bürgermeister Archie Dunn Versicherungsbetrug und mehrere Brandanschläge nachweisen konnte, ist dieses Thema auch vom Tisch.

»Marcy, Schätzchen. Bring mir doch noch ein Pint«, ruft Jamie Greene mir aus der Sitznische am Fenster zu.

»Einen Moment, bitte.« Ich schenke ihm ein frisches Bier ein und stelle es auf das Tablett, damit ich die Getränke an die Tische verteilen kann.

»Was sagst du dazu?«

Irritiert blicke ich zu Jack. »Wozu?«

»Zu meiner Idee.«

Er steht auf, schiebt den Stuhl zur Seite und beugt sich über die Theke. »Du hast mir gar nicht zugehört, nicht wahr? Du bist mit deinen Gedanken ganz woanders.« Grinsend streicht er mir eine Locke aus dem Gesicht. Seine Fingerspitzen fühlen sich schwielig an.

»Hat dich meine Frage so aus dem Konzept gebracht?« Er hebt beschwichtigend die Hände, und ein verschmitztes Grinsen umspielt seine Lippen. »Hey, wenn du ein Problem damit hast, dann sag ich Lauren, dass ich es bleiben lasse.« Er geht einen Schritt zurück und deutet mit seiner Hand über seinen Körper. »Das gehört dann nur dir allein.«

Ich habe keine verdammte Ahnung, wovon er spricht. Er scheint gar nicht zu merken, wie verwirrt ich bin.

Aber ich komme nicht dazu, ihn zu fragen, was er meint, denn er spricht sofort weiter.

»Wobei du dir echt keine Gedanken machen musst, denn erstens sind diese Frauen ja keine Fremden. Du kennst Lauren schon dein ganzes Leben lang, und es sind eine Menge Frauen aus Duncan eingeladen. Sogar die alte Miss Greene wird kommen. Außerdem …«, er zieht seine ölverschmierte Jeans nach unten und schnalzt mit dem Bund seiner Boxershorts, »… werde ich nicht nackt sein.«

Er interpretiert meine Schweigsamkeit vollkommen falsch. Vielleicht sollte ich ihn fragen, wovon er da eigentlich spricht. Ich öffne den Mund, aber Jack unterbricht mich.

»Ich weiß, dass es dir nicht gefällt, aber sei doch nicht so prüde, Pinkie Pie. Das wird bestimmt lustig. Du bist übrigens auch eingeladen.«

Langsam reicht es mir. »Eingeladen wozu?«

»Zu Laurens Scheidungsparty natürlich.«

Oh. Auf gar keinen Fall.

»Nein, danke«, murmle ich und habe endlich meine Stimme wieder. Ich habe ganz bestimmt keine Lust, mir einen Haufen Frauen anzusehen, die glauben, ihr neues Single-Dasein wäre jetzt ihr Paradies.

»Du willst nicht kommen?« Er klingt ein wenig zurückhaltend, als wüsste er nicht genau, wie er mich einschätzen soll.

Ich schüttle den Kopf.

»Und von der Stripshow bist du auch nicht begeistert, oder?«

Was? »Stripshow?«

Er presst die Lippen zusammen und nickt. »Das meinte ich. Du hast mir überhaupt nicht zugehört. Lauren hat mich gefragt, ob ich bei ihrer Party strippen möchte, und ich habe Ja gesagt.«

Schockiert starre ich ihn an. Strippen? Davon hatte er die ganze Zeit geredet? Im Ernst?

»Wenn du sowieso schon zugesagt hast, warum willst du dann noch meine Meinung hören?«

»Na ja, weil du meine Freundin bist.«

Überrascht, ziehe ich eine Augenbraue nach oben. Ich weiß nicht warum, aber plötzlich spüre ich Wut in mir.

»Bin ich das wirklich? Deine Freundin?«

Verwirrt blickt Jack mich an. »Klar. Zweifelst du etwa daran?«

Einen Moment lang starre ich ihn nur an, dann lasse ich den Kopf hängen. Ich schätze, Jack und ich haben einfach unterschiedliche Vorstellungen, was dieses Wort betrifft. Ich kann es ihm nicht einmal übel nehmen. Schließlich habe ich immer gewusst, auf was ich mich da einlasse. Jack war schon immer so, und ich habe bisher nie den Mund aufgemacht. Es wäre unfair von mir, es ihm jetzt vorzuwerfen.

»Hör zu«, murmle ich. »Ich werde nicht auf die Party gehen. Aber das hindert dich ja nicht daran, dort aufzutauchen.«

Er hebt überrascht eine Augenbraue. »Du hast kein Problem damit?« Früher wäre es wohl mal so gewesen. Wehmut überkommt mich. Was hat das wohl zu bedeuten?

Lächelnd schüttle ich den Kopf. »Nein.« Das ist die Wahrheit. Seltsamerweise stört es mich nicht, wenn sich mein Freund vor einer Horde aufgedrehter Frauen fast nackt ausziehen wird. Ich schätze, darüber sollte ich einmal nachdenken.

»Cool.« Mit einem Mal wirkt er ganz euphorisch. »Was, meinst du, sollte ich wählen?« Er folgt mir zurück zur Theke und setzt sich auf den Barhocker.

»Was meinst du?«

»Na ja, ob ich lieber als Cop oder als Superman bei Laurens Party strippen soll.«

Stimmt, da war etwas. Ich erinnere mich vage.

»Ach so«, murmle ich und wische mit einem feuchten Lappen über die Arbeitsfläche. »Superman. Für einen Cop bist du nicht autoritär genug.«

Er hält inne und runzelt die Stirn. »Was soll das denn heißen?«

Seufzend wische ich mir eine Haarlocke aus dem Gesicht und fülle ein neues Glas für Jamie.

»Du bist der Inbegriff von guter Laune. Deswegen hat Lauren dich vermutlich auch gefragt. Den Cop würde dir niemand abkaufen.«

Ich fülle das Glas mit eisgekühlter Cola und schütte ein wenig Rum hinein. Jack spielt mit seinem Schlüsselbund, der auf dem Tresen liegt.

»So eine Meinung hast du von mir? Du hältst mich für einen Pausenclown?«

Er klingt verletzt und beginnt mit dem Schlüssel über die Theke zu scharren. Eine Angewohnheit, die mir sagt, dass er sich unwohl fühlt. Ich sollte es gut sein lassen, stattdessen bohre ich weiter. »Das überrascht dich nicht wirklich, oder? Erinnere dich doch nur mal an deine Aktion, als du Raes Nacktfoto im Internet entdeckt hast.«

Er verschränkt die Arme vor der Brust und wirkt wie ein beleidigtes Kleinkind. »Das ist doch etwas anderes.«

»Ist es nicht. Jeder andere wäre damit dezent umgegangen, zumal du genau gemerkt hast, dass Colin an ihr interessiert war, aber du hast dir einen Spaß erlaubt und eine Rundmail mit ihrem Foto an alle Kontakte in deinem Verteiler geschickt.«

Er zuckt mit der Schulter. »Na und? Halb New York hat doch das Foto gesehen. Rae hat mir das nie übel genommen. Wo liegt das Problem?«

Ich verschränke die Arme vor der Brust und funkle ihn wütend an. »Sie hat nichts dazu gesagt, weil sie erst viel später davon erfahren hat, Jack. Aber nur, weil sie geschwiegen hat, heißt es nicht, dass es sie nicht verletzt hat. Deine Witze gehen immer auf Kosten anderer.«

Mir fallen noch eine Menge Dinge ein, die ich ihm an den Kopf werfen könnte.

Die tote Kreuzotter, die er Tante Rose in ihr Geburtstagsgeschenk gepackt hatte. Sie hat fast einen Herzinfarkt bekommen.

Als er Colins Taxi eines Nachts rot umlackiert und das Taxischild abmontiert hatte. Colin hatte am nächsten Tag seinen Wagen als gestohlen gemeldet und gar nicht bemerkt, dass es weiterhin vor Iris Cafe gestanden hatte.

Jetzt wäre der Moment, ihm zu sagen, dass es durchaus eine positive Eigenschaft ist, die Menschen um einen herum aufheitern zu wollen. Und dass jeder einen Spaßvogel in seinem Leben haben sollte. Der nicht über die Konsequenzen nachdenkt. Der rebelliert und der Welt zeigt, dass alles möglich ist. Aber stattdessen steche ich noch ein wenig tiefer in die Wunde.

»Mit dir kann man Spaß haben, Jack, aber nicht auf Kosten anderer. Und ehrlich gesagt, wissen wir beide, dass du für ernste Gespräche nicht gemacht bist.«

Jack sieht mich einen Moment fassungslos an, dann schüttelt er den Kopf. »Wow. Ich wusste gar nicht, dass du mich so siehst.« Er schluckt, dann greift er nach seinem Schlüssel, und dann kommt es. Ein Lächeln stiehlt sich auf seine Lippen, aber es ist nicht echt. Jack ist nur ein Meister darin, andere zu täuschen.

»Ich hau dann mal ab. Wir sehen uns.«

Ein schlechtes Gewissen macht sich in mir breit. »Jack, warte …«

Aber er dreht sich nicht mehr zu mir um. Stattdessen hebt er nur die Hand und verlässt die Bar.

13

Marcy

»Hi, Marcy«, murmelt Hannah und gähnt, während ich vor meinem Laptop sitze, um mich per Skype mit ihr zu unterhalten. Ich versuche bereits den ganzen Tag, Jack zu erreichen, aber seit unserem Gespräch im *Ginnie's* vor drei Tagen geht er mir aus dem Weg. Hannah lächelt müde in die Kamera. Dicke, schwarze Augenränder sind auf ihrem Gesicht zu sehen. Ich glaube, sie sitzt auf ihrem Bett, denn im Hintergrund sehe ich ein Poster von Henry Stiles, ihrem Lieblingssänger, an der Wand. »Du hast mich geweckt.«

»Es ist 4 Uhr nachmittags.«

»Und?«, murmelt sie und gähnt wieder.

»Warum schläfst du um diese Uhrzeit?«

»Lisa und ich waren gestern auf einer Party. Ist spät geworden.«

»Dad hat das erlaubt?«

Sie schnaubt, lehnt sich gegen die Wand und zieht sich die Decke unter das Kinn. »Er kann nichts erlauben, von dem er nichts weiß.«

»Du hast dich hinausgeschlichen? Irgendwann wird er dich dabei erwischen.«

»Bis dahin werde ich jede Sekunde meiner Freiheit genießen.«

Traurigkeit überkommt mich. Diese Art von Beziehung hatte ich nie zu meinen Eltern. Sie sind gegangen, bevor ich in das Alter gekommen bin, um mich mit ihnen auseinandersetzen zu müssen.

»Du hast mir gestern acht Nachrichten geschrieben. Was gibt es denn so Dringendes?«

»Wie geht es Jack?«

Hannah liebt Jack. Zumindest bin ich davon überzeugt, denn ihr erster Gedanke während unseres Telefonats gehört immer ihm. Manchmal ist es sogar so, dass Jack mir Mitteilungen meiner kleinen Schwester weiterleitet, die sie ihm geschickt hat. Sie streicht sich eine blonde Locke aus dem Gesicht. Das ist die einzige Gemeinsamkeit, die wir beide von unserem Dad geerbt haben. Ansonsten sieht Hannah ihrer Mom ähnlich, während ich ein Abbild meiner Grandma väterlicherseits bin.

»Ich denke, gut.«

Sofort ist sie hellwach. »Was heißt, du denkst?«

»Das bedeutet, dass ich es nicht genau weiß.«

»Weil …?«, fragt sie gedehnt.

»… ich heute noch nicht mit ihm gesprochen habe.« Und gestern auch nicht. Und den Tag zuvor. Aber das verrate ich Hannah nicht. Sie würde sofort für Jack Partei ergreifen. Egal, um was es bei dem Streit ging. Hannah steht immer auf seiner Seite.

»Erde an Marcy. Du hast nicht mit ihm gesprochen, weil …«

»Du solltest aufhören, so neugierig zu sein.«

»Dann hör du auf, deine Sätze nicht zu beenden. Es ist noch nie vorgekommen, dass du mir nicht sagen konntest, wie es ihm geht.« Sie hat recht. Aber es gibt immer ein erstes Mal.

Seufzend lasse ich mich zur Seite fallen. »Jack geht es immer gut.«

»Das ist nur eine Vermutung, sicher weißt du es nicht.«

»Wie wäre es, wenn du ihn anrufen und ihn selbst fragen würdest?«

»Habe ich gestern schon, aber er hat nicht abgenommen.«

Stöhnend schließe ich die Augen. Das hätte ich mir ja denken können. Für meine Schwester bin ich immer die zweite Wahl.

»Okay, war das der einzige Grund, warum du mit mir sprechen wolltest?«

»Nein«, sagt sie empört und zieht einen Schmollmund. Das macht sie immer, wenn ich sehr nah an der Wahrheit dran bin.

»Eigentlich wollte ich wissen, wie das Casting gelaufen ist.«

Das Casting. Den Gedanken daran habe ich gekonnt verdrängt. Bis jetzt.

Gespielt gleichgültig zucke ich mit den Schultern. »Ich war nicht dort.«

Hannah reißt die Augen auf und setzt sich auf.

»Was heißt, du warst nicht dort?«

»Warum muss man bei dir immer alles wiederholen?«

»Hör auf abzulenken. Warum bist du nicht nach Glasgow gefahren?«

»Iain hatte einen Autounfall und hat mich gebeten, in der Bäckerei für ihn einzuspringen. Und ich konnte Tante Rose auch nicht alleinlassen.«

»Marcy!«, kreischt sie. »So eine Chance lässt man nicht einfach verstreichen, um in einer Bäckerei auszuhelfen!«

»Iain ist mein Freund, und er liegt im Krankenhaus. Was hätte ich denn tun sollen? Ihn hängen lassen?«

Sie verschränkt die Arme vor der Brust und mustert mich mit zusammengekniffenen Augen. »Hat er denn keine anderen Freunde, die ihm helfen können?«

»Doch, schon.«

»Wie kommt es, dass du immer für andere einspringen musst, Marcy? Bei Rae im Café, bei Tante Rose in der Bibliothek, im *Ginnie's*, bei Jack in der Werkstatt.«

Wieso hört sie sich genauso an wie Jack?

»Hey, ich dachte, du liebst Jack.«

Hannah schüttelt den Kopf. »Ja, aber trotzdem finde ich, dass du nicht für jeden verantwortlich bist und auch nicht jedem zur Seite stehen musst. Du leidest an einem Helfersyndrom.«

»So ein Unsinn!«

»Doch. Du solltest es mal googeln.«

Ich werde mich ganz bestimmt nicht näher damit befassen.

Hannah seufzt, und mit einem Mal wird ihre Stimme viel sanfter. »Wie konntest du dir so eine Chance entgehen lassen?«

»Du hast keine Ahnung. Seit diese bescheuerte Serie hier gedreht wird, fangen die Leute an, verrückt zu spielen. Sie haben Jack einen Deal angeboten, den er unmöglich ausschlagen konnte, und plötzlich hatte er diesen Unfall. Was hätte ich denn machen sollen? Er braucht das Geld, sonst existiert die Bäckerei bald nicht mehr. Wie der Rest von Duncan.«

Als meine Eltern gegangen sind, waren es die Leute hier im Ort, die mich aufgefangen haben. Ich habe es ihnen nie vorgeworfen, aber manchmal frage ich mich, ob Mom und Dad Tante Roses Vorschlag nicht zu schnell angenommen haben. Keiner von beiden hat je um mich gekämpft.

Hannah beugt sich näher zur Kamera, sodass ich die Falten auf ihrer Stirn erkennen kann, während sie mich mit schmalen Augen anstarrt. »Moment mal, welche Serie?«

Fuck! Das hatte ich gar nicht erwähnen wollen.

»War of Kingdoms. Kennst du sie?«

Sie schnappt nach Luft, und ihre Augen werden riesengroß.

»Machst du Witze? Gibt es überhaupt jemanden, der sie nicht kennt?« Sie springt auf und läuft wie ein wild gewordenes Kaninchen im Zimmer herum. »Ich wusste gar nicht, dass die Serie in Duncan gedreht wird. Ich muss sofort zu dir kommen.«

»Von mir aus gerne. Aber du musst auf der Couch schlafen. Rae hat alle Zimmer an die Leute der Produktionsfirma vermietet.« Ich werde ihr ganz bestimmt nicht sagen, dass Henry Lucas dort wohnt.

»Dad wird mir das bestimmt nicht erlauben. Kannst du ihn nicht fragen?«

»Ich glaube nicht, dass er mich sehen will.«

»Ach, komm schon. Es ist schon über ein Jahr her. Langsam wird es Zeit, dass ihr wieder miteinander sprecht.«

»Ich überlege es mir.«

»Du bist die beste Schwester der Welt.«

14

Henry

»Henry Lucas, ich bring dich um.«

Genervt bleibe ich stehen, bücke mich und nutze den Moment, um Luft zu holen, damit ich für Olivias Wutausbrüche gewappnet bin. Gleichzeitig verfluche ich mich dafür, dass ich ihren Anruf angenommen habe. Nein, ich verfluche mich dafür, dass ich überhaupt auf die Idee gekommen bin, mein bescheuertes Handy mitzunehmen.

Einen Augenblick versuche ich mich zu orientieren. Ich habe keine Ahnung, wo zur Hölle ich gerade bin. Aber es ist 5 Uhr morgens, und ich bin bisher noch keiner Menschenseele begegnet. Es ist eine verdammt schlechte Idee, in der Dunkelheit joggen zu gehen, wenn man sich am Arsch der Welt befindet. In Los Angeles sind um diese Uhrzeit schon eine Menge Menschen unterwegs, und auch in London, meiner Heimatstadt, begegnet man im Hyde Park bei Sonnenaufgang immer jemandem.

Wenn es etwas Gutes daran gibt, dass es mich in dieses gottverdammte Nest verschlagen hat, dann die Tatsache, dass ich mich das erste Mal seit Jahren wieder frei bewegen kann, ohne auf einen Paparazzo oder Fan zu stoßen. Dabei bin ich nicht undankbar. Ich bin mir sehr wohl der Tatsache bewusst, dass ich nicht dort wäre, wo ich jetzt bin, wenn es besagte Paparazzi und Fans nicht gäbe. Dennoch kann ich nicht leugnen, dass es verdammt anstrengend ist, dieses Leben zu führen.

»Henry? Hörst du mir überhaupt zu?«

Für den Bruchteil einer Sekunde hatte ich tatsächlich vergessen, dass sich am anderen Ende meine Ex-Frau befindet.

»Wieso zur Hölle rufst du mich um diese Zeit an?«

»Ich wollte gerade zu Bett gehen, da dachte ich mir, ich versuche es noch mal. Schließlich ignorierst du konsequent meine Anrufe.«

Anscheinend nicht konsequent genug.

Über Maria, Theos Kindermädchen, versuche ich den Kontakt zu ihm aufrechtzuerhalten, um seiner Mutter aus dem Weg gehen zu können. Was mir nicht sonderlich gut gelingt.

»Was willst du?«

Sie schnauft, sagt aber kein Wort. Das ist ihre Art, mich schmoren zu lassen, und sie ist sich dessen bewusst, dass es mich wahnsinnig macht. Während unserer drei Jahre langen Ehe war das immer ihr Ass im Ärmel.

Ich zähle in Gedanken bis zehn, dann werde ich auflegen. Das ist meine Methode, mit ihr klarzukommen. Aber anscheinend gefällt ihr meine Taktik nicht, denn Olivia spricht für ihre Verhältnisse zügig weiter.

»Deine Anwälte haben mir mitgeteilt, dass du Theo zu dir holen willst.«

»Das ist richtig.«

»Du weißt genau, dass das nicht funktioniert. Er ist mein Sohn.«

»Unser Sohn«, korrigiere ich sie.

»Aber soweit ich das beurteilen kann, hältst du dich in der nächsten Zeit nicht auf demselben Kontinent wie er auf. Theo braucht Beständigkeit.«

»Deshalb kümmert sich auch Maria um ihn und nicht du, oder? Es könnte ihn ja aus der Bahn werfen, wenn seine Mutter sich zur Abwechslung mal um ihn kümmern würde.«

Ich hasse es, ihr diese Dinge an den Kopf zu werfen, aber sie provoziert mich, wann immer sie kann.

»Ich habe Maria gestern gekündigt.«

Sofort bleibe ich stehen. »Du hast was?« Maria ist Theos Fels in der Brandung. Liv hatte nach der Geburt darauf bestanden, ein Kindermädchen für ihn einzustellen, obwohl ich mich dagegen gewehrt hatte. Ich wollte für meinen Sohn sorgen, aber Liv gefiel der Gedanke nicht, dass ich meine Karriere aufgebe. Das Bild von mir als Mann, der sich um Haus und Familie kümmert, missfiel ihr.

»Sie hat mich bestohlen.«

»Das ist eine Lüge, Liv.«

»Woher willst du das wissen? Du lebst ja nicht mehr bei uns, Henry.«

Das ist der Punkt. Die Tatsache, dass ich sie verlassen habe, nagt an ihr. Aber nicht, weil sie mich liebt, sondern weil es ihr Ego verletzt.

»Theo braucht Maria, das weißt du.«

»Vielleicht überlege ich es mir noch mal. Aber da ich in den nächsten Wochen sowieso in Schottland zur Filmpremiere unterwegs sein werde ... Was hältst du davon, wenn ich dich mit Theo besuchen komme?«

Alles in mir schreit förmlich danach, ihr das auszureden. Aber ich möchte Theo sehen. Für ihn würde ich alles tun.

»Gute Idee. Paige kann dir ein Hotelzimmer reservieren. Sie hat erwähnt, du hättest ein Interview gegeben. Was hast du diesmal erzählt?«

»Dies und das. Ich habe ein wenig aus dem Nähkästchen geplaudert. Lass dich überraschen.«

Ich schließe die Augen und versuche mich zu beruhigen. Es ist ihre Art, mich zu provozieren.

Die Therapeutin meinte, man müsse seine Wutanfälle untersuchen. Herausfinden, ob die Wut wirklich mit dem Partner zusammenhängt oder ob das Problem tiefer in einem steckt. Einen Augenblick gehe ich in mich, dann schüttle ich den Kopf.

Nein, es hängt definitiv mit meiner Ex-Frau zusammen.

Ich erinnere mich an die Worte meines Anwalts.

»Warum können wir die Vergangenheit nicht hinter uns lassen, Liv? Lass uns doch versuchen, Freunde zu bleiben.«

»Das hättest du dir überlegen müssen, bevor du die Scheidung eingereicht hast.«

Ich brauche einen Drink. Bei meiner Ankunft habe ich das Schild einer Whisky-Destillation hier im Ort gesehen. Auch wenn mir der Gedanke nicht gefällt, Olivia hier zu haben, will ich Theo sehen.

Ich bleibe stehen und versuche mir ein Bild von dem Ort zu machen. Ehrlich gesagt, bin ich mir nicht sicher, ob es hier überhaupt irgendwelche Lebenden gibt. Bisher ist mir noch niemand begegnet.

Vielleicht sollte ich mich auf den Weg zurück in das Café machen. Ob man dort um diese Uhrzeit schon eine Tasse Kaffee bekommt? Fuck! Wie zur Hölle ist Steven auf die Idee gekommen, hier die neue Staffel zu drehen?

Es ist nicht mehr weit bis zum *Iris.* Nicht der übliche Standard, aber viel besser als diese Wohnwagen, die man bestenfalls als Schuhschachteln bezeichnen könnte.

Da fällt mein Blick auf die Bäckerei nebenan. Bisher war sie mir gar nicht aufgefallen, aber es brennt Licht, und ich bin mir sicher, dass ich dort eine heiße Tasse Kaffee bekommen werde.

15

Marcy

»Hallo Marcelyn.«

Ich lasse einen Schrei los, und das Backblech donnert zu Boden. Mein Puls rast, als ich mich umdrehe und Henry Lucas hinter mir stehen sehe. Er trägt nichts weiter als ein langärmliges Shirt und knielange Sportshorts trotz der Minusgrade, die schon seit Tagen herrschen.

»Himmel, haben Sie mich erschreckt. Was machen Sie hier?«

Er deutet mit dem Daumen über seine Schulter in den Verkaufsraum. Dass er einfach nach hinten in die Backstube gekommen ist, anstatt vorn zu warten, scheint er gar nicht ungewöhnlich zu finden. Ich dafür umso mehr.

»Das Café ist noch nicht geöffnet, und ich wollte einen Kaffee. Es war nicht meine Absicht, Sie zu erschrecken.«

Ich presse die Lippen zusammen und nicke. Ich muss mich erst einmal wieder unter Kontrolle bekommen. Wer rechnet schon damit, dass plötzlich jemand hinter einem steht?

»Ich heiße Marcy«, presse ich hervor. »Außerdem haben wir noch nicht geöffnet.« Nachdem ich heute Nacht kaum geschlafen habe, habe ich mich entschlossen, in die Bäckerei zu gehen und ein wenig zu backen. Oder besser gesagt, es zu versuchen. Aber dem Gestank nach scheint es mir nicht gelungen zu sein.

Henry Lucas sieht sich um. Seit unserem letzten Treffen bin ich ihm nicht mehr begegnet, und darüber war ich auch nicht unglücklich.

Er wirkt sportlich und auf angenehme Weise durchtrainiert. Kein Muskelprotz, aber dennoch gut proportioniert. Seine schwarzen Haare sind im Nacken zu einem kleinen Zopf zusammengebunden, und eine Locke fällt ihm in die Stirn.

»Ich weiß«, murmelt er und reibt sich den Dreitagebart. »Aber ich war unterwegs und habe Licht gesehen. Ich hatte ja keine Ahnung, dass ich Sie hier antreffen würde.«

»Enttäuscht?«

Er scheint ehrlich überrascht zu sein. »Wie kommen Sie denn darauf?«

Ich zucke mit den Schultern. »Nur so eine Vermutung.« Mehr sage ich dazu nicht.

Ich wische mir die Hände an der Schürze ab und trete etwas nach vorn. Mir ist die Situation immer noch unangenehm.

»Aber Sie haben Glück, dass ich ein netter Mensch bin. Ich habe die Espressomaschine bereits eingeschaltet. Wenn Sie einen Moment Zeit haben, dann hole ich Ihnen einen Kaffee.«

Er sieht mich an, und zum ersten Mal entdecke ich keinen mürrischen Ausdruck in seinem Gesicht. »Ich habe alle Zeit der Welt.«

Ich spüre seinen Blick im Rücken, während ich das Blech in den Ofen schiebe und die Temperatur reguliere.

»Haben Sie sich schon etwas eingelebt?«

»Nicht wirklich.« Dann lacht er und schüttelt den Kopf.

»Was?«

»Nichts. Sie werden bestimmt wütend, wenn ich es Ihnen verrate.«

»Ach, kommen Sie. Sie werden doch keine Angst vor mir haben.«

Langsam zieht er eine Augenbraue nach oben. »Sie wirken schon ein wenig furchterregend.«

»Nun, das Kompliment kann ich zurückgeben.« Mist! Das wollte ich doch gar nicht sagen.

»Tatsächlich? Sie haben Angst vor mir?«

Ich lehne mich gegen den Tresen. »Wenn man Sie so sieht, wie Sie über das Feld rennen, halbnackt mit Pfeil und Bogen, dann ja. Sie haben etwas Animalisches an sich.«

Er lacht laut auf, und ein warmes Gefühl macht sich in mir breit.

»Sie haben also War of Kingdoms gesehen. Ich dachte, Serien seien nicht so Ihr Ding.«

Ich zucke mit den Schultern. »Das war keine Absicht. Ich bin zufällig drauf gestoßen, als ich durch das Fernsehprogramm gezappt bin.«

»Hat es Ihnen denn gefallen?«

»Sagen wir es mal so: Wir werden keine Freunde.« Er lacht laut auf.

»Vielleicht will ich gar nicht mit Ihnen befreundet sein. Ich habe da meine Prinzipien.«

»Was meinen Sie damit?«

»Ach nichts.« Er beugt sich nach vorn, und ich nehme seinen Duft wahr. Schon wieder. Ein herber Duft nach Moschus und Zitrone. Er runzelt die Stirn und betrachtet das Backblech.

»Was ist das?«

»Das sind Raes Zimtrollen. Es ist ein New Yorker Originalrezept.«

»Ich wusste gar nicht, dass Ihre Freundin backen kann.«

»Kann sie auch nicht wirklich. Aber diese Zimtrollen bekommt sie ganz gut hin. Iain hat das Rezept überarbeitet und bietet sie hier im Laden an.«

»Darf ich?« Er deutet auf eine der Rollen, und ich nicke. Langsam beißt er hinein, und ich sehe, wie sich sein Adamsapfel bewegt.

»Wow. Die schmecken richtig gut.« Dann wandert sein Blick auf das restliche Gebäck, das auf den Backblechen verteilt ist und einen kläglichen Versuch meiner Backkünste darstellt.

»Was soll das alles sein?«

»Croissants, Scones, Apfeltaschen.«

Wieder runzelt er die Stirn, dann nickt er langsam.

»Kann man das essen?«

Dann schüttelt er den Kopf. »Tut mir leid, das hätte ich nicht sagen sollen. Ich wollte Sie nicht beleidigen.«

»Schon in Ordnung. Ich weiß selbst, dass die Dinger nicht sehr appetitlich aussehen. Ehrlich gesagt, weiß ich nicht einmal, ob man sie überhaupt essen sollte.«

»Warum arbeiten Sie dann in einer Bäckerei?«

»Na ja …«, murmle ich und zerpflücke das Croissant wie ein Gänseblümchen.

»Ich springe für Iain ein, während er im Krankenhaus liegt. Er hat einen Deal mit Ihrer Produktionsfirma abgeschlossen, und damit ihm das Geschäft nicht durch die Lappen geht, kümmere ich mich jetzt darum.«

»Nehmen Sie es mir nicht übel, aber wenn Sie das der Crew präsentieren, werden Sie den Auftrag schneller los sein, als Sie Kuchen sagen können.«

Seufzend streiche ich mir eine Haarsträhne aus dem Gesicht. »Glauben Sie, ich weiß das nicht? Aber ich kann Iain doch nicht hängen lassen. Ich werde das schon hinbekommen.« Ich habe mir vorgenommen, es noch mit ein paar Blechen zu probieren, bis ich zu Plan B schreiten würde. Nach Westhill zu fahren und mich dort mit Tiefkühlgebäck einzudecken, das ich als meines ausgeben würde.

Er lehnt sich gegen den Türrahmen und verschränkt die Arme vor der Brust. »Was machen Sie denn, wenn Sie nicht gerade Ihrem Freund aushelfen?«

»Ach«, ich zucke mit den Schultern, »dies und das. Nichts Konkretes.«

Ich möchte ihm nicht sagen, was meine wirklichen Pläne sind, sonst glaubt er noch, ich will seine Unterstützung. Es ist keine gute Idee, einem weltberühmten Schauspieler unter die Nase zu reiben, dass man selbst davon träumt, zu schauspielern. Obwohl ich niemals fürs Fernsehen arbeiten möchte, sondern nur vorhabe, auf einer Bühne zu stehen. Aber so, wie ich Henry Lucas einschätze, wird er meine Pläne genauso belächeln wie Jack. Oder der Rest der Leute in Duncan.

Fieberhaft überlege ich, wie ich geschickt das Thema wechseln kann, als plötzlich sein Handy klingelt.

Gott sei Dank!

»Entschuldigen Sie bitte.« Er holt sein Handy aus der Hosentasche, und ein kurzes Lächeln huscht über seine Lippen.

»Ja?«

»Ich bin in einer Bäckerei.«

Er runzelt die Stirn, dann nickt er.

»In Ordnung. Ich komme gleich.«

Er legt auf und deutet mit dem Daumen über seine Schulter zur Tür. »Tut mir leid, aber ich muss los. Was bekommen Sie?«

»Geht aufs Haus.«

Er hört meine Antwort gar nicht mehr, sondern ist schon verschwunden.

16

Marcy

»Wie geht es Iain?«

Nachdem ich meine gesamte freie Zeit in der Bäckerei und im Iris verbracht habe, habe ich es nicht mehr geschafft, ihn im Krankenhaus zu besuchen. Zwar halten wir über WhatsApp Kontakt, aber das ist nicht dasselbe.

Rae beißt in einen Keks und holt zwei Tassen aus dem Schrank hervor.

»Die Ärzte meinen, seine Werte sind stabil. Er kann morgen nach Hause kommen. Aber er soll sich weiterhin schonen.«

Ich verdrehe die Augen. »Woran er sich sicherlich auch halten wird.«

»Deshalb wäre es auch gut, wenn du noch weiter aushelfen könntest.«

»Natürlich. Aber ich habe ein fürchterlich schlechtes Gewissen, weil ich ihn noch nicht besucht habe.«

Rae greift nach meiner Hand. »Mach dir deshalb keine Sorgen. Er ist dir so dankbar, dass du für ihn einspringst.«

»Ich weiß nicht, ob das so eine gute Idee war. Es wird nicht mehr lange dauern, bis die erste Schadensersatzklage eintrudeln wird. Von Schmerzensgeld, weil sich jemand die Zähne an den harten Brötchen ausbeißt, will ich gar nicht reden.«

»Ach was. Du machst das toll. Außerdem könnten wir uns ja noch etwas anderes ausdenken, um ein wenig Geld nach Duncan zu bringen. Etwas, wovon alle profitieren.«

»An was hast du denn gedacht?«

Rae zuckt mit den Schultern. »Keine Ahnung. Vielleicht einen Flohmarkt? Brenda hat noch so viel altes Zeug im Keller stehen. Das könnte man sicherlich gut verkaufen.«

»Im Winter? Wir werden uns den Hintern abfrieren.«

»Auch wahr.« Missmutig runzelt sie die Stirn. »Vielleicht eine Tombola? Wir könnten ein Date mit Henry Lucas versteigern.«

Ich lache auf. »Ich glaube nicht, dass er da mitmachen würde.«

»Hast recht. War eine blöde Idee.« Sie schüttet heißen Kakao in beide Tassen und gibt noch einen Klecks frischer Sahne dazu. »Aber das würde mir gefallen. Ich würde mein Erspartes dafür hergeben.«

»Colin wird davon weniger begeistert sein.«

»Ach, es ist doch für einen guten Zweck.«

»Was hältst du von einem Wintermarkt? Das könnten wir mit einer Tombola kombinieren.«

Rae schiebt mir eine Tasse heißen Kakao entgegen und schnappt sich einen Cookie, den ich in einer Keksschachtel in Iains Vorratsschrank gefunden habe.

»Die Idee ist gar nicht so schlecht. Wir könnten Buden aufstellen und heißen Kakao und Hot Toddies verkaufen. Und Gebäck«, sie zwinkert mir zu.

»Am besten nur deine Zimtrollen. Sonst machen wir garantiert ein Minusgeschäft.«

»Und wir könnten eine Versteigerung machen. Das würde eine Menge Geld bringen.«

»An was hast du gedacht?«

»Man müsste mit den Leuten von dieser Produktionsfirma sprechen. Vielleicht könnten wir ja eine Statistenrolle bei

War of Kingdom versteigern. Bestimmt rennen uns dann die Leute die Bude ein.«

»Oder ein Date mit Henry Lucas.«

»Das ist es.« Rae springt auf. »Wir müssen Brenda fragen, ob sie mitmachen möchte. Und Quentin soll eine Eisbar aufbauen. Erinnerst du dich an das Dorffest im letzten Jahr? Ich bin mir sicher, dass Colin und Jack noch mal so etwas aufbauen könnten.«

»Soweit ich weiß, hat Dunn die Hütten auf dem Grundstück des alten Dunham platziert. Man müsste sie nur noch transportieren.«

Rae greift nach ihrem Handy und tippt darauf etwas ein.

»Ich erstelle jetzt eine Liste und spreche sofort die Leute an. Wir haben nicht mehr viel Zeit.«

»Wir könnten auch ein Lagerfeuer mit alten Baumstämmen als Sitzgelegenheiten machen. Jamie Greene könnte dabei auf seiner Gitarre spielen.«

»Gute Idee. Und Tante Rose kocht sicherlich ihre berühmte Hühnersuppe.«

Rae springt auf und rennt zur Tür. Und noch ehe ich etwas sagen kann, ist sie auch schon verschwunden. Was haben die Leute nur alle, dass sie immer ohne Kommentar verschwinden?

17

Henry

Noch immer starre ich auf mein Handy. Was zur Hölle soll das?

Theo und ich werden zukünftig in Los Angeles leben. Finde dich damit ab.

Wie kann sie es wagen, mir mein Kind wegzunehmen? Noch ehe ich michs versehe, packe ich das verdammte Ding und schleudere es gegen die Wand.

»Fuck!«, brülle ich und schlage mit der Faust an die Stelle, an die ich eben noch mein Handy geworfen habe.

Der Schmerz durchfährt mich, aber es ist mir egal. Am liebsten würde ich immer weiter auf diese verdammte Wand einschlagen, auch wenn ich weiß, dass es mir nicht weiterhilft. Was denkt sich Olivia dabei? Wie kann sie mir mein Kind wegnehmen?

Zwischen Los Angeles und London liegen elf verdammte Flugstunden. Wenn ich mir meine Drehpläne für die nächsten Monate ansehe, bleibt dazwischen nicht viel Zeit, um ständig um die halbe Welt zu jetten. Und wenn, dann nur für wenige Stunden.

Wie ich Olivia kenne, hat sie nicht vor, weitere Engagements in England anzunehmen. Schon allein, weil sie weiß, dass sie mich damit verletzt. Das ist ihre Art von Rache.

»Fuck«, brülle ich noch mal und widerstehe dem Drang, erneut auf diese verdammte Wand einzuschlagen. Jemand poltert die Treppe nach oben, dann höre ich, wie jemand an die Tür klopft.

»Mr Lucas? Alles in Ordnung bei Ihnen?«

Das hat mir gerade noch gefehlt. Ich kneife die Augen zusammen und atme tief durch. Verdammt! Ich darf mich hier nicht so aufführen.

»Ja, alles in Ordnung.«

»Das hat sich, ehrlich gesagt, nicht so angehört.«

Ich öffne die Tür, und vor mir steht Raelyn, die ihre Arme vor der Brust verschränkt hat und mich stirnrunzelnd anstarrt. »Was machen Sie denn hier? Ich dachte, ich wäre allein.«

Sie deutet mit dem Daumen hinter ihre Schulter. Erst jetzt fällt mir auf, dass ihre Hände in Gummihandschuhen stecken und dass sie ihre Haare zu einem unordentlichen Knoten am Kopf zusammengebunden hat. Ich habe sie bei irgendetwas gestört.

»Ich bin gerade dabei, die Küche auf Vordermann zu bringen.«

Mein Blick fällt auf meine Armbanduhr. Es ist bereits 9 Uhr abends.

»Um diese Uhrzeit?«

Sie runzelt die Stirn. »Haben Sie Kinder?«

Schmerzhaft werde ich an das Telefongespräch mit Olivia erinnert und presse die Lippen zusammen. Langsam nicke ich.

»Dann wissen Sie ja, dass man jede einzelne Sekunde nutzen muss, wenn sie schlafen.«

Ihr Blick fällt auf meine Hand, und ich widerstehe dem Drang, sie zu verstecken. Ein paar blutige Schrammen sind zu sehen, und die Haut um meine Knöchel ist ein wenig aufgeplatzt.

»Kommen Sie mit. Ich kümmere mich um die Wunde.«

»Das ist nicht nötig.«

»Doch, ist es.« Ihr Ton lässt keinen Widerspruch zu, und ich gebe mich geschlagen.

Wenige Minuten später sitzen wir zusammen in ihrer Küche. Raelyn säubert die Wunden mit Desinfektionsmittel, und ich schließe die Augen und lasse es über mich ergehen. Plötzlich fällt mir ein, dass Richard morgen eine weitere Außenszene drehen möchte.

»Keinen Verband«, murmle ich, als ich sehe, wie Raelyn einen aus einem kleinen Kästchen hervorholt. Sie hält inne und blickt mich an.

»Es wird eine Weile dauern, bis die Wunde verheilt.«

»Das ist mir gleich. Aber ich kann morgen nicht mit einem Verband am Set auftauchen.«

Sie runzelt die Stirn. »Warum nicht? Ich denke, er würde gut zu Ihrer Rolle passen.«

»Ich weiß nicht, ob Richard das genauso sieht. Er ist da etwas eigen.«

»Dann werde ich ein Wörtchen mit ihm reden müssen. Ich bin mir sicher, dass ich ihn davon überzeugen kann.«

Sie lächelt, und ich kann nicht anders, als es ihr gleichzutun.

»Vielleicht sollten Sie ein wenig unter Leute gehen.« Sie wirft einen Blick auf ihre Armbanduhr. »Das Ginnie's schließt bald. Gönnen Sie sich noch ein Pint.«

Überrascht blicke ich sie an. »Wollen Sie mich loswerden?«

Sie zuckt entschuldigend mit den Schultern. »Es ist schon spät, und ich sollte ins Bett, also ... ja.«

Ich stehe auf und schüttle den Kopf. »Und ich dachte, Sie seien ein Fan von mir.«

»Bin ich auch. Aber ein noch größerer von meinem Mann.« Sie zwinkert mir zu, und ich kann nicht anders, als zu lächeln.

»Dann sollten Sie ihn nicht länger warten lassen.«

Vielleicht hat Raelyn recht. Ich greife nach meiner Jacke und mache mich auf den Weg durch den Ort. Duncan ist der Inbegriff von einem Nest irgendwo am Arsch der Welt. Anders kann man es nicht ausdrücken. Ich frage mich, wie dieser Ort wohl im Sommer aussieht. Soweit ich es mitbekommen habe, verirren sich nicht viele Touristen hierher. Ich schätze, dass sich das in den nächsten Wochen ändern wird. Es wäre nicht das erste Mal, dass Fans an Drehorten auftauchen und manchmal sogar dort ihre Zelte aufschlagen, nur um ihren Lieblingsstars nahe zu sein.

Wobei das hier im Winter schon eine Herausforderung darstellt.

Ich streife durch die Straßen. Die Straßenlaternen spenden etwas Licht und flackern in unregelmäßigen Abständen. Ich gehe weiter, vorbei an einem alten Hof, der definitiv schon bessere Zeiten gesehen hat. Vor einer Scheune steht ein alter Traktor, davor liegen unzählige Dachziegel am Boden. Auf der anderen Straßenseite erkenne ich einen Laden, der leer steht. Nur das Reklameschild ist noch über der Eingangstür angebracht. Laurens Antiquitätenhandel.

Wenige Meter weiter bleibe ich vor Ginnie's Pub stehen. Aus dem Inneren dröhnt Bonos Stimme. Er singt With or Without You, und ich fühle nichts weiter als Hohn und Spott. Dieser Song war Olivias Lieblingslied.

Ich wische mir über das Gesicht, als könnte ich damit meine Sorgen vertreiben. Ich brauche einen Drink. Falsch, eine ganze Flasche.

Ich bin mir sicher, dass ich sie hier bekommen werde.

Schwere Luft schlägt mir entgegen, als ich die Tür öffne. Ein paar Gäste sitzen an der Bar und nippen an ihrem Bier. Ich bleibe kurz stehen, um mir ein Bild zu machen. Für gewöhnlich vermeide ich Augenblicke wie diese. Sosehr ich meinen Job liebe, er ist Gift für das Privatleben. Aber hier scheint sich keiner Gedanken um mich zu machen. Es fühlt sich seltsam an, hier zu sein. Ungewohnt. Ich weiß nicht, wann ich das letzte Mal einfach so in einer Bar gewesen bin.

Ich schließe die Tür hinter mir, dränge mich an ein paar Gästen vorbei, die gerade dabei sind, eine Runde Billard zu spielen, und setze mich auf einen Barhocker. Für einen Moment lasse ich die Musik auf mich wirken, während Bonos Stimme weiter durch den Raum hallt. An einem der hinteren Tische sitzt ein junges Paar, das die Hände ineinander verschränkt hat. Während sie auf die Tischplatte sieht, lässt er sie nicht aus den Augen. An der Theke sitzen zwei ältere Männer, die gemeinsam auf ihr leeres Glas starren. Mein Blick fällt auf die Uhr, die an der Wand hängt. Es ist kurz nach elf.

»Was machen Sie denn hier?« Okay, was zur Hölle habe ich falsch gemacht, dass mir das Universum so einen beschissenen Tag verpasst? Marcy steht hinter der Theke, und ihrem Blick nach zu urteilen, ist sie genauso begeistert wie ich, mich zu sehen.

»Das könnte ich Sie auch fragen.«

Sie pustet sich eine Locke aus dem Gesicht und stemmt die Hände in die Hüfte.

»Ich arbeite hier.« Der schnippische Unterton in ihrer Stimme ist mir nicht entgangen. Stirnrunzelnd betrachte ich sie. Sie trägt ein schwarzes, bauchfreies Shirt, auf dem in geschwungener Schrift Verliebt in Mr X steht, und ziemlich enge Jeans.

Soweit ich das mitbekommen habe, arbeitet sie in der Bäckerei, in dem Café ihrer Freundin und hier in dieser Bar. Ich lehne mich auf die Theke und blicke sie scharf an.

»Sind Sie zu allen Gästen so freundlich?«

Sie zieht die Augen zu schmalen Schlitzen zusammen.

»Nun, Sie kennen doch sicherlich den Spruch: Wie man in den Wald hineinruft …«

»Hören Sie, ich will nicht mit Ihnen streiten. Mein Tag war schon beschissen genug, und ich würde ihn gerne ruhig ausklingen lassen. Wäre das möglich?«

Sie zieht eine Augenbraue nach oben, dann dreht sie sich um und marschiert davon. Einen Augenblick lang starre ich ihr nach, dann sehe ich, wie sie ein Glas hervorholt und ein Pint zapft.

Ohne ein weiteres Wort kommt sie zurück, stellt es vor mir ab. »Geht aufs Haus.« Noch ehe ich michs versehe, dreht sie sich um und widmet sich einem anderen Gast.

»Danke«, murmle ich, aber sie bekommt es nicht mehr mit.

»O mein Gott.« Ich habe keine Ahnung, wie lange ich schon hier sitze, aber wenn ich mich nicht täusche, ist es schon weit nach Mitternacht. Es sind nicht mehr viele Gäste hier, und Marcy hat bisher kein weiteres Wort mehr mit mir geredet. Ich weiß nicht, ob ich ihr dankbar dafür bin. Noch immer wirbeln Olivias Worte in meinem Kopf herum, und es hört einfach nicht auf.

»Sie sind Henry Lucas.«

Mein Blick wandert nach oben, und ich sehe in ein paar rehbraune Augen, die von dichten, schwarzen Wimpern umrahmt sind.

»Ich weiß.«

Sie scheint den Sarkasmus in meiner Stimme nicht zu bemerken, oder vielleicht ist es ihr auch egal. Aber sie beginnt zu strahlen und setzt sich neben mich auf den Hocker.

»Ich bin Jenna.«

»Freut mich«, murmle ich und nippe an meinem Pint. Ich würde ihr gerne sagen, dass sie verschwinden soll, aber das wäre unhöflich. Und Unhöflichkeit kann ich mir bei meinem Ruf leider nicht leisten.

»Ich weiß, das hören Sie vermutlich ziemlich oft, aber ich liebe Ihre Rolle. Valerius Baron ist der heißeste Mann auf diesem Planeten.«

Nun, es gibt mit Sicherheit eine Menge Menschen, die diese Aussage auf sich selbst beziehen würden. Schließlich verkörpere ich die Figur Valerius Baron. Aber mir ist ihre Schwärmerei egal. Sie hat nichts mit mir zu tun.

Jenna redet ohne Unterlass weiter, und ich frage mich für einen Augenblick, was ich tun müsste, um sie zu stoppen.

»Wäre es vielleicht möglich, dass ich Ihnen bei den Dreharbeiten zusehe?«

»Hören Sie«, beginne ich, aber noch ehe ich weiterreden kann, ertönt eine Stimme, die mir sehr bekannt vorkommt.

»Jen, lass ihn in Ruhe.«

Ich hebe den Kopf und sehe Marcy, die wie eine Amazone die Arme in die Hüften gestemmt hat und Jenna anfunkelt. Wow! Mir war nicht klar, dass man jemanden so wütend ansehen kann. Ob zwischen den beiden etwas vorgefallen ist?

»Ich will mich doch nur mit ihm unterhalten«, antwortet Jenna trotzig.

Marcy beugt sich nach vorn und kommt mir so nahe, dass sich unsere Nasenspitzen fast berühren.

»Wenn Jenna Sie belästigt, dann lass ich sie rauswerfen. Das wollte ich schon immer mal machen.«

»Wieso habe ich den Eindruck, dass es hier gar nicht um mich geht?«

Genervt verdreht sie die Augen. »Das tut nichts zur Sache. Soll ich oder soll ich nicht?« Mein Blick fällt auf ihren rechten Unterarm. Ein Tattoo in Form eines Schlüssels ist dort zu sehen.

»Nur, wenn Sie mir verraten, was das bedeutet.« Sie folgt meinem Blick, dann schüttelt sie den Kopf.

»Vergessen Sie mein Angebot.« Sie entfernt sich von mir, und sofort fühlt es sich seltsam an. Als hätte sie mir etwas weggenommen.

»Ich finde es schon noch heraus«, rufe ich ihr nach.

»Das glaube ich nicht.«

Marcy marschiert davon, und ich wende mich an Jenna, die betrübt auf die Theke starrt.

»Seien Sie mir nicht böse, aber ich schätze, dass Besuche am Set nicht möglich sind.«

»Das dachte ich mir schon. Aber einen Versuch war es wert. Wie gefällt es Ihnen in Duncan?«

»Es ist ungewohnt für mich. Aber die Leute scheinen nett zu sein.«

»Es kommt drauf an, mit wem Sie es zu tun haben. Marcy würde ich aus dem Weg gehen.«

Instinktiv wandert mein Blick zu Marcy, die sich gerade mit einem Gast unterhält. Sie lacht laut auf und boxt ihrem Gegenüber auf die Schulter. Die beiden wirken vertraut, und ich frage mich, wann ich mich das letzte Mal so unbeschwert mit jemandem unterhalten habe. Mit einer fremden Person, ohne mir Gedanken darüber zu machen, ob irgendwas davon am nächsten Tag in der Zeitung steht. Ich schüttle den Gedanken ab. Jetzt ist nicht der geeignete Zeitpunkt, mein Leben zu hinterfragen.

»Tatsächlich? Warum?«

Jenna verdreht die Augen. »Das ist doch offensichtlich. Sehen Sie sie doch mal an.«

Das mache ich, und was ich sehe, verschlägt mir die Sprache. Nichts an ihr entspricht meinem Frauentyp, und trotzdem ertappe ich mich jedes Mal dabei, dass ich die Luft anhalte, wenn sie in der Nähe ist.

»Sie ist so unglaublich anstrengend. Ständig drängt sie sich in den Mittelpunkt.«

Ich frage mich, wieso Jenna so von Marcy denkt. Ich kenne Marcy kaum, dennoch habe ich nicht das Gefühl, dass sie viel Aufmerksamkeit beansprucht.

»Arbeitet sie jeden Tag hier in der Bar?«

»Nein. Sie macht eigentlich nichts Vernünftiges. Ihr Studium hat sie vor einem Jahr an den Nagel gehängt, und seitdem hält sie sich mit Nebenjobs über Wasser. Die Leute hier im Ort nennen sie *Marcy – das schwarze Schaf von Duncan.*« Sie beugt sich zu mir herüber und legt eine Hand auf meinen Unterarm.

»Vor drei Jahren hat sie die Hauptrolle in einem Theaterstück gespielt, und seitdem möchte sie Theaterschauspielerin werden.«

Tatsächlich? Überrascht sehe ich sie an. »Wirklich? Ist sie denn gut?«

Sie zuckt mit den Schultern. »Nicht wirklich. Jack versucht ständig, ihr diesen Unsinn auszureden, aber es gelingt ihm nicht. Ihr Vater hat ihr schon den Geldhahn abgedreht, damit sie zur Besinnung kommt. Aber sie will es einfach nicht einsehen.«

Wieder wandert mein Blick zu Marcy. Ich kenne das Gefühl, wenn man etwas will und keiner an einen glaubt. Wenn alle auf einen einreden und dir das Gefühl geben, dass deine Träume wertlos sind. Dabei braucht man nur eine Hand, die einen festhält.

»Hey, Henry. Na? Haben Sie sich schon eingelebt?«

Ich sehe auf und blicke in Jacks Gesicht, der mich angrinst. Ich war so in Gedanken, dass ich ihn gar nicht bemerkt hatte.

»Ihr kennt euch?«, fragt Jenna.

Jack klopft mir auf die Schulter und setzt sich neben mich auf den Barhocker. »Henry und ich sind alte Bekannte.« Er wendet sich an mich. »Sie sind ja das Gesprächsthema im Ort. Jeder Kerl möchte Ihnen am liebsten die Eier herausreißen, und jede Frau wäre gerne in Ihrem Bett.«

»Wirklich?«

»Und ob.« Er beugt sich ein wenig zu mir herüber und blickt sich verstohlen um. »Sie haben ja keine Ahnung, in welcher Gefahr Sie schweben.«

Ich lache und nippe an meinem Pint.

»Danke für die Warnung.«

Jenna beugt sich über die Theke und blickt zu Jack. Ihre Hand liegt immer noch auf meinem Unterarm.

»Was machst du hier, Jack?«

»Ich will Marcy abholen.« Wieder wandert mein Blick zu ihr. Sie steht nur wenige Meter von uns entfernt, aber ihr Blick ist auf einen Zettel in ihrer Hand gerichtet. Einen Moment lang schließt sie die Augen, dann steckt sie ihn zurück in ihre Hosentasche. Sie dreht sich um und schlendert zu uns.

Sie schaut von mir zu Jenna, die sie feindselig beobachtet, dann auf Jennas Hand auf meinem Unterarm. Wenn ich es mir nicht einbilde, wird ihr Blick noch einen Tick dunkler.

»Was willst du hier, Jack?«

Zu meiner Überraschung beugt sich der Kerl über den Tresen, nimmt Marcys Hand und zieht sie zu sich heran. Sie scheint genauso überrascht zu sein wie ich, denn ihre Augen sind weit aufgerissen, und sie schreit kurz auf, als Jack ihr beide Hände auf die Wangen legt und sie küsst. Ein selbstgefälliges Grinsen umspielt seine Lippen, als er sie loslässt. Okay, da markiert gerade jemand sein Terrain.

»Was soll das, Jack?«

»Was meinst du, Pinkie Pie?« Sie schluckt und öffnet den Mund, schließt ihn aber sofort wieder. Ich sehe zu Jack, der ein breites Grinsen auf den Lippen trägt und die Arme vor der Brust verschränkt.

»Stell dich nicht so an. Ich habe meine Freundin begrüßt, wo liegt das Problem?« Marcy schließt kurz die Augen, dann senkt sie den Blick.

»Wie ich gesagt habe«, murmelt Jenna.«Sie will ständig im Mittelpunkt stehen. Marcy macht immer so ein Theater. Ich glaube ja, sie will von Jack neu erobert werden, deshalb benimmt sie sich so.« Hmm ... den Eindruck habe ich nicht. Natürlich kann ich mich täuschen, aber ich glaube eher, dass es ihr unangenehm ist. Sie sieht aus, als würde sie am liebsten davonlaufen.

Wieder blicke ich zu Marcy, die einen Lappen in die Hand genommen hat und damit über den Tresen reibt. Mich wundert, dass sie noch nichts dazu gesagt hat.

»Wir müssen uns unterhalten, Jack«, murmelt sie und beißt sich auf die Unterlippe.

Jack setzt sich auf den Barhocker neben mir und greift in die Schale mit Erdnüssen, die er sich auf einmal in den Mund schiebt. Hat ihm schon mal jemand gesagt, wie ekelhaft das ist?

»Schieß los, Pinkie Pie. Ich höre dir zu.«

»Nenn mich nicht so«, zischt sie leise, aber ich habe sie gehört. Jack scheint das nichts auszumachen, er grinst sie nur weiter an. Es macht ihm Spaß, sie zu ärgern, aber er scheint nicht zu wissen, wann er damit zu weit geht. Der Kerl muss noch eine Menge lernen.

»Wäre es denn möglich, auch mal die anderen Schauspieler kennenzulernen?«, reißt mich Jenna aus den Gedanken.

»Ich werde sehen, was sich machen lässt«, sage ich, obwohl ich weiß, dass Richard das auf keinen Fall zulassen wird. Er legt ungeheuer viel Wert darauf, dass die Dreharbeiten so anonym wie möglich ablaufen. Ich habe keine Ahnung, wer den Journalisten unseren Aufenthaltsort preisgegeben hat, aber wer auch immer es war, braucht eine verdammt gute Erklärung dafür.

»Perfekt.« Sie lächelt und legt ihre Hand auf meinen Unterarm, während sie mich nicht aus den Augen lässt. Ich ziehe den Arm zurück und hole einen Zwanzigpfundschein aus meiner Tasche, den ich auf den Tresen werfe.

Als ich den Kopf hebe, sehe ich, wie Marcy Jenna immer noch wütend anfunkelt, und ich frage mich, was zwischen den beiden vorgefallen ist. Aber das werde ich heute nicht mehr herausfinden.

»Ich wünsche Ihnen noch einen schönen Abend.«

Ich schiebe den Hocker zur Seite und kehre den anderen den Rücken zu.

18

Henry

Es ist 4 Uhr morgens, als ich die Tür des Wohnwagens öffne und hineingehe, während Paige mit einem Becher Kaffee auf einem Hocker sitzt und nur missmutig die Hand hebt.

»Guten Morgen«, murmle ich, lasse mich auf den Stuhl neben ihr fallen und nehme ihr den Becher aus der Hand. Es ist definitiv unmenschlich, um diese Uhrzeit aufzustehen. Noch dazu, wenn es frisch geschneit hat und es stockdunkel draußen ist.

»Hey, das ist meiner.«

»Soweit ich weiß, wurdest du angestellt, um dich um meine Bedürfnisse zu kümmern.«

Sie schnaubt und nimmt mir den Becher aus der Hand. »Ich wurde eingestellt, um mich um dein Image zu kümmern. Das immer noch zu wünschen übrig lässt.« Sie greift nach ihrem Handy und tippt ein wenig darauf herum, ehe sie es mir entgegenstreckt. Stöhnend verdrehe ich die Augen, als ich auf dem Display die Website von World of Celebrities sehe und dort mein Gesicht entdecke. Auf der Skala der unbeliebtesten Prominenten stehe ich derzeit auf Platz eins. Ich schüttle den Kopf und reiche Paige ihr Handy zurück.

»Ich will mich mit diesem Mist nicht befassen.«

»Das solltest du aber. Denn auf der Skala der beliebtesten Promis ist Olivia ganz weit oben. Was bedeutet, dass sie es darauf anlegt, als Sieger aus der Sache hervorzugehen. Und du weißt, was das heißt. Dass sie alles, was sie fordert, bekommen wird. Das Apartment in Manhattan, das Loft in London und das Strandhaus auf den Bahamas. Mal ganz abgesehen von dem Sorgerecht für Theo.«

Ich presse die Lippen zusammen und schließe die Augen. Für solche Gespräche ist es momentan wirklich noch zu früh. Außerdem muss ich mich auf den heutigen Drehtag vorbereiten. »Sie ist seine Mutter.«

»Du bist sein Vater.«

»Nicht sein leiblicher.« Der Schmerz kommt vollkommen unerwartet, und ich spüre den Drang, auf etwas einzuschlagen.

Paige greift nach meiner Hand und drückt sie. »Das macht es nur noch echter.«

Plötzlich hält sie inne, steht auf und sieht mich mit weit aufgerissenen Augen an. Diesen Blick kenne ich, und er gefällt mir nicht. Sie hat eine Idee, und ich werde den ganzen Tag versuchen, sie ihr auszureden. Es wäre nicht das erste Mal.

»Was ist los?«

»Vielleicht sollten wir uns das zunutze machen.«

Plötzlich wird mir übel.

»Nein«, sage ich laut und höre die Kälte in meiner Stimme heraus. Auch das ist nicht das erste Mal, dass sie auf solch einen Gedanken kommt. Paige scheint allerdings nicht beeindruckt zu sein, denn sie zieht die Augen zu Schlitzen zusammen.

»Wie ich schon sagte: Mein Job ist es, mich um dein Image zu kümmern, und ich finde, du solltest es publik machen. Du hast es schon viel zu lange geheim gehalten.«

»NEIN!«

»Aber das wäre deine Chance, mit einem Mal dein Image aufzubessern. Alle wären auf deiner Seite.«

»NEIN!«

»Hör zu, Henry, aber ...«

»Verdammt noch mal, Paige. Nein! Wie oft soll ich es dir noch sagen? Ich werde Theo nicht mit hineinziehen.«

Sie wirft resigniert die Hände in die Luft. »Aber Olivia macht es doch auch!«

Ich atme schwer und starre sie wütend an, während sie Daumen und Zeigefinger auf ihren Nasenrücken legt und die Augen schließt. Diese Geste habe ich schon oft bei ihr gesehen, meistens, wenn sie mit irgendwas konfrontiert wird, was mit mir zu tun hat. Aber sie wird dafür bezahlt, dass kein Mist über mich in der Zeitung geschrieben wird. Oder, besser gesagt, dass sie kontrolliert, welcher Mist über mich geschrieben wird.

»Ich werde mich nicht auf Livs Niveau hinabbegeben, und auf keinen Fall soll Theo darunter leiden, dass seine Eltern nicht mehr miteinander klarkommen.« Auch wenn ich nicht sein leiblicher Vater bin, so ist er mein Junge. Und ich habe die Verantwortung übernommen, ihm eine unbeschwerte Kindheit zu ermöglichen, sofern es in meiner Macht steht. Wenn seine Mutter sich schon nicht daran hält, so kann ich es wenigstens versuchen.

Sie seufzt schwer, dann nickt sie langsam. »Also gut, dann müssen wir uns etwas anderes überlegen. Wie wäre es, wenn du Fotos von dir und Theo auf Instagram posten würdest?«

»Nein.«

»Eine Podcastserie nach dem Motto: Vater und Sohn?«

»Vergiss es.«

»Ein paar Videos auf YouTube?«

Wütend funkle ich sie an.

»Himmel, Henry. Du musst mir schon ein wenig entgegenkommen. Es ist nämlich verdammt schwierig, deinen Hintern zu retten, wenn du dich so dagegen sträubst, mich zu unterstützen.«

»Wenn ich mich nicht irre, bekommst du einen Haufen Kohle dafür, dass du mir meinen Hintern rettest, oder nicht?«

Sie beißt sich auf die Unterlippe und starrt mich missmutig an. Das ist immer mein Totschlagargument. Aber glücklich bin ich darüber nicht.

»In deinem Fall hätte ich auf eine Gefahrenzulage bestehen sollen.«

Ich weiß, dass es ein Leichtes wäre, mithilfe von Theo mein Image zu retten, aber das lasse ich nicht zu. Ich habe noch nie verstehen können, dass andere Schauspieler ihr Leben und ihre Familie der Öffentlichkeit präsentieren, um ihre Karriere voranzutreiben. Für mich war das nie eine Option.

»Okay, dann überlege ich mir etwas anderes. Aber du versprichst mir, dass du dich nicht dagegen sträuben wirst.«

»Kommt darauf an. Was hast du vor?«

»Das kann ich dir noch nicht sagen, aber ganz egal, was ich dir vorschlage, ich will, dass du mitmachst. Hast du mich verstanden?«

Zögernd betrachte ich sie, wie sie wie eine Amazone die Arme in die Hüften stemmt und mich fixiert. Ich weiß, dass Paige mir nur helfen will, und sie macht einen verdammt guten Job. In der Branche wird sie gerne Pitbull genannt, und sie macht diesem Namen alle Ehre. Aber auch ich habe meine Grenzen.

»Keine Sorge. Alles, was ich von dir verlange, wirst du mit deinem Gewissen vereinbaren können.« Es ist fast, als könnte sie meine Gedanken lesen.

»In Ordnung.«

Sie klatscht in die Hände und grinst von einem Ohr zum anderen. »Sehr gut. Dann kann ich mich ja schon mal an die Arbeit machen.«

Misstrauisch blicke ich sie an. »Was, verdammt noch mal, hast du vor?«

»Ich habe schon eine Idee. Du wirst es noch früh genug erfahren.« Dann verlässt sie den Wohnwagen und lässt mich allein zurück.

19

Marcy

Die ganze Woche über habe ich Henry Lucas nicht gesehen, stattdessen ist Duncan voll mit wildfremden Menschen, die wie Ameisen umhereilen und außerhalb des Orts den Drehort vorbereiten. Wohnwagen werden abgestellt, Kulissen aufgebaut, Wegweiser angebracht. Unzählige Leute fahren in ihren Autos durch die Stadt, parken am Straßenrand und sehen zu, wie nach und nach ein kleines Dorf erbaut wird. An den ersten Tagen fanden die Dreharbeiten noch im kleinen Rahmen statt, aber jetzt entwickelt sich das Ganze zu einem riesengroßen Filmset. Sogar im Radio wird Duncan erwähnt, und auf der Titelseite der *Edinburgh News* ist ein Bild von unserem Dorf zu sehen.

Fasziniert bleibe ich stehen und spähe durch einen Metallzaun, der um den Drehort aufgebaut worden ist. Ein paar Schauspieler sind zu sehen, die in Morgenmänteln vor dem Wohnwagen stehen und die Hände aneinanderreiben. Einige von ihnen rauchen, andere nippen an einer dampfenden Tasse. Vor einer halben Stunde bekam ich einen Anruf von Henrys Managerin, die mich bat, frisches Gebäck zu liefern und am Eingang auf sie zu warten. Den seltsamen Unterton in ihrer Stimme konnte ich nicht so recht deuten.

Bevor ich losfuhr, habe ich noch ein Schild mit der Aufschrift »Bin gleich wieder da« an die Eingangstür gehängt. Ich bin mir ziemlich sicher, dass in den zehn Minuten, in denen ich nicht in der Bäckerei sein werde, kein Kunde vorbeikommen wird. Und falls doch, wird Rae ihm auch eine Tasse Kaffee anbieten können. Ich hole die Bäckerkisten aus dem Kofferraum und zwänge mich an dem Metallzaun entlang, um in das Innere des Sets zu kommen. Die Dame am Telefon hatte mir extra aufgetragen, den Filmset nicht durch die Vorderseite zu betreten, sondern durch einen der Seiteneingänge.

Seltsamerweise fühle ich mich, als wäre ich ein Dieb. Nur mit dem Unterschied, dass ich etwas bringe, anstatt etwas mitzunehmen. Es ist, als täte ich etwas Verbotenes. Ich staple die Kisten am Eingang und reibe mir die Hände.

»Marcy?«

Erschrocken fahre ich herum.

»Mein Gott, haben Sie mich erschreckt.« Mein Puls rast, als wäre ich einen Marathon gelaufen. Schwer atmend betrachte Paige. Sie trägt eine leuchtend blaue Bluse, einen engen Schlauchrock und schwarze High Heels. Ist ihr denn nicht kalt?

»Das war nicht meine Absicht. Gut, dass Sie schnell gekommen sind. Ich muss mit Ihnen etwas besprechen.«

Sie macht mich wirklich neugierig. »Um was geht es?«

»Ich habe nicht viel Zeit. Mein Terminplan ist ziemlich voll. Hoffentlich nehmen Sie es mir nicht übel, wenn ich Sie so überfalle, aber erinnern Sie sich noch an unser Gespräch neulich?«

»Sicher. Sie waren auf der Suche nach einem Date, das nicht für Sie sein sollte, wenn ich mich recht erinnere.«

Ein strahlendes Lächeln zaubert sich auf ihr Gesicht.

»Richtig. Nun, es ist so, dass ich Ihre Hilfe brauche.«

Das alles wird immer schräger. »Wobei?«

»Ich brauche ein Date für Henry Lucas.«

WAS? »Ein Date?«

»Eigentlich ist es eher ein Fake-Date.«

Das wird immer verrückter. Paige scheint mir meine Verunsicherung anzusehen, denn sie beginnt zu lachen.

»Sozusagen kein richtiges Date. Nur für die Öffentlichkeit. Um sein angeschlagenes Image aufzupolieren.«

Wow. Damit hätte ich nicht gerechnet. »Und wie soll ich Ihnen da helfen? Ich bin immer noch viel zu verwirrt, um einen klaren Gedanken zu fassen. Warum kommt sie damit ausgerechnet zu mir?« Soll ich Ihnen eine potenzielle Kandidatin empfehlen? Das dürfte nicht allzu schwer werden. Ich bin mir sicher, es werden sich eine Menge Frauen finden, die Henry Lucas näher kennenlernen möchten. Meine Tante Rose steht auf dieser Liste ganz oben.«

»Ich dachte da eher an Sie.«

Wenn ich gerade an einem Drink nippen würde, hätte ich ihn Paige im hohen Bogen ins Gesicht gespuckt. Stattdessen starre ich sie nur mit offenem Mund an.

»*Ich* soll sein Date sein?«, wiederhole ich dümmlich. Und so fühle ich mich auch.

»Ich habe das alles bereits geplant. Wenn Sie sein Date sind, dann wird die Presse darauf reagieren, weil sie überhaupt nicht seinem Typ entsprechen. Und genau damit werden wir ihre Aufmerksamkeit auf uns ziehen. Aber das alles ist natürlich inszeniert, daher richten wir damit keinen Schaden an, und Sie können genauso schnell von der Bildfläche verschwinden, wie Sie erschienen sind.«

Das ist so verrückt, dass es schon wieder aufregend ist.

»Nur mal für den Fall, dass ich auf Ihren Vorschlag eingehe, was natürlich totaler Schwachsinn wäre, gibt es da ein Problem. Ich habe einen Freund.«

»Na und? Sie gehen doch nur mit Henry aus und wollen ihn nicht heiraten.«

»Mein Freund wird das anders sehen.«

»Ich bin mir sicher, dass wir seine Zustimmung auch noch bekommen werden. Was ist ihm wichtig? Uhren? Motorräder? Autos?«

Moment mal. »Sie wollen ihn kaufen?«

»So läuft das Geschäft.«

Das gefällt mir nicht. Es fühlt sich alles so unecht an, und genau das ist es ja auch. Das passt nicht zu mir. Andererseits könnte Duncan wirklich mehr Touristen gebrauchen, und ich verwette meinen Hintern darauf, dass Paige die Sache im Griff hat.

»Ich brauche ein paar Tage Bedenkzeit.« Monate. Jahre. Mindestens.

»Die haben wir leider nicht. Ich habe für heute ein paar Journalisten hergebeten, damit sie über die Dreharbeiten berichten. Es wäre also perfekt, wenn diese, rein zufällig natürlich, Sie und Henry zusammen sehen würden und im Zuge dessen ein Foto von Ihnen beiden veröffentlicht wird.« Ein professionelles Lächeln zeichnet sich auf ihrem Gesicht ab. Jetzt ist sie voll in ihrem Managermodus.

»Wir können also zwei Fliegen mit einer Klappe schlagen. Mehr Touristen in Duncan und Henrys Imageproblem.«

Ich öffne den Mund, schließe ihn aber gleich wieder. Damit habe ich nicht gerechnet.

Paige wirft einen Blick auf ihre Armbanduhr. »In einer halben Stunde werden Sie hier auftauchen. Aber wenn Sie kein Interesse haben, kann ich ihnen auch wieder absagen.«

»Das ist Erpressung.«

»Nein, das ist ein Deal. So läuft das nun mal, eine Hand wäscht die andere.«

»Warum ausgerechnet ich?«

»Das habe ich Ihnen doch schon erklärt. Sie passen so gar nicht in Henrys Beuteschema. Genau aus diesem Grund wird die Presse Sie lieben.«

»Und was ist mit Henry? Was sagt er dazu?«

Sie zuckt mit der Schulter. »Das lassen Sie mal meine Sorge sein.«

»Er wird misstrauisch sein. Wir verstehen uns nicht besonders gut.«

»Nun, ich werde mich darum kümmern.«

Himmel, wie verrückt ist das denn? Ich habe keine Ahnung, was ich machen soll. Aber ich will, dass es Duncan wieder besser geht. So verrückt es sich anhört, es fühlt sich an, als wäre ich für unser Dorf verantwortlich.

»Sie haben das alles schon geplant.«

Paige rümpft die Nase. Sie sieht ein wenig beleidigt aus.

»Natürlich. Das ist mein Job.«

Ich atme tief aus. Was habe ich schon zu verlieren.

»Was muss ich tun?«

Ein breites Grinsen taucht auf ihrem Gesicht aus.

»Das ist ganz leicht. Vorerst müssen Sie nur mit ihm auf einem Foto zu sehen sein.«

Das hört sich so einfach an. »Wo ist der Haken?«

»Das erste Bild dient dazu, dass die Presse erst mal auf Sie aufmerksam wird. Man wird sich fragen, wer die Frau an Henry Lucas' Seite ist. Henry ist in Beziehungsangelegenheiten bisher sehr vorsichtig gewesen, es würde also auffallen, wenn wir mit der Tür ins Haus fallen. Deshalb gehen wir es langsam an. Ich habe einen Bekannten beim *London Express*, der mir noch ein paar Gefallen schuldig ist. Wann immer ich ihn kontaktiere, wird er Fotos machen und diese dann an andere Zeitschriften verkaufen. Alles soll so zufällig wie möglich aussehen, verstehen Sie? Heute ist es nur eine Begegnung, morgen sieht man Sie zusammen in einem Supermarkt, nächste Woche werden Sie ertappt, wie Sie beide sich küssen, und in zwei Monaten werden Sie dabei beobachtet, wie Sie bei ihm einziehen.« Mir wird schlagartig heiß und kalt zugleich.

»Was? Sie haben von einem Fake-Date gesprochen. Von einem einzigen Date. Und von einem Kuss war nie die Rede.« Geschweige denn, dass ich bei ihm einziehen werde. Das ist total verrückt!

»Es ist nur für das Foto, Marcy. Ich werde dafür sorgen, dass in jedem Artikel Ihr Name und dieses Dorf genannt werden. Sie werden sehen, Sie werden sich vor Touristen,

Fans und auch potenziellen Verehrern gar nicht mehr retten können.« Potenzielle Verehrer? Wer sagt denn heutzutage noch so etwas? Plötzlich schießt mir ein Gedanke durch den Kopf, und ich spüre Hitze in mir aufsteigen. Allerdings weiß ich nicht, ob vor Aufregung oder vor Scham.

»Moment mal, ich kann Henry nicht küssen. Ich sagte Ihnen doch, dass ich einen Freund habe.«

»Das ist Ihr Problem, nicht meines. Sie selbst müssen entscheiden, wie viel Ihnen diese Stadt wert ist. Machen Sie Ihrem Freund klar, dass das alles nicht der Wahrheit entspricht und der Kuss nur gestellt ist.«

»Das ist nicht so einfach.«

»Nichts im Leben ist einfach, Marcy. Aber genau das macht es ja so interessant.«

Sie sieht mich einen Moment stumm an, dann zieht sie eine Augenbraue nach oben. »Haben wir einen Deal?«

Ich bin es Duncan schuldig. »Ja, den haben wir.«

Ein paar Minuten später machen Paige und ich uns auf den Weg zum Set. Paige dreht sich immer wieder um und scheint den Regisseur zu suchen, der es nicht ausstehen kann, wenn sich Fremde am Set aufhalten. Aber für ihr Foto muss ich hier sein, daher hat Paige mir erklärt, dass sie mich Richard gegenüber bereits als Henrys Freundin ausgeben wird. Zwar ist er kein Freund der Presse, aber Paige möchte, dass so wenig Leute wie möglich von unserem Deal wissen. Im Grunde genommen nur Henry, Paige und ich. Ich frage mich schon die ganze Zeit, was er davon hält. Paige meinte, er hätte, ohne mit der Wimper zu zucken, zugesagt. Ich hatte nicht den Eindruck, dass ich ihm sonderlich sympathisch bin, aber vielleicht muss ich das auch gar nicht. Die besten Filmliebespaare konnten sich im echten Leben nicht ausstehen, und trotzdem wurden ihre Filme Welterfolge. Ich werde das schon hinbekommen. Irgendwie. Ganz bestimmt. Ein Zettel aus meinem Mutmachglas wäre jetzt von Vorteil.

Wir sind gerade dabei, die Treppe hinunterzugehen, als jemand Paiges Namen brüllt.

»Es fängt an«, murmelt sie und setzt ein professionelles Lächeln auf. Vorsichtig drehe ich mich um und sehe einen älteren Mann mit einer Ray-Ban-Sonnenbrille, einem schwarzen Hoodie und Jeans auf uns zumarschieren.

»Wo zur Hölle warst du, Paige?« Dann fällt sein Blick auf mich, und er runzelt die Stirn. »Wer ist das?«

Ich gehe einen Schritt nach vorn und strecke ihm meine Hand entgegen. »Guten Tag, mein Name ist Marcy Shark, ich bin ...«

»Marcelyn, was machst du denn hier?«

Irritiert blicke ich zur Seite und sehe Henry durch den Schnee auf mich zustapfen. Er trägt einen braunen Fellmantel und dazu passende kniehohe Lederstiefel, deren Schaft ebenfalls aus Fell ist. O mein Gott!

Er bleibt neben mir stehen und beugt sich zu mir herab. Sein Bart kitzelt an meiner Wange, während er mir etwas ins Ohr flüstert.

»Hat Paige dich bereits eingeweiht?«

Stumm nicke ich. Zu mehr bin ich sowieso nicht in der Lage.

»Ist das okay für dich?«

Wieder nicke ich. Was soll ich auch tun?

Er lächelt, dann schenkt er mir ein atemberaubendes Lächeln. Wow, er scheint wirklich ein guter Schauspieler zu sein.

Er zwinkert mir zu und dreht sich dann zu diesem cholerischen Mann um, der uns die ganze Zeit beobachtet hat.

»Darf ich dir Marcelyn vorstellen, Richard?«

Henry und Richard wechseln einen kurzen Blick, und ich frage mich, ob die beiden eine stumme Vereinbarung miteinander haben.

»Paige«, murrt er, »mach dich auf die Suche nach Vicky. Henry, wir drehen.« Wow! Sehr freundlich! Mir liegen ein paar unschöne Wörter auf der Zunge, die ich ihm gerne sagen möchte, aber ich schaffe es gerade noch, mich zurückzuhalten.

Ohne ein weiteres Wort wendet er sich von uns ab und verschwindet. Ich sehe zu Paige, deren Blick zwischen Henry und mir hin und her wandert, und ein Grinsen umspielt ihre Lippen. Was ist denn jetzt los?

»Ich sehe schon, das wird interessant.« Dann dreht sie sich um und marschiert davon.

»Was war denn das gerade?«

»Ich habe dir sozusagen gerade das Leben gerettet.«

»Erklärst du mir das genauer?«

»Ich habe als Einziger eine Klausel in meinem Vertrag, die besagt, dass ich Gäste an den Set mitbringen darf.«

Mit dem Fellmantel und den kniehohen Stiefeln wirkt Henry auf einmal bedrohlich. Als ein Stück seines Mantels zur Seite weht, kann ich einen Blick auf seinen nackten Oberschenkel werfen, und mit einem Mal ist mir nicht mehr kalt.

»Was trägst du denn darunter?«

Er legt den Kopf zur Seite und grinst mich an. »Für diese Frage kennen wir uns noch nicht gut genug.«

»Ich habe gerade mit deiner Managerin ein Date mit dir vereinbart.« Das hört sich noch viel seltsamer an, als es ist. »Läuft das bei dir immer so, wenn du dich mit einer Frau treffen willst? Kümmert sich Paige um dein Liebesleben?«

»Paige kümmert sich um so ziemlich alles in meinem Leben, aber nein, meine Dates sind meine Angelegenheit.« Einen Moment hält er inne, dann sagt er leise: »Meine echten Dates.«

Klar. Das hier ist ja nichts weiter als ein Geschäft. Trotzdem hat sich sein Lächeln vorhin ehrlich angefühlt. Vielleicht war es das auch. Er ist dankbar, dass ich ihm dabei helfe, sein Image zu verbessern.

»Komm mit«, murmelt er und reißt mich damit aus meinen Gedanken. Er greift nach meiner Hand, die sich warm und riesig in meiner anfühlt. »Ich zeige dir alles …«

Der Set wirkt wie eine eigene kleine Stadt. Ein Trailerpark wurde aufgebaut, und die Wohnwagen stehen dicht aneinandergereiht nebeneinander. Fahrbare Kräne mit riesigen Greenscreens stehen am Rand, und unzählige Mitarbeiter mit Headsets laufen wie Ameisen durch die Gegend.

Als wir vor einem Wohnwagen stehen bleiben, öffnet Henry die Tür, und ich trete ein. Damit hätte ich nicht gerechnet.

Eine weiße Loungeecke befindet sich neben einer Bar, auf der anderen Seite ist ein Doppelbett zu sehen. Das alles wirkt wie die Suite eines Fünfsternehotels.

»Warum wohnst du bei Rae im Café, wenn du auch hier leben könntest?«

Er zuckt mit den Schultern und lässt sich auf das Ledersofa fallen. »Ich kann Wohnwagen nicht ausstehen.«

Für einen Moment bin ich sprachlos. Das alles strahlt so viel Luxus aus, dass ich gar nicht weiß, was ich davon halten soll.

»Aber du hast doch dafür bezahlt.«

»Die Produktionsfirma kommt dafür auf. Ich bevorzuge es, in einem richtigen Zimmer zu schlafen und Kontakt zur Außenwelt zu haben.«

Irgendwie fühle ich mich vollkommen fehl am Platz. Hier wird mir bewusst, wie viel Geld er besitzen muss. Eine Frage liegt mir aber noch auf der Zunge.

»Ich habe vorhin einen Cateringwagen gesehen. Warum habt ihr Iain gebeten, euch mit Waren zu beliefern, wenn man hier doch jederzeit Kaffee und Gebäck haben kann?«

»Sams Kaffee ist ekelhaft. Aber niemand hat den Mumm, ihm das zu sagen. Nur ein paar Roadies holen sich dort ab und an einen Becher, aber der Rest von uns vermeidet es. Deshalb wird Richards Regieassistentin auch immer aufgetragen, sich vor Ort nach jemandem umzusehen, der uns mit Kaffee versorgen kann.«

»Okay. Vielleicht sollte ich mich dann mal auf den Weg machen.«

Henry nickt, steht auf und öffnet mir die Tür. Als ich den Wohnwagen verlasse, peitscht mir ein kalter Wind entgegen. Langsam gehe ich die Treppe hinab, doch vor der untersten Stufe drehe ich mich noch mal zu ihm um.

Henry lehnt sich aus dem Wagen, beugt sich zu mir herab und lächelt.

»Danke.«

»Für was?«

»Dafür, dass du mich gerettet hast. Mit dem Regisseur scheint nicht gut Kirschen essen zu sein.«

»Er ist kein übler Kerl. Aber ich schätze, wenn man so erfolgreich ist wie er, muss man Grenzen setzen.«

»Vielleicht.«

»Findest du allein raus? Ich muss mich noch umziehen.«

»Kein Problem.«

»Wenn dich jemand aufhält, sag einfach, du gehörst zu mir.«

»In Ordnung.«

Einen Moment bleibe ich noch stehen, obwohl Henry bereits die Tür geschlossen hat, und atme tief durch. Ich habe keine Ahnung, auf was ich mich da eingelassen habe. Wenn ich ehrlich bin, habe ich das Gefühl, ich verliere die Kontrolle über mein Leben. Nichts ist am Abend so, wie es am Morgen noch gewesen ist, als ich aufgestanden bin.

Jetzt wäre der richtige Zeitpunkt für einen Mutmachzettel.

20

Marcy

»Ich habe das Bild in der Zeitung gesehen«, sagt Rae und blickt mich stirnrunzelnd an, während wir durch den Ort laufen. Der eiskalte Wind peitscht mir ins Gesicht, und ich verfluche mich dafür, dass ich mich nicht wärmer angezogen habe.

»Welches Bild?«, murmle ich und bereue es, Raes Angebot, mit ihr joggen zu gehen, angenommen zu haben. Seit Gwendolyns Geburt kämpft sie mit ihren Pfunden, auch wenn es für mich ein Rätsel ist, wo diese sein sollen.

»Das von dir und Henry Lucas. Ihr seht beide sehr vertraut miteinander aus.«

Lächelnd winke ich ab. »Wir haben uns nur am Set getroffen, als ich die Crew mit Gebäck beliefert habe. Nicht der Rede wert.«

»So sah es aber nicht aus.« Ich weiß nicht, was Rae gesehen hat. Bisher bin ich weder dazu gekommen, die Zeitung zu lesen, noch in den sozialen Medien nach einem Foto von Henry und mir zu suchen. Aber nachdem Paige gemeint hatte, dass sie einen Journalisten angeheuert hat, war ich davon überzeugt gewesen, dass jemand ein Foto von uns geschossen hat. Somit ist es keine große Überraschung für mich.

»Es ist nur ein Bild, Rae.« Rae sagt nichts mehr, stattdessen bleibt sie stehen und stemmt beide Arme in die Hüften.

»Willst du wissen, ob da etwas zwischen uns läuft?«

»Nein«, sagt sie zu meiner Überraschung und schüttelt den Kopf.

»Nein? Ich dachte, du würdest mir deswegen Löcher in den Bauch fragen.«

Sie zuckt mit den Schultern. »Es geht mich nichts an. Aber ich weiß, was so ein Foto auszulösen vermag und dass man es nie ganz verschwinden lassen kann, egal, wie lange oder intensiv man es versucht.«

Wehmut klingt in ihrer Stimme mit. Vor einem Jahr, bevor Rae nach Duncan gekommen ist, veröffentlichte ein missglückter One-Night-Stand von ihr ein Nacktfoto von ihr im Internet. Obwohl die Polizei sich darum gekümmert hatte, dass das Bild gelöscht wurde, ist es doch nie ganz verschwunden.

»Ich weiß das, aber du musst dir keine Sorgen machen. Es geht mir gut damit.«

»Wirklich? Und was sagt Jack dazu?«

Das ist die Eine-Million-Pfund-Frage. Ich habe ihn schon eine Weile nicht mehr gesehen und hatte noch nicht die Möglichkeit, ihm die ganze Angelegenheit zu erklären. Vielleicht bin ich ihm aber auch aus dem Weg gegangen. So genau weiß ich es, ehrlich gesagt, nicht.

»Keine Ahnung. Wir haben noch nicht darüber gesprochen.«

»Wie ich Jack kenne, wird er sich darüber überhaupt keine Gedanken machen.«

Das befürchte ich auch. Und ich weiß nicht, was schlimmer ist. Dass er sich Gedanken darüber macht oder eben nicht.

»Marcy?« Überrascht drehe ich mich um und sehe Paige, wie sie die Straße entlang auf mich zugestöckelt kommt. Es ist mir ein Rätsel, wie jemand bei diesen Witterungsverhältnissen in High Heels durch die Gegend laufen kann.

Sie bleibt vor mir stehen und schenkt Rae ein freundliches Lächeln. »Vielen Dank für das köstliche Frühstück heute Morgen. Ich habe es sehr genossen.«

»Es freut mich, dass es Ihnen geschmeckt hat.«

Dann wirft sie mir einen kurzen Blick zu.

»Haben Sie Ihren Instagram-Account schon gecheckt?«

»Nein. Hätte ich das tun sollen?«

»Kommen Sie mit. Ich denke, wir müssen etwas klären.« Lächelnd wendet sie sich an Rae. »Auf Wiedersehen, Mrs MacAllan.«

Sie läuft davon und bedeutet mir, ihr zu folgen. Was soll das?

»420 000 Aufrufe in den letzten vierundzwanzig Stunden. Das ist sogar für dich ein neuer Rekord.« Paige dreht ihren Laptop und deutet auf den Bildschirm. Wir befinden uns in Henrys Zimmer im *Iris*. Im ersten Moment bin ich geschockt. Auf der offiziellen War of Kingdoms-Instagram-Seite ist ein Bild von mir zu sehen. Henry und ich sind darauf, und wir wirken sehr vertraut. Jetzt verstehe ich, was Rae gemeint hat. Auf den ersten Blick sieht es so aus, als würden wir uns heimlich küssen. Ich kaue auf meiner Unterlippe und frage mich, wie eine so harmlose Situation so falsch verstanden werden kann.

»Dieses Foto ging gestern viral. In den Social Media lieben sie euch. Die Tweets überschlagen sich. Über 200 000 Aufrufe auf Instagram, dabei ist das Bild erst ein paar Stunden online.«

Mir wird übel. So hatte ich das nicht geplant. Das Ganze nimmt überdimensionale Ausmaße an.

»Morgen ist das wieder vergessen. Du weißt, wie das läuft, Paige. Sie werden jemand anders finden, auf den sie sich stürzen können.«

Paige schüttelt den Kopf und tippt währenddessen etwas in ihren Laptop ein. »Hört euch das mal an.«

Plötzlich beginnt sie laut zu lesen.

»So ein tolles Paar. Endlich ist Henry dieses Warzenschwein los.«

Wow. Sehr nett. Ich frage mich, wen sie damit meint.

»Man sagt doch, Frauen mit pinkfarbenen Haaren wären gut im Bett. Go, Henry, go.«

Soweit ich weiß, trifft dieser Spruch ja auf Rothaarige zu. Vielleicht ist die Person ja farbenblind?

»Wow, endlich mal keine Barbiepuppe. Kann es sein, dass Henry Lucas so etwas wie Geschmack besitzt?«

»Das hier gefällt mir am besten. Eine junge Frau aus London kommentiert mit: Marry ist so süß.«

Verwirrt blicke ich auf. »Wer ist Mary?«

Paige blickt nach oben und nimmt ihre Brille ab.

»Nun, das ist eine Verschmelzung eurer beider Namen. Marcy und Henry. Marry. Es wird nur anders ausgesprochen.«

O mein Gott! Marry wie Heirat. Das kann doch nicht wahr sein.

»O mein Gott«, entfährt es mir, und ich schlage mir entsetzt auf den Mund. »Das ist doch total verrückt.«

Paige zuckt mit den Schultern. »Fans tun so was. Deshalb bin ich der Meinung, dass dieser Hype nicht so schnell vergessen sein wird. Wenn sie schon Kosenamen für euch erfinden, ist die Lage weitaus ernster als gedacht.« Sie wendet sich an Henry. »Das ist deine Chance. Mit dieser Sache können wir die vergangenen Monate endlich hinter uns lassen und dein Image wieder aufpolieren. Sie scheinen dir die Sache mit Olivia nicht mehr nachzutragen.«

Ich bin viel zu schockiert, um über ihre Worte nachzudenken.

»Was schlägst du vor?« Ich sehe zu Henry, der mit angespanntem Kiefer kerzengerade neben mir steht. Auf den ersten Blick wirkt er, als wäre er nur konzentriert, aber ich kann die Anspannung sehen. Ihm gefällt genauso wenig wie mir, was Paige zu sagen hat.

»Wir spielen das Spiel weiter.«

Ich bin viel zu perplex, um etwas zu sagen.

»Wir haben schließlich eine Vereinbarung getroffen, und offiziell gibt es noch kein Statement von uns. Ich habe Marcy versprochen, dafür zu sorgen, dass sich wieder ein paar Touristen hier in Duncan einfinden, und daran werde ich mich halten. Außerdem gab es noch kein offizielles Date. So lange werden wir weitermachen.«

»Du willst die gesamten Dreharbeiten dafür benutzen, an dieser Lüge festzuhalten?«, fragt Henry, und ich werfe ihm aus den Augenwinkeln einen kurzen Blick zu. Er sieht mich nicht an, und etwas in meinem Bauch verkrampft sich. Wie konnte mein Leben in so kurzer Zeit nur so kompliziert werden?

»Na ja, ihr habt den Stein schon ins Rollen gebracht. Das ist die perfekte PR für dich, Henry, und wir können endlich diesen verdammten Rosenkrieg aus den Schlagzeilen verbannen.«

Sein Ausdruck ist noch ein wenig verbissener, aber er nickt langsam, als würden Paiges Worte Sinn ergeben.

Aber nicht für mich.

Paige lächelt und sieht dabei ziemlich selbstzufrieden aus. Ihr Plan scheint aufgegangen zu sein. »Wir werden vorerst noch nicht kommentieren. Gerüchte sind ein gutes Marketinginstrument. In ein paar Tagen werdet ihr euch zu einem Date treffen, und danach entscheiden wir weiter. Marcy, haben Sie schon mit Ihrem Freund gesprochen?«

Ein ungutes Gefühl macht sich in mir breit. Ich presse die Lippen zusammen und sehe zu Henry, der mich fragend anstarrt.

»Nein. Ich habe noch nicht den richtigen Moment gefunden.«

»Dann sollten Sie das schnellstmöglich tun. Glauben Sie mir, es wird nicht angenehmer, je länger Sie es vor sich herschieben.«

»Das ist einfacher gesagt als getan. Was soll ich ihm denn erzählen?«

»Das ist mir egal, es darf nur nicht die Wahrheit sein. Die Gefahr ist zu groß, dass er sich verplappert, und dann ist der Schaden größer als zuvor.«

Ich bin sprachlos. In welcher Welt lebt die denn?

Das wird alles immer bizarrer.

»Lieben Sie Ihren Freund?«

Verblüfft sehe ich sie an. Mir wird abwechselnd heiß und kalt, und ich schlucke, um den Kloß in meinem Hals loszuwerden.

Paige sieht mich fragend an, und ich blicke zu Henry, der sie stirnrunzelnd anschaut.

»Was soll das, Paige?«

»Ich habe Marcy nur gefragt, ob Sie diesen Jack liebt.«

»Sie kennen seinen Namen?«

»Ich bin ihm gestern Abend zufällig begegnet.«

Ich schlucke, dann schließe ich die Augen. Es gab eine Zeit, da hätte ich, ohne mit der Schulter zu zucken, Ja gesagt.

»Hören Sie, Marcy. Ich rede meistens zu viel und kann ein ziemliches Miststück sein, aber wenn ich eines besitze, dann ist es ein Gespür für Menschen, und ich habe Sie und Jack beobachtet. Vielleicht täusche ich mich auch, aber ich habe das Gefühl, dass Sie Jack auf andere Art lieben, aber nicht auf die romantische Art. Vielleicht sollten Sie diesen Moment als Chance nehmen und Ihre Beziehung überdenken.«

»Sie soll sich von ihm trennen?«, platzt es aus Henry heraus.

Man kann sich nicht von jemandem trennen, mit dem man nicht zusammen ist. Der Gedanke kam mir in letzter Zeit immer häufiger in den Sinn, aber jetzt macht er sich deutlich bemerkbar. Zu deutlich.

»Ich muss darüber erst nachdenken.«

»Tun Sie das. Aber beeilen Sie sich. Wir müssen ein Statement abgeben. Am besten noch heute.«

Einen Moment starre ich sie stumm an. »Sie sind Single, nicht wahr?«

»Ja, warum?«

Ich zucke mit den Schultern. »Nichts, aber das erklärt einiges.«

»Hören Sie, Marcy. Es ist wirklich eine gute Chance für uns, Henrys Image auf Vordermann zu bringen. Wenn Jack die Wahrheit erfährt und jemandem davon erzählt, dann kann sich Henry für die nächsten Wochen eine Hütte im Himalaja mieten.«

»Ich dachte immer, schlechte Publicity wäre besser als keine.«

»Nun, das ist ein Motto, das in Hollywood gerne genutzt wird. Wir von der Ostküste denken da anders.«

Ich will gerade etwas darauf erwidern, da spricht Paige schon weiter. Irgendwie weiß die Frau nicht, wann sie besser den Mund halten sollte.

»Es ist bereits zu spät, um noch auszusteigen, aber ich möchte Sie daran erinnern, dass wir einen Deal haben. Und ich bin bereit, meinen Teil davon einzuhalten. Ich verspreche Ihnen, dass ich Duncan wieder zu dem beliebten Ort machen werde, der er einmal war. Ich halte meine Versprechen. Immer. Und Henry wird mir dabei helfen.«

Überrascht zieht er eine Augenbraue nach oben. »Ach ja?«

»Sie arbeiten doch in diesem Café, nicht wahr?«

Stumm nicke ich. Ich bin gespannt, was jetzt kommt.

»Wussten Sie, dass Henrys Leidenschaft das Backen ist?«

»Paige«, knurrt Henry und sieht sie mit einem Blick an, der mich dazu veranlassen würde, von hier abzuhauen. Aber sie scheint immun dagegen zu sein.

Tatsächlich? Ich erinnere mich an unser Zusammentreffen in der Bäckerei. Das erklärt so einiges.

»Nein, das ist mir komplett neu.«

»Jetzt wissen Sie es. Seine Vanillerollen sind legendär.«

»Paige!« Okay, er ist ziemlich wütend. Paige scheint aus dem Nähkästchen zu plaudern.

»Und seine Cronuts. Glauben Sie, für die würden Sie einen Mord begehen.«

»PAIGE!« Jetzt blickt sie ihn an, und ich weiche einen Schritt zurück, obwohl seine Wut gar nicht mir gilt.

»Beruhige dich doch«, murmelt sie und tätschelt seine Schulter. »Ich meine es doch nur gut.«

Sie lächelt und blickt wieder zu mir. Also, entweder hat sie ihn bei einem Mord erwischt, und er steht jetzt in ihrer Schuld, oder sie waren zusammen im Bett, denn Henry presst die Lippen aufeinander und sagt nichts weiter. Seltsam.

Paige blickt wieder zu mir.

»Henry wird in Ihrer Backstube backen. Wann immer er Zeit hat und die Dreharbeiten es ihm erlauben. Sie werden sehen, es wird sich herumsprechen, dass Henry Lucas' Cronuts in Duncan verkauft werden und zudem noch die Dreharbeiten hier stattfinden.«

Ihre hochnäsige Art geht mir auf die Nerven.

»Richard wird ausrasten, wenn er erfährt, dass du seinen Drehort preisgegeben hast.«

»Er wird darüber hinwegkommen. Es ist nicht das erste Mal, dass wir diese Tatsache für gute Publicity nutzen.«

Ich verschränke die Arme vor der Brust und lehne mich gegen die Wand. Ihre Worte schwirren mir durch den Kopf.

Paige blickt mich einen Moment lang stumm an. Dann räuspert sie sich. »Was wollen Sie noch?«

»Wie bitte?«

»Ich kenne diesen Gesichtsausdruck. Ist es Geld? Wie viel?«

»Ich will kein Geld.«

»Jeder will Geld.«

»Wir haben eine Vereinbarung, Paige und auch ich gehören zu den Menschen, die ihre Versprechen halten. Sie kümmern sich um die Touristen in Duncan, und ich mache bei Ihren Spielchen mit. So war unser Deal. Und ich lasse mich nur darauf ein, weil ich den anderen im Ort helfen will. Das ist der einzige Grund.«

Paige runzelt die Stirn. »Ich zermartere mir schon die ganze Zeit den Kopf darüber, warum Sie nicht mehr fordern. Sie wollen mir wirklich weismachen, dass Sie aus rein selbstlosen Gründen handeln?«

»Lass Sie in Ruhe, Paige.« Henry steht auf. »Ob du es glaubst oder nicht, aber es gibt Menschen, die nicht so leben, wie wir es tun. Die glücklich damit sind, anderen zu helfen, und nicht nur auf ihr eigenes Wohl aus sind.«

21

Marcy

Die Stimmung ist angespannt, und daran trage ich Schuld. Henry steht mit verschränkten Armen am Fenster und blickt hinaus, während Paige auf einem Stuhl sitzt und ein Sprachmemo aufnimmt. Ihr PR-Modus läuft auf Hochtouren. Ich fühle mich vollkommen fehl am Platz.

Aber es gibt ein paar Dinge, die ich wissen möchte, auch wenn ich mich schon auf den Deal eingelassen habe.

»Warum ist Henrys Image eigentlich so schlecht?« Henrys Körperhaltung versteift sich, und ich frage mich, ob ich ein Tabuthema angesprochen habe. Aber wenn das klappen soll, müssen alle mit offenen Karten spielen.

Paige seufzt und streicht sich eine imaginäre Haarsträhne hinter das Ohr.

»Während der Scheidung sind ein paar unschöne Dinge ans Licht gekommen. Dinge, die Henry unverschuldet in einem schlechten Licht erscheinen ließen.«

Ich werfe ihm einen schnellen Blick zu. »Unverschuldet?« Irgendwie kann ich das nicht recht glauben.

Er presst die Lippen zusammen, und ich kann sehen, wie angespannt sein Kiefer ist.

»Seine Frau ...«

»Ex-Frau«, kommentiert er und greift nach einem Glas, das mit einer braunen Flüssigkeit gefüllt ist. Ohne mich aus den Augen zu lassen, trinkt er es in einem Schluck aus.

»Seine Ex-Frau«, verbessert Paige sich, »... hat Henry der Untreue bezichtigt. Zudem hat sie öffentlich einen Vaterschaftstest gefordert.«

Henry lacht höhnisch auf. »Was schon eine Ironie an sich ist, wenn man bedenkt, dass ich gar nicht Theos Vater bin.«

»Natürlich bist du das.«

»Nein, bin ich nicht.«

Ich blicke wie bei einem Tennismatch zwischen Paige und Henry hin und her. »Was denn nun?«, platzt es aus mir heraus, und sofort wirft mir Paige einen strafenden Blick zu.

»Ich bin nicht Theos leiblicher Vater.«

»Woher wissen Sie das so genau?«

Er wirft mir einen Blick zu, den ich nicht so ganz einordnen kann. »Olivia war bereits schwanger, als ich sie kennengelernt habe.«

Ich schlucke. »Wussten Sie das?«

»Sie hat daraus kein Geheimnis gemacht.«

»Das muss man ihr lassen. Sie hat von Anfang an mit offenen Karten gespielt«, murmelt Paige, und ich werde das Gefühl nicht los, dass sie Henrys Ex-Frau nicht ausstehen kann.

»Henry hat das Kind direkt nach der Geburt adoptiert.«

Ich schlucke abermals. Wow.

Er sieht mich an, und ich kann Schmerz in seinem Blick erkennen.

»Er ist nicht mein leibliches Kind, aber ich liebe Theo wie mein eigenes. Ich würde alles dafür tun, dass es ihm gut geht. Olivia weiß das und nutzt das für sich aus.«

»Sie stellt Sie also in ein schlechtes Licht, damit sie selbst das Opfer ist, und benutzt dafür Ihren Sohn.«

»Genauso ist es. Sie können sich ja denken, dass das ein gefundenes Fressen für die Presse war.«

»Ich verstehe nur nicht, wie eine Beziehung zu mir ihm helfen soll.«

Paige setzt sich mir gegenüber. »Wenn man etwas oft genug hört, glaubt man es irgendwann. Olivia hat so viel Schlechtes über Henry erzählt, dass die Menschen glauben, es wäre die Wahrheit. Liv liebt man, oder man hasst sie, und wir wissen ja, auf welche Seite sich die Medien geschlagen haben. Die Einschaltquoten der Serie sind nach der Scheidung rasant zurückgegangen. Es ging so weit, dass Henry sogar mit dem Gedanken gespielt hat, aus der Serie auszusteigen. Gott sei Dank ist das vom Tisch.«

Überrascht schaue ich ihn an. Er hat den Blick zu Boden gerichtet, aber ich spüre, dass es ihm unangenehm ist, darüber zu reden. Aber da ist noch etwas anderes. Stattdessen presst er den Kiefer zusammen und ballt die Hände zu Fäusten. Wieso habe ich das Gefühl, dass noch mehr dahintersteckt?

»Die Produzenten und auch Richard waren davon natürlich nicht begeistert. Er hat ihm sogar mit einem Prozess gedroht, wenn er den Vertrag nicht einhält. Und natürlich ist das auch an die Presse geraten. Wir haben keine Ahnung, wie sie das herausfinden konnten, aber Sie können sich vorstellen, dass das in den sozialen Netzwerken überhaupt nicht gut angekommen ist. Es hat nur das Bild bestätigt, das die Leute durch Olivias Aussagen sowieso schon von ihm haben. Verantwortungslosigkeit, Desinteresse, Egozentrik.«

Sie seufzt auf.

»Wenn Henry sich nun neu verliebt, ausgerechnet in eine gewöhnliche Frau, dann lässt ihn das bei seinen Fans menschlicher erscheinen. Sympathischer. Authentischer. Zumal Olivia sich heimlich mit einem russischen Männermodel trifft, das bereits wegen diverser Dinge im Gefängnis gesessen hat. Es ist nur eine Frage der Zeit, bis ihre Sympathiepunkte abstürzen werden.«

»Woher wissen Sie das?«

Sie zuckt mit der Schulter. »Man hat so seine Informationsquellen.«

Paige steht auf und lehnt sich gegen die Tischplatte. »Hören Sie, es ist eine Win-win-Situation für Sie beide. Sie haben ja nichts zu verlieren, und Henry würden Sie wirklich helfen.«

Einen Augenblick sage ich nichts, auch wenn ich meine Entscheidung bereits getroffen habe. Aber jetzt, da ich weiß, was für ihn auf dem Spiel steht, fällt es mir leichter, dieses Spiel mitzumachen.

»Was geschieht als Nächstes?«

Paige beginnt zu lächeln. Fast, als hecke sie etwas aus.

»Sie und Henry werden nach Edinburgh fahren und die Filmpremiere von Olivia besuchen.«

22

Henry

»Das ist eine dämliche Idee.« Marcy hat vor einer halben Stunde mein Zimmer verlassen, und ich diskutiere mit Paige über diesen Schwachsinn.

»Falsch. Es ist die beste, die ich jemals hatte. Du wirst sehen, morgen werden dich alle lieben.«

»Es wird nicht funktionieren. Marcy hat keine Ahnung, was auf sie zukommt. Das wird eine Katastrophe.«

Paige steht auf und schlendert zu mir herüber, während sie mir meinen Mantel reicht. Für heute habe ich noch eine Szene zu drehen, und das Wetter lässt echt zu wünschen übrig. Wenn wir nicht bald von hier verschwinden, laufe ich mit Frostbeulen durch die Gegend.

»Wird es nicht. Ihr liegt etwas an diesem Ort. Sie wird alles geben, damit ich meinen Part des Deals einhalte.«

»Warum hast du ihr das überhaupt vorgeschlagen?«

»Weil ich sie irgendwie ködern musste.«

»Wie wäre es mit Geld gewesen?«, schnaube ich.

»Das hätte sie nicht angenommen.«

»Warum bist du dir da so sicher?«

Paige zuckt mit den Schultern. »Keine Ahnung. Sagt mir mein Bauchgefühl.« Sie lächelt mich breit an.

»Mach dir keine Sorgen. Alles wird gut gehen. Hab ich mich jemals geirrt?«

Nein, hat sie nicht. Paige besitzt ein goldenes Händchen. Alles, was sie anfasst, wird erfolgreich. Nur ihr habe ich es zu verdanken, dass meine Karriere noch nicht komplett den Bach runtergegangen ist. Es gibt niemanden in der Branche, den sie nicht kennt. Das liegt vermutlich an ihrer Cleverness, gepaart mit einem echt heißen Aussehen und einem ziemlich schrägen Sinn für Humor.

»Nein, ich schätze, ich bin bei dir in den besten Händen.«

»Gut, dass du das weißt. Nun, mach dich fertig, sonst reißt Richard dir noch den Arsch auf.«

Ohne mich weiter zu beachten, öffnet sie die Tür und verschwindet.

23

Marcy

Zwei Stunden später sitze ich in meinem Apartment und zerbreche mir den Kopf. Ich weiß immer noch nicht, was ich tun soll. Aber das Foto ist bereits online, und es ist nur eine Frage der Zeit, bis Jack davon erfahren wird. Wenn er es nicht sowieso schon weiß.

Es wäre nicht fair von mir, ihn so vor den Kopf zu stoßen. Früher oder später wird ihn jemand darauf ansprechen, und dann soll er nicht damit überrumpelt werden. Einen Moment lang stelle ich mir vor, wie ich mich fühlen würde, wenn ich ein Foto sähe, auf dem er eine andere Frau küsst. Auch wenn ich Henry gar nicht geküsst habe. Ich schließe die Augen und warte auf ein Gefühl der Wut. Der Eifersucht. Der Mutlosigkeit. Aber da ist nichts. Stattdessen schleicht sich ein anderes Bild in meinen Kopf. Henry, wie er mich küsst und wie dieser Kuss jede Faser meines Körpers berührt. Mein Gott! Denke ich das gerade wirklich?

Wie auch immer ich es drehe, ich komme immer wieder zu dem Ergebnis, dass Paige wohl recht hat. Sie scheint ihren Job echt gut zu verstehen, und Menschenkenntnis hat sie auch. Ich muss mit Jack sprechen.

Heute.

Jetzt.

Je länger ich über alles nachdenke, desto mehr glaube ich daran, dass es die einzige Chance ist, Duncan zu helfen. Ich muss Paige recht geben. Duncan könnte etwas Unterstützung gebrauchen. Zwar hilft die Vereinbarung, die Iain mit der Produktionsfirma getroffen hat, Iain ein wenig, und auch Rae tut die Finanzspritze gut, aber die anderen könnten auch ein wenig Hilfe gebrauchen.

Ich sollte das Beste aus der Situation machen, und da ich das Casting sowieso verpasst habe und auch das Foto bereits existiert, wäre es nur von Vorteil, daraus Kapital zu schlagen. Warum also nicht?

Ich greife nach meinem Handy und rufe das Foto auf. Mittlerweile haben sich mehr als 50 000 Menschen zu dem Bild geäußert, und es werden täglich mehr. Henry hat mir dazu geraten, die Kommentare nicht zu lesen. Viele davon wären beleidigend und verletzend, und ich habe mir vorgenommen, es nicht zu tun. Auch wenn es mir schwerfällt, denn ich platze vor Neugier. Dennoch bin ich überrascht, wie viele Reaktionen das Bild auslöst.

Seufzend stecke ich das Handy in meine Hosentasche, dann stehe ich auf und mache mich auf den Weg in die Küche. Ich brauche Nervennahrung, bevor ich mit Jack darüber sprechen werde. Ich habe mir in den letzten vierundzwanzig Stunden den Kopf darüber zerbrochen. Denn auch wenn mir Paiges Worte nicht gefallen haben, so kann ich nicht leugnen, dass sie recht hat. Tief in mir habe ich es schon viel früher gewusst, aber ich wollte es nicht wahrhaben. Das zwischen Jack und mir funktioniert nicht mehr.

Als ich die Küche betrete, steht Tante Rose am Herd und kocht Hühnersuppe. Normalerweise kommt das bei uns nur auf den Tisch, wenn jemand krank oder todunglücklich ist. Besorgt gehe ich zu ihr. Was, wenn man bei ihr eine Krankheit diagnostiziert hat und sie es mir auf diese Weise mitteilen möchte? So ist es auch bei Onkel Peter gewesen.

»Ist jemand krank?«

Langsam schüttelt sie den Kopf, blickt allerdings weiter auf den Topf.

Erleichterung macht sich in mir breit.

»Ist etwas geschehen?«

»Sag du es mir. Ich habe keinen fremden Mann geküsst.«

Ich schnappe nach Luft. »Es sah nur so aus. Er hat mich nicht geküsst.«

»Das tut nichts zur Sache.«

»Du kochst Hühnersuppe nur, wenn eine gefühlte atomare Katastrophe ansteht, aber doch nicht, weil ich einen fremden Mann geküsst habe.«

»Nun, in deinem Fall könnte es so was schon bedeuten.«

Überrascht ziehe ich eine Augenbraue nach oben.

»Ich habe Jack vorhin getroffen. Ich bin mir sicher, er weiß nichts von dem Foto. Es wird nicht lange dauern, bis er davon erfährt, und dann ist die Kacke am Dampfen.«

»Tante Rose!«

Sie zuckt mit den Schultern, holt zwei Löffel aus der Schublade und stellt den Topf auf den Tisch. Das ist noch so eine Angewohnheit von uns. In solchen Katastrophenfällen essen wir immer aus dem Topf, anstatt uns Teller zu holen.

Tante Rose ist der Meinung, in Ausnahmesituationen müsse man Prioritäten setzen, und Teller stünden auf der Liste ganz weit unten.

»Was ist? Ich finde, dieser Ausdruck demonstriert deine derzeitige Lage ausgesprochen gut.«

Ich unterdrücke ein Lächeln und löffle die Suppe weiter.

Sie blickt mich unverwandt an.

»Empfindest du etwas für diesen Mann?«

Jetzt wäre der perfekte Zeitpunkt, ihr etwas vorzuspielen. Schließlich träume ich doch schon lange davon, Theaterschauspielerin zu werden, und Paige hat mich darum gebeten, niemandem die Wahrheit zu erzählen. Aber ich bringe es nicht über mich, Tante Rose zu belügen. Das war schon immer so.

Bleibt mir also nur, die Wahrheit zu sagen. Die ich selbst nicht kenne.

»Ich weiß es nicht.«

»Dann solltest du es herausfinden.«

Ich nicke und lasse den Löffel sinken.

»Ich werde noch heute mit Jack darüber reden.«

Auch wenn ich keine Ahnung habe, was ich zu ihm sagen soll.

Noch bevor ich Jacks Werkstatt betrete, hole ich einen Mutmachzettel aus der Hosentasche und öffne ihn. Einen Augenblick halte ich die Luft an, während ich die Worte lese, die Hannah für mich dort hinterlassen hat.

Nur dumme Menschen haben keine Angst.

Entgeistert starre ich auf die sechs Wörter. Im Ernst? Dieser Spruch soll mir helfen? Was hat Hannah sich nur dabei gedacht?

Ich stecke den Zettel zurück in meine Hosentasche und atme tief ein, dann betrete ich die Werkstatt. Aus den Lautsprechern dröhnt Bohemian Rhapsody und Jacks Stimme, die sich lautstark damit vermischt. Ich lehne mich gegen den Türrahmen und beobachte die Situation.

Unter einem alten Ford Pick-up sehe ich eine ölverschmierte Jeans und schwarze Boots herausschauen. Der viel zu vertraute Anblick versetzt mir einen Stich. Ich habe ihn schon so oft dabei beobachtet – voller Hoffnung, dass er das zwischen uns zu etwas Ernstem machen will.

Offiziell. Nicht als Freunde, sondern als Paar. Aber in all den Jahren habe ich mir nur etwas vorgemacht. Vielleicht sieht er in mir genau die Frau, die ich bin, aber jetzt ist es zu spät. Denn meine Gefühle für ihn haben sich verändert.

Ich bin mir dessen schon länger bewusst, aber das, was ich bisher als Liebe betrachtet habe, war nicht mehr als Gewohnheit. Der Kloß in meinem Hals wird immer größer. Es ist, als würde ich zu einer Beerdigung gehen, denn ich weiß, dass das, was ich jetzt machen werde, wie ein kleiner Tod sein wird. Für ihn. Für mich. Für uns.

Jack bewegt sich auf dem Rollbrett und tippt zur Musik im Takt mit. Wenn ich das zwischen uns beende – was immer es auch ist –, wird danach alles anders sein. Vielleicht besser. Aber definitiv anders. Ich bin es ihm und mir selbst schuldig, ehrlich zu sein.

Niemals hätte ich gedacht, dass es so wehtun würde, fair zu sein.

Vielleicht wäre es besser, es schnell hinter sich zu bringen. Also gehe ich zum CD-Player und stelle die Musik auf Pause.

»Hey, was soll das?«

Jack rollt sich unter dem Wagen hervor und setzt sich überrascht auf, als er mich sieht.

»Marcy? Waren wir verabredet?«

»Hey«, murmle ich und streiche mir eine Haarsträhne aus dem Gesicht. »Nein, alles gut.«

»Was ist denn los?«

Ich weiß nicht so recht, wo ich anfangen soll. Es ist schwieriger als gedacht.

»Ich wollte mit dir über unser Gespräch gestern reden.«

Er zieht eine Augenbraue nach oben. »Du meinst über Laurens Scheidungsparty?«

Ich presse die Lippen zusammen und nicke. »Ich habe nichts dagegen, wenn du auf ihrer Party strippst.«

»Cool! Du hast auch echt keinen Grund, eifersüchtig zu sein.«

Langsam schüttle ich den Kopf. »Das ist es nicht. Genau das macht mir Sorgen.«

Er steht auf und wischt sich die Hände an einem Tuch ab. »Was meinst du damit?«

Ich hole tief Luft. »Ich sollte eifersüchtig sein, oder zumindest sollte es mich stören, wenn du halbnackt vor einem Haufen Frauen tanzt. Zumal ich weiß, dass Lauren schon lange ein Auge auf dich geworfen hat.«

»Das ist doch lächerlich …«

»Ist es nicht. Das Problem ist, dass es mir egal ist. Und genau deshalb funktioniert das mit uns beiden nicht mehr.«

Langsam legt er das Tuch auf den Tisch. »Was soll das heißen, Pinkie Pie?«

»Nenn mich nicht so.«

»Was?«

»Das war mein Spitzname in der Schule. Aber das ist schon Jahre her. Ich hasse diesen Namen.«

»Seit wann?«

»Schon immer.«

»Hör zu, was soll das? Du kommst hierher, unterbrichst mich bei meiner Arbeit, erzählst mir, dass das mit uns nicht mehr funktioniert und dass es dich stört, wie ich dich seit acht verfickten Jahren nenne. Du bist doch sonst nicht auf den Mund gefallen, also sag mir, Marcy, was du willst.«

Ich öffne den Mund, aber kein Wort kommt heraus. Was ist denn nur los mit mir?

»Willst du unsere Beziehung beenden?«, fragt er und kommt mir damit zuvor.

»Man kann nichts beenden, das gar nicht existiert«, flüstere ich, und mit einem Mal werden meine Augen feucht. Himmel, ich werde ganz bestimmt nicht zu weinen beginnen. Das ist doch verrückt! Das hier ist meine Entscheidung.

Er presst die Lippen zusammen, dann kommt er einen Schritt auf mich zu.

»Nicht existiert? Wovon redest du?«

Ich seufze.

»Wir führen keine Beziehung, Jack. Seit acht Jahren haben wir Spaß miteinander, aber alles, was zu einer Beziehung dazugehört, gibt es zwischen uns nicht. Wir sind Freunde, die Sex miteinander haben. Nicht mehr und nicht weniger. Ich schätze, es ist an der Zeit, damit aufzuhören.«

Ich bin überrascht, wie vehement er den Kopf schüttelt.

»Das ist nicht wahr.«

»Wenn du darüber nachdenkst, wirst du mir recht geben. Aber ich will das nicht mehr. Ich brauche mehr.«

»Mehr?«

»Na ja, das große Ganze eben. Ich will eine feste Beziehung. Jemanden an meiner Seite, der für mich da ist. Der bereit ist, mit mir Pläne für die Zukunft zu schmieden. Der auf mich wartet, wenn ich abends nach Hause komme, und morgens neben mir aufwacht. Und eines Tages möchte ich Kinder, Jack.«

Ich schätze, das ist der Punkt, an dem ihm die Argumente ausgehen werden. Jack will keine Kinder. Niemals. In all den Jahren hat er seine Meinung darüber nicht geändert.

»Ich will das nicht mehr, Jack.«

Er presst die Lippen zusammen, dann nickt er kaum merklich.

»Liegt das an ihm?«

Schlagartig wird mir mulmig zumute.

»An ihm?« Scheiße.

»Es ist doch kein Zufall, dass du an dem Tag hier auftauchst und mit mir Schluss machst, an dem dieses Foto von euch beiden erschienen ist.«

Mist! Er hat das Bild bereits gesehen?

»Von Schlussmachen kann überhaupt nicht die Rede sein. Dafür hätten wir ja eine Beziehung haben müssen.«

»Ach, komm schon, Marcy. Hältst du mich für blöd? Versuchst du es jetzt auf diese Tour? Du vögelst den berühmten Star und glaubst, dadurch eine Rolle zu ergattern? Das ist sogar für dich ziemlich armselig.«

Noch ehe er den Satz zu Ende gesprochen hat, landet meine Handfläche in seinem Gesicht. Jack hält inne und sieht mich ausdruckslos an.

Ich kann nicht glauben, dass er so von mir denkt, aber ich bin zu wütend, um in Ruhe mit ihm darüber zu diskutieren. Und zu verletzt. Dass er mich so einschätzt, hätte ich niemals gedacht.

»Ich werde nicht weiter mit dir diskutieren. Nicht, solange du so von mir denkst.« Ich bin viel zu aufgewühlt und zu wütend, um weiter mit ihm darüber zu sprechen.

»Komm zu mir, wenn du wieder bei Verstand bist.« Dann drehe ich mich um und laufe aus der Werkstatt nach Hause.

24

Marcy

Der Schnee knirscht unter meinen Stiefeln, und ein eiskalter Wind ist zu spüren. Wenn man die Augen schließt und sich konzentriert, kann man ihn sogar hören. Ein Schauer jagt mir über den Rücken. Unzählige Male bin ich schon vor dem Friedhofstor stehen geblieben. Aber ich habe es bis heute nicht über mich gebracht hineinzugehen.

Ich krame in meiner Tasche und hole mein Mutmachglas heraus. Mühsam fische ich einen himmelblauen Zettel heraus und rolle ihn auf.

Jeder Mensch hat Angst. Die Kunst ist nur zu wissen, wie man damit umgeht.

Hannah und ihre weisen Sprüche. Manchmal frage ich mich, was in ihrem Kopf vorgeht, dass ihr so etwas einfällt. Ich stecke den Zettel in meine Jackentasche. Aber sie hat recht. Ich muss mich meiner Angst stellen. Ich blicke mich langsam um, aber niemand ist zu sehen. Die Gräber sind von Schnee bedeckt, und nur manchmal flackert ein Kerzenlicht auf. Meine Hände fühlen sich taub an. Mist!

In der Eile habe ich meine Handschuhe bei Rae liegen gelassen. Immer wieder puste ich mir in die Hände und reibe sie, während ich die Friedhofstür öffne und durch das schmiedeeiserne Tor gehe. So oft bin ich schon hier gewesen. Meistens nachts, wenn ich nicht schlafen konnte. Und immer habe ich mir davor Mut zugesprochen.

Es ist nicht so, dass ich mich unwohl dabei fühle, sondern dass es sich wie ein Geheimnis zwischen mir und Erin anfühlt. Es ist das Einzige, was mir von ihr geblieben ist. Langsam gehe ich durch die Reihen und lese die Inschriften der Grabsteine, die sich rechts und links von mir befinden. Einige von ihnen kenne ich, aber die meisten sind schon vor vielen Jahren verstorben.

Als ich an ihrem Grab ankomme, bleibe ich einen Moment stehen. Eine Kerze brennt, und frische Rosen stehen daneben in einer Vase.

Ich gehe in die Hocke und grabe meine Hände in den frisch gefallenen Schnee. Langsam rieselt er zwischen meinen Fingern hindurch.

»Hey«, murmle ich, lasse mich in den Schnee sinken und lehne mich gegen den Grabstein. Es ist kalt, und meine Jeans wird nass, aber das ist mir egal. In den Minuten, in denen ich Erin besuche, spielt nichts anderes eine Rolle.

Nur sie und ich. Wir beide. Wie damals.

Mir schwirren so viele Gedanken durch den Kopf, aber eine Frage hat sich festgekrallt und lässt mich nicht mehr los.

Ich bin hier, um eine Antwort darauf zu finden.

Meine Kehle ist eng. Ich vermisse Erin. Meine Freundin. Ihr Lachen. Ihre Art, anderen ein gutes Gefühl zu vermitteln. Alles an ihr. Es vergeht kein Tag, an dem ich nicht an sie denke. An dem ich mir nicht den Kopf darüber zermartere, ob ich es hätte verhindern können.

Ich schließe die Augen und erzähle Erin in Gedanken all die Dinge, die ich bisher nicht auszusprechen wage. Denn wenn ich es tue, wird es real. Und das ertrage ich nicht. Ich frage sie, warum sie an jenem Abend nach Hause gekommen und nicht bei ihren Eltern geblieben ist. Ob sie vom Feuer überrascht wurden? Ob Elliott in jener Nacht bei ihr im Bett geschlafen hat oder ob der kleine Mann allein in seinem Bett gestorben ist. So viele Fragen, auf die ich keine Antworten erhalten werde. Niemals.

Der Kloß in meinem Hals wird enger. Meine Augen füllen sich mit Tränen, während ich an unser letztes Gespräch denke. An ihren Blick, als sie ins Auto gestiegen ist und mir aus dem Fenster zugewinkt hat, ehe sie losfuhr. Ich erinnere mich an jeden Augenblick.

Ich erzähle ihr von Iains Unfall. Davon, dass Jack und ich uns getrennt haben. Von dem Produktionsteam, das sich in Duncan befindet. Von Colin und Brenda. Und von Henry. Davon, dass ich offiziell seine Freundin spielen soll und das Gefühl habe, dass es so viel mehr bedeutet. Aber ich kann nicht genau sagen, was es ist.

Erin würde Henry mögen. Vermutlich würde sie sich einen Spitznamen für ihn ausdenken, so wie sie es immer gemacht hat. So was wie *Dirty Henry* oder *The Henryman*. Ich muss unweigerlich lachen, und plötzlich wird mir bewusst, dass meine Wangen feucht sind. Aber es sind ehrliche Tränen. Voller Trauer. Voller Dankbarkeit. Voller Schmerz. Ich vermisse Erin. Ihr Lachen. Ihre schmutzigen Witze. Ihre Unbeschwertheit.

Zu wissen, dass die beste Freundin niemals mehr zurückkommen wird, ist ein Schmerz, den niemand durchmachen sollte. Aber wie auf viele Dinge im Leben hat man darauf keinen Einfluss.

Das Vibrieren meines Handys reißt mich aus meinen Gedanken. Eine Nachricht von Tante Rose.

»Ich muss gehen«, murmle ich und stehe auf. Ein letztes Mal für heute blicke ich zum Grabstein.

Ich nicke, dann mache ich mich auf den Weg nach Hause. Eine Antwort auf meine Frage habe ich allerdings immer noch nicht.

25

Henry

Valerius: »Er ist tot.«

Valerius stößt mit der Stiefelspitze gegen den Leichnam des Mannes und verzieht angewidert das Gesicht.

Valerius: »Sieh dir nur das Bein an. Bis auf den Knochen abgenagt. Diese elenden Kreaturen gehören bei lebendigem Leib verbrannt.«

Ridon wendet den Kopf ab und betrachtet den anderen Wanderer, der bäuchlings im Schnee liegt, getränkt von seinem eigenen Blut.

Ich lasse das Manuskript sinken und blicke Jason an, der mir gegenübersteht und die Rolle des Ridon spielt. Jason gehört zu einer Gruppe von Newcomern, die Richard angeheuert hat, um frischen Wind in die Serie zu bringen. Soweit ich weiß, ist er in Hollywood mittlerweile eine große Nummer.

»Das Script ist Mist.« Ich reibe mir den Nacken und lasse mich auf meinen Klappstuhl fallen, auf dem mein Name steht. Lucy, die dritte Regieassistentin, hat mir eine Thermoskanne mit heißem Tee vorbeigebracht. Mit einem großen Schuss Scotch. Es ist ein kleines Geheimnis zwischen ihr und mir. So läuft das hier in der Branche. Ein Gefallen für einen Gegengefallen. Nicht unbedingt heute und sofort. Manchmal auch erst in ein paar Jahren. Man darf nur nicht vergessen, ihn einzufordern. Und schon gar nicht, dass man jemandem etwas schuldig ist.

In der Branche geht es zu wie in einem Raubtierkäfig. Jeder kämpft für sich allein, und nur selten werden echte Freundschaften geschlossen. Aber manchmal funktioniert es, und diese halten dann ein ganzes Leben.

»Das wissen wir, doch Richard ist der Meinung, dass es einschlagen wird wie eine Bombe. Aber vielleicht solltest du mit ihm sprechen? Auf dich hört er.«

Ich hasse es, wenn die Leute glauben, nur weil Richard mir damals nach meinem Theaterdebüt eine Rolle in War of Kingdoms angeboten hat, dass wir ein besonderes Verhältnis zueinander pflegen. Aber das stimmt nicht. Wir respektieren einander. Nicht mehr.

»So viel Einfluss habe ich nicht auf ihn, dass er sich von mir davon abbringen lassen würde.«

»Tja, dann werden wir an diesem Mist wohl nichts ändern können.«

Er steht auf und marschiert davon, während ich zurückbleibe.

Seit einer Woche ist das Foto bereits online, und bisher ist mir Marcy aus dem Weg gegangen. Nicht, dass es mich besonders gestört hätte. Ich habe mit den Dreharbeiten und Richards sonderbaren Anweisungen genug zu tun. Wann immer es mir möglich ist, telefoniere ich mit Theo und versuche Olivias Sticheleien über das Foto von Marcy und mir zu ignorieren. Am Tag, als das Foto veröffentlicht wurde, konnte sie es sich nicht nehmen lassen, einen bissigen Beitrag in ihrer Instagram Story zu posten. Allerdings hatte sie nicht mit den Reaktionen darauf gerechnet. Keiner ihrer zahlreichen Follower schlug sich auf ihre Seite. Im Gegenteil. Sie zettelte damit einen regelrechten Shitstorm an. Ich halte Marcy aus allem raus und genieße es, ausnahmsweise nicht als der Bösewicht dargestellt zu werden.

»Die Sache zwischen dir und Marcy war die beste Idee, die ich je hatte.« Paige sitzt auf meinem Bett und beißt gerade in ihr zweites Sandwich, während ich es mir in der Sitzecke bequem gemacht habe.

Ich lehne mich zurück. »Sie war nicht schlecht.«

»Nicht schlecht? Sie war genial. Ich hoffe, du weißt, was für eine hervorragende Managerin ich bin, die dir den Arsch rettet, wann immer es mir möglich ist.«

»Ich bin mir nicht sicher, ob es klappen wird.«

»Hast du nicht die Reaktionen gelesen? Die Leute sind begeistert von euch beiden.«

Als Paige mir von ihrem Plan erzählt hat, war ich anfangs skeptisch, aber ich muss ihr recht geben. Die Idee war gut. Sie hat einfach ein Händchen für solche Dinge. Nicht umsonst wird sie in der Branche regelrecht verehrt.

Das Ganze einzufädeln gehört zu ihren leichtesten Übungen, und dass Paige Kontakte zu den Fotografen hat, ist nichts Neues. Es fällt ihr leicht, sie um den Finger zu wickeln und es ihnen ab und an zu ermöglichen, ein Foto zu schießen.

Sie grinst und sieht dabei aus wie ein kleines Kind an Weihnachten.

»Es hat alles nach Plan geklappt«, murmle ich.

»Du kennst mich doch. Ich finde für alles eine Lösung.«

»Und wie geht es jetzt weiter?«

»Na ja, um den Rest solltest du dich kümmern. Ihr müsst euch natürlich noch mal in der Öffentlichkeit zeigen. In zwei Tagen findet die Premiere von Olivias neuem Film in Edinburgh statt. Du und Marcy, ihr werdet dort auftauchen. Allerdings sollen die Witterungsverhältnisse morgen schlecht sein. Es wird Schneeregen vorhergesagt, daher fällt der Helikopterflug weg. Ihr werdet den Wagen nehmen müssen.«

»Ich glaube nicht, dass Marcy davon begeistert sein wird.«

»Lass mich nur machen. Außerdem wird David Long dort sein.«

Ich runzle die Stirn. »Und?«

Ich kenne David noch aus meiner Theaterzeit. Er war der Erste, der mich damals engagiert hat, und auch wenn wir uns selten sehen, sind wir immer noch Freunde.

»Marcy ist ein Fan von ihm. Er hat vor ein paar Tagen hier ein Vorsprechen für sein neues Stück veranstaltet, und sie wollte daran teilnehmen. Aber wir sind ihr dazwischengekommen.«

»Wir?«

»Das Produktionsteam. Ihr Freund hatte diesen Autounfall, und sie hat die Bäckerei für ihn übernommen. Da konnte sie wohl schlecht an dem Vorsprechen teilnehmen.«

Ein seltsames Gefühl macht sich in mir breit. Das wusste ich nicht. Weder, dass sie überhaupt bei David vorsprechen wollte, noch, dass sie es für die Bäckerei abgesagt hat. Warum hat sie das getan?

»Woher weißt du das?«

»Ich habe meine Informationsquellen, die ich nicht preisgebe.«

»Wie seriös sind diese Quellen?«

»Stellst du gerade meine Methoden infrage?«

»Paige!«

Sie seufzt und streicht ihren Bleistiftrock, den sie in allen Farben besitzt, glatt.

»Sehr seriös, wenn du es genau wissen willst.« Na toll. Dann muss ich mir etwas überlegen. Sie ist gerade dabei, mir den Hals zu retten, indem sie sich als meine neue Flamme ausgibt. Auch wenn sie sich nur darauf eingelassen hat, damit mehr Touristen in diesen Ort kommen, so hätte sie das nicht tun müssen. Schließlich ziehen die Dreharbeiten genug Schaulustige an. Nein, es muss noch einen anderen Grund geben. Plötzlich taucht ein Gedanke in meinem Kopf auf, der mich zusammenzucken lässt.

»Glaubst du, sie war nur bereit zu diesem Spielchen, weil sie durch mich an David herankommen will?« Keine Ahnung, warum mir dieser Gedanke so missfällt. Schließlich kenne ich Marcy kaum, und ich habe auch nicht vor, sie näher kennenzulernen. Nur noch zwei Wochen, dann verschwinde ich wieder von hier.

Langsam zieht Paige eine Augenbraue nach oben.

»Na, wenn schon. Schließlich benutzt du sie doch auch nur, weil es dir Vorteile verschafft.«

»Das ist etwas anderes. Schließlich habe ich mit offenen Karten gespielt.«

»Warum fragst du sie nicht einfach? Ich weiß, du bist mit Olivia gehörig auf die Schnauze gefallen, aber normale Menschen kommunizieren miteinander und lernen sich so besser kennen.«

»Woher weiß ich, dass sie mir die Wahrheit sagt?« Paige wirft mir einen mitleidigen Blick zu.

»Es schadet nicht, Menschen ab und zu Vertrauen zu schenken. Nicht alle sind wie Liv.«

Sie hat natürlich recht. Aber wenn man sich so oft die Finger verbrannt hat, wird man vorsichtiger. Und bei Olivia habe ich mir nicht nur die Finger verbrannt. Das war ein flammendes Inferno.

26

Marcy

Ich habe die ganze Nacht nicht geschlafen. Schon der Gedanke, in wenigen Stunden mit Henry nach Edinburgh zu fahren, ist vollkommen verrückt. Ich habe noch nie eine Filmpremiere besucht. Paige hat mir genau erklärt, wie ich mich zu verhalten habe. Ich darf auf keinen Fall Details aus unserem vermeintlichen Liebesleben preisgeben. Ich soll weder meinen Namen verraten noch persönliche Dinge von mir erzählen. Im Grunde genommen hat sie mir durch die Blume mitgeteilt, dass ich die Klappe halten und Henry das Reden überlassen soll. Was mir nur recht ist.

Bei dem Film handelt sich um das Remake eines Fünfziger-Jahre-Klassikers. Ich habe *Frühstück bei Tiffany* schon so oft gesehen, dass ich die Dialoge mitsprechen kann. In der Hauptrolle ist Henrys Ex-Frau Olivia Lucas zu sehen, die für die Rolle bereits für mehrere Auszeichnungen nominiert ist. Ich habe noch nie einen Film mit ihr gesehen, aber ich muss zugeben, dass ich neugierig bin. Es gibt keine bessere als Audrey Hepburn, und es wird schwer für Olivia sein, in ihre Fußstapfen zu treten.

Soweit ich weiß, werden Olivia und ihr neuer Partner, der Regisseur des Films, natürlich anwesend sein. Paige ist der Meinung, dass es die Gerüchteküche noch mal enorm aufheizen wird, wenn man uns zusammen sieht.

»Wann wirst du abgeholt?« Rae sitzt auf meinem Bett und blättert in einem Katalog, während sie Gwen im Arm hält und stillt.

»In zwei Stunden. Die Premiere beginnt um 9 Uhr.«

»Glaubst du, dass das eine gute Idee gewesen ist?«

Langsam setze ich mich auf das Bett und versuche dabei Gwen nicht zu stören.

»Ich weiß es nicht. Aber was habe ich schon zu verlieren?«

»Es ist ziemlich ätzend, wenn man Bilder von sich im Internet findet, glaub mir.«

»Das ist etwas anderes. Ich glaube kaum, dass Paige vorhat, Nacktfotos von mir bei Instagram zu posten.«

»Auch wenn man angezogen ist, fühlt es sich manchmal so an, als wäre man nackt. Das ist keine Frage der Kleidung, die man trägt.«

»Ich habe ein wenig Angst. Was passiert, wenn die Wahrheit herauskommt?« Ich habe Rae in den Plan eingeweiht. Auch wenn Paige nicht begeistert darüber wäre, ich musste es einfach jemandem erzählen. Jemandem, der die Sache mit einem kühlen Kopf beurteilen kann.

»Ich glaube nicht, dass es im Sinne des Managements ist, dass die Leute die Wahrheit erfahren. Im Gegenteil, sie werden alles tun, damit Henry sein schlechtes Image loswird.«

Mir schießen so viele Gedanken durch den Kopf.

»Was machst du, wenn es vorbei ist?«

Ich zucke mit den Schultern. »Nichts, warum? Henry wird nach London zurückfliegen, und ich ...« Ich stocke, und in diesem Moment wird mir klar, dass ich keine Ahnung habe, was ich danach tun werde.

Bei Iain in der Bäckerei jobben? Rae im Café aushelfen? Quentin im *Ginnie's?* Ist es das, was ich mir vorstelle?

»Ich habe keine Ahnung, was ich machen werde.«

»Du solltest es herausfinden.«

»Hast du es denn immer gewusst?«

Sie wickelt Gwen in eine babyblaue Decke ein und legt sie sich auf den Bauch, während sie die Beine ausstreckt und sich ein Kissen zurechtrückt. Sie lehnt sich dagegen und küsst das Baby auf die Stirn.

»Als ich zwölf Jahre alt war, hatte meine Pflegemutter einen Wasserschaden in ihrer Küche. Die Versicherung überwies einen Haufen Geld, und Tante Louise spielte mit dem Gedanken zu renovieren. Sie hatte vor, die Tapeten zu überkleben und einen neuen Teppichboden im Wohnzimmer verlegen zu lassen. Ich hatte schon immer ein gutes Gespür für Farben und liebe es, neue Dinge auszuprobieren. Ich überredete Louise, die Wände stattdessen zu streichen und den Teppichboden herauszureißen und durch einen Holzboden zu ersetzen. Anfangs war sie skeptisch, doch schon bald fand sie Gefallen an meiner Idee. Nach nur wenigen Wochen sah das Haus vollkommen anders aus, und ich merkte, dass das etwas war, was mir gefiel. Wann immer es mir möglich war, nahm ich mir alte Holzmöbel hervor, schliff sie ab und strich sie neu. Von diesem Moment an stand für mich fest, dass ich das Zuhause anderer Menschen verschönern möchte.«

»Und du hast nie daran gezweifelt, dass du es schaffen könntest?«

Rae lacht auf. »Ständig. Tante Louise erzählte mir täglich, dass ich es niemals schaffen würde, aufs College zu gehen. Wenn man etwas oft genug hört, dann glaubt man es irgendwann.«

»Woran lag es, dass du deine Meinung geändert hast?«

»An Mrs Rookwood. Sie lebte im Nachbarhaus, und ihr Mann war ein paar Wochen zuvor verstorben. Sie bat mich, die Kisten mit seinen Sachen in den Keller zu bringen, und dort unten entdeckte ich alte Möbelstücke, die unter weißen Laken versteckt waren. Ich war neugierig, zog die Tücher herunter und war sprachlos, als ich einen alten Schaukelstuhl entdeckte, dessen Holz schon absplitterte, aber im

Grunde war er gut erhalten. Ich nervte Mrs Rookwood so lange damit, bis sie mir die Chance gab, den Stuhl zu restaurieren. Als ich damit fertig war, war sie so begeistert, dass sie mir hundert Dollar dafür gab und ich ihr versprechen musste, auf jeden Fall etwas aus meinem Talent zu machen. Es war der Lieblingsstuhl ihres verstorbenen Mannes gewesen. Das habe ich nie vergessen.«

»Aber du bist Immobilienmaklerin geworden.«

»Na ja, Innenarchitekten gibt es in New York wie Steine in den Highlands. Eine Anstellung zu bekommen ist fast aussichtslos. Außerdem hatte ich weder eine Wohnung noch eine Werkstatt, in der ich arbeiten konnte. Also entschied ich mich dafür, vorübergehend als Immobilienmaklerin zu arbeiten.«

»Vermisst du es?«

Rae greift nach meiner Hand und drückt sie.

»Du fragst mich doch nicht umsonst Löcher in den Bauch. Was willst du wissen?«

Ich hadere mit mir selbst. Wenn ich Rae davon erzähle, dann kann ich es nicht mehr zurücknehmen. Ich weiß nicht, ob ich damit klarkomme, wenn sie genauso wie Jack darauf reagiert.

»Na schön, aber du musst mir versprechen, es niemandem zu erzählen. Auch nicht Colin.«

»Versprochen! Jetzt spuck es schon aus.«

Ich hole tief Luft, ehe ich zu sprechen beginne.

»Ich will eine Schauspielschule besuchen und Theater spielen. Dieses Casting war nicht nur so eine Spinnerei, ich möchte mir diesen Wunsch erfüllen. Ist das bescheuert?«

»Nein, überhaupt nicht.«

»Jack und mein Dad sind nicht begeistert davon.«

»Wir haben doch schon darüber gesprochen, Marcy. Du brauchst von niemandem das Einverständnis. Du bist erwachsen und kannst tun und lassen, was du möchtest.«

»Schon, aber es gibt so viele Steine in meinem Weg.«

»Du lebst in den Highlands, war dir das nicht klar?«

Rae greift nach meiner Hand und drückt sie.

»Was für Steine denn?«

»Ich müsste Duncan verlassen. Wer soll sich dann um Tante Rose kümmern? Von Iain und Quentin ganz zu schweigen. Und außerdem kostet so eine Schauspielschule enorm viel Geld. Die könnte ich mir niemals leisten. Nachdem ich nicht am Casting teilgenommen habe, bekomme ich natürlich auch niemals die Chance auf ein Stipendium.«

»Na ja, es gibt Mittel und Wege, trotzdem einen Studienplatz an einer Schauspielschule zu ergattern. Und um Tante Rose brauchst du dir keine Sorgen zu machen.«

Ich sehe Rae an, die mich anlächelt. »Wenn du das wirklich machen willst, dann solltest du es versuchen. Glaube mir, das Leben ist viel zu kurz, um sich ständig den Kopf zu zerbrechen.«

Aus Raes Mund hört sich das alles so einfach an.

»Colin hat mir erzählt, du warst eine wunderbare Maggie. Hast du zuvor auch schon gespielt?«

»Ja, in der Schule. Ich war so begeistert davon, dass ich das komplette Skript auswendig gelernt habe. Das Gefühl, auf der Bühne zu stehen, in eine andere Rolle zu schlüpfen und die Augen des Publikums auf sich zu spüren, ist unbeschreiblich. Ich glaube, wenn ich von etwas süchtig werden könnte, dann davon.«

»Wenn es dir so viel bedeutet, solltest du es mal versuchen. Es ist ein Geschenk, wenn man eine Passion für etwas entwickelt. Viele Menschen finden niemals etwas, was sie so ausfüllt.«

Ich denke an die Theateraufführungen von damals. Es ist, als wäre ich wieder dort, in der Schulaula, und ich spüre die bewundernden Blicke der anderen Schüler auf mir. Tante Rose sitzt im Publikum, und obwohl ich noch mitten im Monolog bin, beginnt sie zu klatschen, und ihr Blick strahlt so viel Stolz aus, dass mich ein unglaubliches Glücksgefühl überkommt.

»Warte«, murmle ich und renne zu meinem Kleiderschrank, dessen Türen weit aufgerissen sind.

Ich ziehe eine Schachtel hervor und hole eine DVD heraus, die schon ein paar Jahre auf dem Buckel hat.

»Diese hier«, sage ich und setze mich zurück aufs Bett, »... hat mein Onkel Peter für mich aufgenommen. Er meinte, falls ich eines Tages doch vorhätte, Schauspielerin zu werden, könnte ich das sicherlich gebrauchen.«

Rae wirft einen Blick auf Gwen, dann auf die Uhr. »Wir haben noch über eine Stunde, bis wir dich zurechtmachen müssen. Lass ihn uns ansehen.«

Seit zehn Minuten stehe ich vor dem Spiegel und betrachte mich. Immer wieder drehe ich mich um die eigene Achse, während Rae im Türrahmen lehnt und mich beobachtet.

»Du siehst toll aus.«

»Das hast du vorhin auch schon gesagt.«

»Weil du vorhin auch toll ausgesehen hast.«

»Du bist mir echt keine Hilfe.«

Ich schlüpfe aus den Pumps und hole meine weinroten Doc Martens aus dem Schrank hervor. Zusammen mit dem knielangen schwarzen Kleid und der Spitzenstrumpfhose fühle ich mich damit gleich viel wohler. Darüber trage ich eine taillierte Fliegerlederjacke.

»Paige hat gemeint, ich solle ich selbst sein.«

»Dann ist dieses Outfit perfekt. Mehr du geht gar nicht.«

»Aber ich habe die Bilder auf Instagram gesehen. Normalerweise tragen die Gäste auf solchen Veranstaltungen Abendrobe.«

Rae kommt zu mir und legt beide Hände auf meine Schulter.

»Ich weiß nicht genau, was zwischen dir und Henry läuft und ...«

»Ich habe dir doch von dem Deal erzählt«, unterbreche ich sie.

»Schon, aber ich werde das Gefühl nicht los, dass mehr dahinterstecken könnte. Doch solange es dir dabei gut geht, muss ich es auch nicht mehr wissen. Aber du bist in diesem Outfit ganz du selbst und so was von heiß. Henry Lucas müsste schon blind und dämlich sein, damit er das nicht erkennt.«

»Ich dachte, du bist sein größter Fan.«

»Das bin ich auch, aber du bist meine beste Freundin. Du hast mehr Rechte als er.«

Mir wird ganz warm. Seit Rae in Duncan ist, habe ich sie ins Herz geschlossen, und sie ist mir zu einer lieben Freundin geworden. Vielleicht sogar zu meiner besten. Ist das ein Verrat an Erin? Dass ausgerechnet die neue Frau ihres Ehemanns meine neue beste Freundin ist?

»Ich habe dich lieb«, erwidere ich und drücke sie an mich. Sie streicht mir über den Rücken.

»Du rockst das!«

Ich lache auf, trete zurück und betrachte mich noch mal im Spiegel. Meine Lippen sind kaum geschminkt, dafür habe ich mich für Smokey Eyes entschieden. Sie bilden einen starken Kontrast zu meinen pinkfarbenen Haaren.

»Und was mache ich, wenn ich seine Ex-Frau dort treffe?« Der Gedanke verursacht mir Bauchschmerzen. Ich habe keine Ahnung, wie ich mich ihr gegenüber verhalten soll.

»Sei du selbst, das ist der beste Rat, den ich dir geben kann. Damit machst du alles richtig.«

Wow. Was für eine Hilfe.

Eine halbe Stunde später sitze ich mit Henry im Wagen. Mittlerweile kommt mir die Idee mit der Filmpremiere total bescheuert vor. Wie zur Hölle habe ich mich darauf einlassen können?

»Warum hast du eigentlich keinen Chauffeur?«

»Warum sollte ich? Fahre ich denn so schlecht?«

»Nein«, lache ich auf. »Aber ich dachte, Stars fahren nicht gerne selbst. Ständig sieht man sie in irgendwelchen Limousinen Champagner trinken.«

»Das ist Unsinn. Zumindest, was mich betrifft. Ich liebe es, selbst zu fahren.« Er legt den Kopf in meine Richtung, blickt aber weiterhin geradeaus. »Verrate mich nicht, aber ich habe gar keinen Chauffeur. Bin ich deshalb kein Star?«

»Doch schon. Dass du selbst fährst, macht dich nur sympathischer.«

»Du findest mich sympathisch? Wirklich?«

»Manchmal.«

Er lacht, und es jagt mir ein Kribbeln durch den Körper. Vor meiner Abfahrt habe ich Jack eine Nachricht geschrieben, aber er hat nicht geantwortet. Rae meinte, er wäre gestern Nacht auf Quentins Theke eingeschlafen. Betrunken und vollkommen neben der Spur. Jenna hat ihn dann nach Hause gebracht.

Das wird sie mir eines Tages wieder unter die Nase reiben. Wie sie es immer macht, denn in ihren Augen habe ich schon immer einen schlechten Einfluss auf ihren Bruder gehabt. Als ich davon erfahren habe, bekam ich ein schlechtes Gewissen. Hat er sich wegen mir so betrunken? Seit unserem Streit in der Werkstatt habe ich nicht mehr mit ihm gesprochen. Dass er sich nicht mehr bei mir gemeldet hat, zeigt wohl, dass ihm die Bedeutung meiner Worte klar geworden ist. Dennoch wäre es mir lieber gewesen, wir hätten das angenehmer lösen können.

»Wir haben ja noch eine ganz schöne Strecke vor uns. Was hältst du von einem Spiel?« Seine Worte reißen mich aus meinen Gedanken.

»Einem Spiel? Ist das dein Ernst?«

»Natürlich. Wir müssen uns ja schließlich die Zeit vertreiben. Und vermutlich hast du keine Lust, mit mir hier einen Porno zu sehen.«

»Du kannst hier einen Porno ansehen?«, frage ich fassungslos und schaue mich in dem Wagen nach einem Abspielgerät um.

Er blickt mich kurz an, ehe er seinen Blick wieder auf die Straße lenkt.

»Nein. Aber du hättest Interesse gehabt, stimmt's?« Augenblicklich muss ich lachen. Der Typ ist echt durchgeknallt.

»Okay, ein Spiel.«

Er breites Grinsen umspielt seine Lippen.

Henry setzt den Blinker und fährt auf den Motorway. »Jeder von uns bekommt eine Minute Zeit, in der er alles erzählt, was der andere braucht, um ihn kennenzulernen. Alles, was dir wichtig erscheint, packst du in diese eine Minute. Danach ist der andere dran. Die Sache hat nur einen Haken.«

»Was, wenn ich dich nicht kennenlernen möchte?«

Er legt den Kopf zur Seite und zieht eine Augenbraue nach oben. »Möchtest du nicht?« Seine Selbstgefälligkeit sollte mich eigentlich abschrecken, aber wenn ich ehrlich bin, macht sie mich sogar an. Was stimmt denn mit mir nicht?

»Bist du immer so arrogant?«

»Selbstbewusst. Das ist ein Unterschied.«

»Kein großer«, murmle ich und werfe einen Blick in den Rückspiegel. Weit und breit ist kein Mensch um diese Uhrzeit unterwegs. Ich hole mein Handy aus meiner Clutch, die mir Rae in letzter Sekunde noch angedreht hat. Ich gehöre zu den Frauen, die keine Handtaschen besitzen. Für mich sind sie nur unnötige Möglichkeiten, um viel unnützes Zeug mit sich herumzuschleppen. Aber Rae hat mich praktisch dazu genötigt. Irgendwann zahle ich es ihr heim.

»Na schön, dann spielen wir eben«, sage ich. »Was ist der Haken?«

»Du darfst keine Fragen stellen.«

Ich sehe zu ihm und warte, ob er mir noch eine Erklärung dazu liefert, aber da kommt nichts mehr.

Gut, dann keine Fragen.

»Okay«, sage ich gedehnt und bereue es schon wieder, zugesagt zu haben.

27

Henry

»Wenn ich ehrlich bin, ist mein Leben ziemlich unspektakulär. Ich bin mir nicht einmal sicher, ob ich eine Minute füllen kann.« Marcy sieht aus dem Fenster, und ich ertappe mich dabei, dass ich neugierig bin. Ich will alles über sie wissen. So seltsam das auch klingt.

»Es geht nicht um die Bewertung deiner Aussagen. Ich will dich einfach nur kennenlernen.«

Ich frage mich, warum das so ist. Schließlich verschwinde ich bald wieder aus Duncan, und wie meine Fans bereits festgestellt haben, könnten wir beide nicht unterschiedlicher sein. Zwischen Liv und mir gab es immer nur Übereinstimmungen. Aber vielleicht ist das der Grund. Zwischen Liv und mir hat es nicht funktioniert. Vielleicht weil wir uns beide zu ähnlich waren. Ein paar Unterschiede können vermutlich nicht schaden.

»Na schön. Aber sei nicht allzu enttäuscht, wenn ich dich langweilen werde. Du fängst an.« Ich blicke kurz zu ihr, und Marcy lächelt mich an. Zum ersten Mal ist es nicht nur ihr Mund, sondern auch ihre Augen.

Sie scrollt sich durch die Apps auf ihrem Handy, wählt die Uhren-App aus, und bevor sie auf die Starttaste drückt, ruft sie: »Los!«

»Mein Name ist Sir Henry William Lucas. Ich wurde vor achtundzwanzig Jahren in London geboren und bin in Somerset bei meinen Großeltern aufgewachsen. Mein Vater starb, als ich elf Jahre alt war. Meine Mutter ist auch Schauspielerin. Mit sechzehn habe ich die Rolle des Robin Hood in einer Schulaufführung gespielt und bin dadurch einem Freund meines Literaturlehrers aufgefallen, der mich für ein Projekt engagiert hat. Ich bin allergisch gegen Meeresfrüchte, liebe aber rohen Fisch. Ich habe Fight Club zweiundfünfzig Mal gesehen, davon achtzehn Mal im Kino. Wann immer es mir möglich ist, trage ich Stiefel, sogar zum Anzug. Wenn ich laufen gehe, höre ich immer nur einen einzigen Song. Ich bin geschieden, habe einen Sohn. Wenn ich einen Hund hätte, würde ich ihn Barney nennen. Der große Gatsby ist mein Lieblingsbuch, und für ein gutes Steak würde ich morden.« Er sieht mich ziemlich selbstzufrieden an.

»Du spielst dieses Spiel häufiger«, stellt Marcy fest und blickt mich überrascht an.

»Ab und zu.«

»Hast du das alles auswendig gelernt?«

»Ja.«

»Das ist unfair.« Sie lässt die Hand sinken und wendet den Blick ab. Sieht aus dem Fenster, und ich habe das Gefühl, dass sie sich von mir entfernt. Fast, als hätte ich sie verletzt. Aber warum?

»Habe ich etwas Falsches gesagt?«

Sie schüttelt nur leicht den Kopf.

»Was ist es dann?«

Einen Moment sagt sie nichts, dann zeichnet sich ein Lächeln auf ihren Lippen ab. Aber es ist so anders als das zuvor. So unecht, und in mir zieht sich etwas zusammen.

»Tut mir leid, es ist alles in Ordnung. Du wurdest tatsächlich zum Ritter geschlagen?«

Eigentlich hatte ich zur Spielregel gemacht, dass keine Fragen gestellt werden dürfen. Das gibt mir die Möglichkeit, etwas über mein Gegenüber herauszufinden, aber im Gegenzug nicht zu viel von mir preisgeben zu müssen. Ich habe nicht gelogen, als ich gesagt habe, dass ich dieses Spiel schon öfter gespielt habe. Es ist ein netter Zeitvertreib. Aber meistens packe ich andere Informationen hinein. Unwichtige Dinge, die man sofort erfährt, wenn man meinen Namen googelt. Aber Marcy wollte ich Dinge von mir erzählen, die kaum jemand über mich weiß. Ich will mir nicht den Kopf darüber zerbrechen, was das zu bedeuten hat.

28

Marcy

»Keine Fragen. So lauten die Regeln.«

Henry blickt mich an. Immer noch gehen mir seine Worte durch den Kopf. Dass er das Spiel schon mit anderen Frauen gespielt hat, hat mir ziemlich zugesetzt. Somit bin ich nur eine von vielen. Warum zur Hölle kränkt mich das so?

Ich muss mir immer wieder in Erinnerung rufen, dass er unter normalen Umständen niemals einen Blick auf mich geworfen hätte. Warum also habe ich geglaubt, dass er vielleicht etwas für mich empfinden könnte?

»Ziemlich bescheuerte Regeln, wenn du mich fragst.«

»Du lenkst ab.«

»Du spielst mit unfairen Mitteln.«

»Brauchst du ein wenig Zeit?«

»Nein.« Ich kriege das auch so hin.

Meine Hände umklammern das Handy, dann atme ich tief ein. »Ich heiße Marcelyn Shark, aber alle nennen mich Marcy. Ich bin fünfundzwanzig Jahre alt und lebe genauso lange in Duncan. Meine Eltern haben sich scheiden lassen, als ich acht Jahre alt war, seitdem lebe ich bei Tante Rose. Ich hasse Vanilleeis, habe aber eine Schwäche für Vanillekuchen. Ich bin noch nie geflogen und habe Schottland noch nie verlassen. Mit fünfzehn habe ich eine Wette verloren und musste mir daraufhin die Haare pink färben. Seitdem bin ich dabei geblieben. Pinkie Pie ist mein Spitzname, den ich aber nicht ausstehen kann. Ich habe eine Halbschwester und zwei Halbbrüder. Ich habe einen Traum, der wohl nie in Erfüllung gehen wird, und ich war noch nie richtig verliebt.« Verdammt! Woher kamen denn all die Worte? Und warum gibt es dafür keinen Sperrmechanismus?

Henry öffnet den Mund, schüttelt aber nur den Kopf. »Keine Fragen. So sind die Regeln.«

»Das kannst du so aber nicht stehen lassen.«

»O doch. Das kann ich.«

»Nur eine kurze Frage.«

Vehement schüttle ich den Kopf.

»Nein.«

Henry schnaubt, dann beginnt er mit den Fingern auf das Lenkrad zu trommeln. Soll er doch schmollen. Mir liegen auch tausend Fragen auf der Zunge, die ich ihm stellen möchte.

Einen Augenblick sagt niemand von uns etwas. Ich lehne den Kopf gegen die Fensterscheibe und schließe die Augen. Aus den Lautsprechern ertönt leise Adele, und ich frage mich, wie es wäre, alles von Henry Lucas zu wissen. Seine Träume. Seine Vorlieben. Seine Sehnsüchte.

Mit diesen Gedanken döse ich eine Weile vor mich hin.

29

Marcy

Ich bin noch nie auf einer Filmpremiere gewesen, und wenn ich mir vorstelle, jeden Moment aus dem Wagen zu steigen und mit den Journalisten konfrontiert zu werden, die mir Fragen stellen könnten, wird mir übel. Warum nur habe ich mich darauf eingelassen? Das ist alles so vollkommen verrückt.

Henry starrt seit geraumer Zeit aus dem Fenster und trommelt mit den Fingerspitzen auf das Lenkrad. Irgendwie hängen wir beide unseren eigenen Gedanken nach, aber es sind nur noch wenige Meter, bis wir vor dem Filmpalast ankommen werden.

Endlich dreht er sich zu mir um und wirft mir einen unruhigen Blick zu. »Bereit?«

Schnell schüttle ich den Kopf. »Nein, überhaupt nicht. Aber ich schätze, da muss ich wohl durch.« Er nickt.

»Ich auch nicht.«

Okay, damit habe ich nicht gerechnet. Meine Fingerspitzen sind feucht, und mein Puls rast.

»Gewöhnt man sich mit der Zeit daran?«

»Es sind nicht die Journalisten, die mich stören. Wenn man nichts zu sagen hat, ist es sowieso besser, wenn man die Klappe hält. Außerdem habe ich mittlerweile den Ruf, dass ich kaum Fragen beantworte. Meistens zeige ich ihnen nur den Mittelfinger und grinse in die Kamera.«

»Warum wundert mich das nicht?«

Er grinst, und ich habe das Gefühl, ich habe ihm ein wenig die Anspannung genommen.

»Was ist es dann?«

»Du hast verloren, noch ehe du überhaupt die Chance hattest, ihnen etwas von dir zu zeigen. Sie sind alle so voller Vorurteile. Sie stehen dort draußen, warten wie die Geier auf dich und hoffen darauf, dass dir ein Fehler unterläuft, nur damit sie eine gute Story bekommen. Es geht überhaupt nicht um mich oder um das Statement, das ich gerade zum Ausdruck bringen möchte, oder darum, welche Einrichtung ich mit einer Spende unterstützt habe, sondern nur darum, welche Partnerin mich begleitet oder welche Designer ich mit meiner Kleidung unterstütze. Nichts davon hat wirklich etwas mit mir zu tun.« Er presst die Lippen zusammen, dann lächelt er, als wäre nie etwas gewesen. »Aber so ist das Showbiz nun mal. Wenn man erfolgreich sein möchte, muss man damit klarkommen.«

»Und wenn man nicht damit klarkommt?«, flüstere ich.

Er wirft mir einen Blick zu, der mir durch Mark und Bein geht.

»Dann zerfleischen sie dich.«

Als wir aus dem Wagen steigen, hält Henry meine Hand und zieht mich in eine Umarmung, ehe wir über den roten Teppich gehen. Unzählige Blitzlichter sind zu sehen, Journalisten halten uns Mikrofone entgegen und rufen uns Fragen zu, die Henry aber nicht beantwortet. Stattdessen bleibt er stehen, lächelt und zieht mich noch fester an sich. Das ist seine Art, mich zu beruhigen. Was ihm auch seltsamerweise gut gelingt.

Noch bevor ich michs versehe, ist alles vorüber, und wir betreten den Filmpalast, in dem im ersten Stock die Premiere stattfinden soll. Der einzige Grund, weshalb wir hier sind, ist die Tatsache, dass wir zusammen gesehen werden. Das muss ich mir immer wieder vor Augen führen. Er für sein Image und ich für die Leute in Duncan.

Henry deutet auf verschiedene Personen, die sich allesamt in der Eingangshalle versammeln. Manche habe ich schon mal gesehen, andere sind mir vollkommen fremd. Hin und wieder taucht jemand bei uns auf, klopft Henry auf die Schulter oder flüstert ihm etwas ins Ohr, ehe er weitergeht. Während der ganzen Zeit lässt Henry meine Hand kein einziges Mal los, und ich bin ihm dankbar dafür.

Wobei ich meine schwitzigen Hände echt verfluche.

»Du siehst übrigens unglaublich aus.« Okay, vermutlich habe ich mich verhört. Irritiert blicke ich auf und sehe, wie er mich betrachtet. Ein ehrliches Lächeln liegt auf seinen Lippen. Erleichterung macht sich in mir breit. Er hat mir ein Kompliment gemacht.

Vielleicht sollte ich nicht so überrascht sein, aber es kommt nicht oft vor, dass mir jemand ein Kompliment macht.

»Danke.«

Eine Bedienung taucht auf und hält mir ein Tablett mit Champagnerflöten hin. Dankbar greife ich nach einem Glas und trinke es in einem Zug aus.

»Nicht so schnell, sonst steigt dir das Zeug zu Kopf.«

»Ich brauche das zur Beruhigung.«

»Mache ich dich etwa nervös?«

Vehement schüttle ich den Kopf.

»Nein, nicht du. Aber das alles hier.« Mit der Hand mache ich eine ausschweifende Bewegung, die alles mit einschließt.

»Ist das ein Kompliment oder eine Beleidigung?«

»Ich schätze, du kannst das als Kompliment ansehen. Aber bilde dir nur nichts darauf ein.«

Als wir uns auf den Weg zu unseren Plätzen machen, wirft Henry mir immer wieder kurze Blicke zu. Es ist fast so, als befürchte er, ich könnte mir das Ganze anders überlegen und von hier verschwinden. So falsch liegt er damit nicht. Ich könnte mir wirklich Besseres vorstellen, als meinen Abend hier zu verbringen. Auf der Couch mit einer Extraportion Eis und einem guten Buch, oder ich könnte Quentin in der Bar aushelfen. Stattdessen bin ich hier und sehe mir einen Film an, der mich nicht interessiert. Es ist nicht so, dass ich der Filmbranche nichts abgewinnen kann. Aber für mich liegt die wahre Kunst im Theaterspielen. Dort gibt es keine Wiederholung. Jede Szene muss beim ersten Mal sitzen. Auf der Bühne gibt es nur dich, deinen Partner und deine Souffleuse. Dort bist du auf dich allein gestellt und spürst die Blicke des Publikums. Du bist in diesem einen Moment ihnen ausgeliefert. Entweder lieben sie dich, oder sie hassen dich.

Jede Vorstellung ist eine Mutprobe, und keine ist wie die andere. Und die Belohnung ist der Applaus. Dieser Adrenalinkick, den ich jedes Mal verspüre, wenn ich auf der Bühne stehe, macht süchtig.

»Wo wärst du jetzt lieber?«, reißt mich Henrys Stimme aus meinen Gedanken.

»Wie kommst du darauf, dass es mir hier nicht gefällt?«

Er wirft mir aus den Augenwinkeln einen fragenden Blick zu. Anscheinend bin ich doch nicht so eine gute Schauspielerin.

»Jetzt? In diesem Moment? In New York.«

Jetzt ist Überraschung in seinem Blick zu sehen.

»Warum?«

Ich zucke mit den Schultern. Ich will ihm nicht sagen, dass ich so gerne eine Theatervorstellung am Broadway sehen würde. Rae hat mir schon viel davon erzählt. Sie hatte ein Jahresabonnement und hat fast jedes Wochenende ein Musical oder ein Theaterstück besucht. Es muss fantastisch sein, diese Freiheit zu haben. Eines Tages möchte ich es selbst erleben.

»Es soll eine schöne Stadt sein.«

Wieder ist da dieser seltsame Blick, aber noch bevor er weiterfragen kann, wird es dunkel, und die Vorstellung beginnt.

»Ich habe dir gesagt, du sollst den Champagner nicht trinken«, sagt Henry lachend und nippt an einem Glas Whisky. »Dein Schnarchen hat man noch ein paar Reihen hinter uns gehört.«

»Das ist nicht wahr. Ich habe nicht geschlafen.«

Er nickt und deutet mit dem Finger auf mich. »Doch, hast du. Ich bin mir sicher, dass jemand ein Video davon gedreht hat, das in diesem Moment viral geht.«

Panik macht sich in mir breit. Ob das stimmt? Es ist mir schon peinlich genug, dass ich tatsächlich während des Films für ein paar Minuten eingenickt bin. Aber zu meiner Verteidigung muss ich sagen, dass er wirklich unglaublich langweilig gewesen ist. Kein bisschen wie das Original. Oscarverdächtig ist der Film auf jeden Fall nicht.

»Glaubst du, dass man das Schnarchen als Klingelton verwenden könnte? Ich glaube, damit könnte man noch richtig Kohle machen. Ich denke, ich habe eine Marktlücke entdeckt.«

Ich boxe ihm auf die Schulter. »Hör auf damit. Ich habe doch schon gesagt, dass es mir leidtut.« Mir war selten etwas so peinlich, aber ich habe heute Nacht nur drei Stunden geschlafen, und vor der Vorstellung war ich viel zu aufgekratzt, um auf der Fahrt nach Edinburgh zu schlafen. Somit ist es wenig überraschend, dass mich die Müdigkeit ereilt hat, als ich mir diesen langweiligen Film ansehen musste.

Henry lacht immer noch, aber ich kann ihm nicht wirklich böse sein. Seit der Vorstellung ist er viel entspannter, und wenn ich ihm damit helfen kann, mit der Situation umzugehen, dann ist es mir das wert.

Er beugt sich zu mir herüber, und ich kann seinen herben Duft riechen. Das muss man ihm lassen. Sein Geruch ist echt unglaublich heiß.

»Du schnarchst nicht nur, du sabberst auch im Schlaf.« Mit dem Daumen fährt er mir über die Unterlippe, und ein Schauer jagt mir über den Rücken.

Röte schießt mir in die Wangen, aber sofort gehe ich in Abwehrhaltung. »Es war dunkel, das hast du gar nicht sehen können.«

»Dein Kopf lag auf meiner Schulter.« Himmel, es wird immer peinlicher. Habe ich vielleicht auch noch seinen Namen geflüstert?

»Na und? Du hast dir doch den Film angesehen, nicht wahr? Wie ist dir das dann aufgefallen?«

Er kommt näher und beugt sich zu mir herab. Fuck! Was wird das jetzt?

»Ich habe dich lieber beobachtet.«

Keine Ahnung, was ich davon halten soll. Das alles ist mir irgendwie zu viel. Paige wird ihm gesagt haben, dass er diese Rolle spielen soll, damit die Gäste auch wirklich glauben, dass wir ein Paar sind. Verdammt! Er macht das wirklich verdammt gut! Einen Augenblick lang habe ich gedacht, er meint es ernst, aber natürlich ist das alles nur seine Rolle. Und es ist meine Chance zu zeigen, dass in mir eine Theaterschauspielerin steckt. Er muss ja nicht wissen, dass es bei mir nicht gelogen ist.

Ich beuge mich zu ihm, stelle mich auf die Zehenspitzen und ziehe seinen Kopf so weit zu meinem herunter, dass ich ihm etwas ins Ohr flüstern kann.

»Ich habe von dir geträumt.«

Sein Blick ist göttlich. Während ich mir ein Lachen verkneifen muss, ruft in diesem Moment jemand seinen Namen. Er reißt den Kopf nach oben, aber sein Blick verspricht mir, dass wir noch mal auf dieses Thema zurückkommen werden. Ich hoffe nicht. Ich bin mir nicht sicher, ob ich mich dann nicht verraten würde.

»Henry!« Olivia Lucas steht in einem atemberaubenden roten Cocktailkleid vor uns. Ihr Rücken ist frei, sodass man den Ansatz ihres Hinterns sehen kann, und am Hals wird es nur von einem dünnen Satinband gehalten. Ihr langes, blondes Haar liegt ihr auf den Schultern und lässt sie wie die Sonne strahlen.

Bevor wir aufgebrochen sind, habe ich mich ein wenig über sie schlau gemacht. Sie ist Schwedin, zog aber mit sechs Jahren mit ihren Eltern nach Los Angeles und hat, bevor sie als Teenager entdeckt wurde, an zahlreichen Kinder-Castingshows teilgenommen. Olivia hat bereits ein paar mäßig erfolgreiche Filme gedreht, aber den großen Durchbruch hat sie bis heute nicht erzielt. In den Schlagzeilen tauchte sie hauptsächlich durch ihre Ehe mit Henry auf.

»Ich freue mich, dass du gekommen bist. Wo ist deine Begleitung?«

Sie lächelt ihn an, aber ich bin mir ziemlich sicher, dass sie mich bemerkt haben muss. Ich erinnere mich daran, was Paige über Olivia gesagt hat, und nehme mir deshalb vor, mir ihre Worte nicht zu Herzen zu nehmen. Was gar nicht so einfach ist. Mag sein, dass sie nicht besonders erfolgreich ist, trotzdem kann ich nicht leugnen, dass sie atemberaubend schön ist. Das komplette Gegenteil von mir.

Was mache ich mir da überhaupt für Gedanken? Schließlich ist das alles hier nur Fake. Nichts, was hier geschieht, ist echt.

Henry legt einen Arm um meine Taille und zieht mich näher an sich heran. Wir müssen ein seltsames Bild abgeben. Wie eine Giraffe und ihr Junges. Der Zweimetermann und die Zwergin. Vielleicht wäre das mal eine Idee für einen Film. Obwohl sie kein einziges Wort zu mir sagt, zeigt mir ihr Gesichtsausdruck, was sie von mir hält. Wenn sie bislang in den sozialen Medien nicht den Titel Diva erhalten hat, dann wäre jetzt der geeignete Zeitpunkt dafür.

»Olivia, darf ich dir Marcelyn vorstellen?« Einen Moment schließe ich die Augen. Was hat er nur immer mit meinem Namen?

Ich setze mein schönstes Lächeln auf und reiche ihr die Hand. »Freut mich, dich kennenzulernen. Du kannst mich ruhig Marcy nennen.«

Ihre Lippen kräuseln sich, dann lächelt sie und erwidert meine Begrüßung.

»Ich habe euer Foto bei Instagram gesehen.« Mehr sagt sie nicht dazu, dann wendet sie sich wieder an Henry. Sie lächelt ihn liebevoll an und greift nach seiner Hand. Wenn ich wirklich seine Freundin wäre, würde ich ihr spätestens jetzt die Meinung sagen. Oder ihr die Augen auskratzen. Oder beides.

»Was machen die Dreharbeiten?«

»Alles läuft einwandfrei. Wo ist Theo?«

»Bei Allison.«

Er runzelt die Stirn. »Hast du Maria nicht wieder eingestellt?«

»Nein.«

Genervt atmet er aus. »Warum nicht?«

Olivia zuckt mit den Schultern und greift nach ein paar Appetithäppchen, die gerade serviert werden. Sie beißt hinein und wischt sich mit der Serviette über die Mundwinkel.

»Wie ich dir schon sagte. Sie hatte einen schlechten Einfluss auf ihn. Allison ist perfekt. Sie kann in acht Sprachen Gute Nacht sagen.«

»Maria beherrscht eine, und das hat Theo gereicht.« Olivia verdreht die Augen. Ich kenne sie nicht, aber ich verwette meinen Hintern darauf, dass diese Maria sicherlich keinen schlechten Einfluss auf ihren Sohn hatte. Sie hat es nur nicht ertragen, dass ihr Sohn jemand anderen außer ihr lieben könnte.

Aber natürlich ist das nur eine Vermutung, die ich ganz bestimmt nicht laut äußern werde.

»Wir müssen uns unterhalten, Liv. Ich habe die Unterlagen von deinem Anwalt erhalten, und ...«

»Nicht hier«, zischt sie und setzt dabei wieder dieses Lächeln auf, das ihre Gesichtszüge vollkommen irre aussehen lässt. »Wir sind auf einer Party. An solchen Orten hat man für gewöhnlich Spaß.« Sie wendet sich an mich, und es scheint, als würde sie das Überwindung kosten.

»Henry ist der größte Partymuffel der Welt. Ich würde es mir an Ihrer Stelle noch mal überlegen.«

»Das macht überhaupt nichts. Ich finde es auch unglaublich langweilig. Ich bin sogar während des Films eingeschlafen.«

Eigentlich hatte ich nicht vor, das zu erwähnen, aber ich konnte mich nicht mehr zurückhalten. So eine eingebildete Kuh!

Olivia wirft mir einen arroganten Blick zu, dann dreht sie sich um und verschwindet in der Menge.

Henry schüttelt den Kopf und blickt mich an. »Das wird sie jeden Moment twittern.«

Ich zucke mit den Schultern. »Dann ist sie noch dümmer, als ich dachte.« Sofort halte ich inne. Sie ist immerhin seine Ex-Frau. Er hat sie einmal geliebt.

»Da hast du vermutlich recht.«

»Entschuldigung, dass ich Sie störe, aber habe ich das gerade richtig verstanden? Sie haben Olivia Lucas gesagt, dass Sie bei der Vorstellung eingeschlafen sind?«

Ich öffne den Mund, aber kein Ton kommt heraus. Wie erstarrt blicke ich auf den Mann, der in einem Smoking vor mir steht und mich anlächelt. O mein Gott! Das kann nicht wahr sein.

»Henry, sei mir nicht böse, aber endlich hast du eine Frau an deiner Seite, die kein Blatt vor den Mund nimmt.«

Henry grinst wie ein Kind und umarmt den alten Mann, der ihm auf den Rücken klopft. »Warum sollte ich dir das übel nehmen?«

Der Mann löst sich aus der Umarmung und streckt mir seine Hand hin. »Verzeihen Sie, ich habe mich noch gar nicht vorgestellt. Mein Name ist David Long.«

Mein Blick wandert zu seiner Hand. Wie in Trance greife ich danach und schüttle sie. »Marcy Shark. Freut mich, Sie kennenzulernen.«

O mein Gott! David Long. Schon vor ein paar Tagen hätte ich ihn persönlich in Glasgow getroffen, wenn ich an dem Casting teilgenommen hätte, und jetzt stehe ich vor ihm.

Er zwinkert mir zu und beugt sich ein wenig näher an mich heran. »Verraten Sie mich nicht, aber ich kann sie nicht ausstehen.«

Henry räuspert sich, und ich blicke erschrocken zu ihm.

»Machen Sie sich keine Sorgen. Henry weiß, dass ich und Olivia in diesem Leben wohl keine Freunde mehr werden. Womit ich übrigens nicht allein dastehe. Ich kenne kaum jemanden, der ihr etwas abgewinnen kann.« Er wendet sich an Henry. »Du hättest dich nie auf sie einlassen dürfen.«

Henry blickt zu Boden, und ich werde das Gefühl nicht los, dass die beiden etwas teilen, von dem ich nichts weiß. Es geht mich auch nichts an, doch dass Henry David persönlich kennt, verwundert mich. Aber vielleicht ist das in der Branche so. Jeder kennt jeden.

»Bleibt ihr länger in Edinburgh?«

»Nein, leider«, murmle ich und schüttle den Kopf. »Wir fahren heute Nacht noch zurück.« Ich würde ihm gerne so viele Fragen stellen. Ihm erzählen, dass ich unbedingt an seiner Schule studieren möchte. Aber kein Wort kommt über meine Lippen, und noch ehe ich michs versehe, ist meine Chance vorbei.

»Ich muss leider weiter. Meine Frau wartet auf mich. Wenn du mal wieder in Schottland bist, Henry, dann melde dich bei mir.« Er wendet sich an mich. »War mir eine Freude, Sie kennenzulernen.« Er schüttelt mir die Hand, dann klopft er Henry auf die Schulter und geht davon.

30

Marcy

Den restlichen Abend verbringen Henry und ich zurückgezogen in einer der Sitznischen und betrachten die Gäste. Immer wieder tauchen Leute auf, die sich mit Henry unterhalten, aber irgendwann merke ich, wie mich die Müdigkeit überkommt. Ich kann immer noch nicht glauben, dass ich David Long begegnet bin. Nach unserem Gespräch habe ich Hannah eine WhatsApp-Nachricht geschrieben, aber bisher hat sie sie noch nicht gelesen. Ich ärgere mich darüber, dass ich nicht mutiger gewesen bin. Schon zum zweiten Mal habe ich die Chance verpasst, David Long auf mich aufmerksam zu machen. Eine dritte werde ich wohl nicht bekommen.

Auf der Rückfahrt lehne ich mich gegen die Fensterscheibe, schließe die Augen und denke über den Abend nach. Paige hat uns in viertelstündigen Abständen Kommentare über WhatsApp zugesandt, die getwittert wurden. Im Großen und Ganzen habe ich einen guten Eindruck hinterlassen, und Henrys Fans lieben mich.

Raes Vorschlag, dass ich mich so kleiden soll, wie ich wirklich bin, war ein voller Erfolg. Einer seiner Fans hat mich sogar als Modeikone und als ihr Vorbild bezeichnet.

Dabei ist alles nur Fake.

Die gesamte Fahrt verschlafe ich. Als ich endlich aufwache, knurrt mein Magen, und Henrys Land Rover hält vor dem Iris. Alles hat irgendwann einmal ein Ende, und Wehmut überkommt mich. Es war ein toller Abend.

»Hast du noch Lust auf einen Gute-Nacht-Drink?«

Warum nicht? Ich will noch nicht zurück in mein Apartment. Allein. So verrückt der Gedanke auch ist.

»Gerne.«

Henry schließt das Café auf, und ich folge ihm.

Wir sitzen zusammen in der Küche, während ich das Sandwich esse, das Henry zubereitet hat. Es ist mit Tomaten, frischem Rucola und Mozzarella belegt und schmeckt himmlisch. Ich beobachte ihn, wie er an einer Wasserflasche nippt. Auch wenn es eigenartig ist – mit ihm hier zu sitzen fühlt sich seltsam vertraut an. Als hätten wir noch nie etwas anderes gemacht. Henry lockert seine Fliege und kickt seine Schuhe von den Füßen. Ich mache es ihm nach, schlüpfe aus meinen Doc Martens, ziehe die Nylonstrumpfhose aus und wackle mit meinen nackten Zehen. Es fühlt sich unglaublich befreiend an.

»Hast du Lust auf ein Glas Wein?«

Bedauernd schüttle ich den Kopf. »Ich fürchte, da muss ich dich enttäuschen. Im Café gibt es keine alkoholischen Getränke, und das Ginnie's hat schon geschlossen.«

»Ich habe eine Flasche auf meinem Zimmer.« Er lässt es einfach so in der Luft stehen. Einen Moment lang denke ich über seine Worte nach. Wein bekommt mir nicht besonders gut, und ich habe auf der Gala schon zwei Gläser Champagner getrunken.

»Aber nur ein Glas.«

»Versprochen.«

Ich stelle den Teller zurück in die Spüle, während Henry zwei Gläser aus dem Küchenschrank nimmt, nach der Wasserflasche greift und vorausgeht. Ich versuche, nicht zu viel in die Tatsache hineinzuinterpretieren, dass ich mit Henry in sein Zimmer gehen werde, auch wenn mich schon der bloße Gedanke daran ziemlich nervös macht. Verdammt! Ich fühle mich wie ein Teenager, der zum ersten Mal mit einem Jungen allein ist.

Henry geht vor mir die Treppe hinauf, und ich folge ihm mit etwas Abstand. Nachdem er die Tür zu seinem Zimmer aufgeschlossen hat, hält er sie mir auf, und ein breites Grinsen umspielt seine Lippen. Was auch immer es ist – die zwei Gläser Champagner oder ein Haufen Schmetterlinge –, in meinem Bauch spielt es gerade vollkommen verrückt.

Ich habe das Zimmer schon tausendmal gesehen und schon ein paar Nächte selbst hier geschlafen, und trotzdem fühlt es sich seltsam an, es zu betreten. Als würde ich seine Privatsphäre stören, dabei hat sich nichts daran verändert. An der Wand auf der gegenüberliegenden Seite hängt ein Flachbildschirm, und darunter steht eine Kommode, in der sich eine Broschüre über die Sehenswürdigkeiten der Highlands, eine Speisekarte des Ginnie's, die Quentin vor ein paar Wochen angefertigt hat, und eine Notfalltelefonliste befinden.

Unter dem Fenster steht das King-Size-Bett mit den blauen Kissen und der gelben Tagesdecke, die Raes Mom vor ihrem Tod gehäkelt hat. Rae hat es nicht übers Herz gebracht, sie wegzuwerfen. Ein Schrank, ein schmales Sofa, ein kleiner Mahagonitisch mit zwei Stühlen und ein Sekretär runden die Einrichtung ab. Das Bad befindet sich rechts von der Zimmertür und könnte eher als Schuhschachtel bezeichnet werden.

Ein stinknormales Zimmer. Das Einzige, was darauf schließen lässt, dass hier jemand wohnt, ist der Koffer, der auf dem Boden neben dem Bett steht, und der Laptop, der auf dem Tisch liegt.

Henry durchquert den Raum und greift nach der Flasche Wein, die sich auf seinem Nachttisch befindet. Er scheint bereits davon getrunken zu haben, denn er entkorkt sie ohne Mühe und schenkt etwas davon in die Gläser.

Er stellt eines davon auf den Tisch, greift nach dem anderen und setzt sich auf das weinrote Sofa. Ich folge ihm, auch wenn ich eigentlich das Bedürfnis verspüre, wegzulaufen. Aber ich will das nicht mehr. Ich nehme meinen ganzen Mut zusammen, greife nach dem Glas und setze mich neben ihn.

Obwohl wir den ganzen Abend zusammen verbracht und ich viel über ihn erfahren habe, gibt es noch so viele Dinge, die ich nicht über ihn weiß. Und die er auch nicht über mich weiß. Ich nehme meinen ganzen Mut zusammen und kippe den Inhalt meines Glases in einem Zug herunter. Henry zieht eine Augenbraue nach oben, sagt aber nichts.

»Okay, die Kurzzusammenfassung kenne ich schon. Jetzt gebe ich dir fünf Minuten.«

Er wirkt überrascht. »Für was?«

»Erzähl mir etwas mehr von dir. Du hast fünf Minuten, um mich zu beeindrucken.«

»Warum sollte ich dich beeindrucken wollen?«

»Ist es nicht so?«, frage ich vorsichtig. Habe ich ihn wirklich so falsch eingeschätzt?

»Nein.«

»Autsch.«

Er lacht, dann beugt er sich zu mir herüber. Sofort reagieren die Schmetterlinge in meinem Bauch darauf und flippen komplett aus.

»Wenn ich dich beeindrucken wollte, würde ich dir von Dingen erzählen, die ich noch erleben möchte. Aber ganz sicher nicht von meiner Vergangenheit.«

Seine Worte klingen, als wäre sein Leben kein Zuckerschlecken gewesen. Aber bei wem ist es das schon? Wir alle haben unser Päckchen zu tragen. Manche besitzen nur die Gabe, es hübscher zu verpacken. Dennoch ist der Inhalt genauso beschissen wie bei jedem anderen von uns.

»Okay, dann erzähl mir eben etwas von dir, ohne mich beeindrucken zu wollen.«

»Da werden fünf Minuten nicht ausreichen.«

Er nippt an seinem Wasser, als wäre es ein uralter, teurer Whisky. In diesem Moment löst sich ein Wassertropfen, der an seinem Kinn nach unten läuft. Obwohl ich mich wirklich bemühe, nicht hinzusehen, kann ich nicht anders und verfolge ihn, bis er im Kragen seines Shirts verschwindet. Augenblicklich ist mir unglaublich warm. Himmel, wer hat denn hier die Heizung aufgedreht? Kann hier vielleicht jemand lüften?

Als ich aufsehe, bemerke ich, wie er mich beobachtet. Ich brauche Ablenkung. Dringend.

»Na los. Erzählst du von dir aus, oder muss ich erst eine Verschwiegenheitserklärung unterschreiben? Ich habe mal gelesen, dass das bei großen Stars so üblich ist.«

Er beugt sich zu mir herüber, ganz nah, sodass ich die Grübchen auf seiner Wange sehen kann, die unter seinem Dreitagebart fast verborgen bleiben. Dazu diese Augen. Blau mit einem grauen Schimmer. Wie der Himmel in den Highlands, kurz bevor ein Sturm aufzieht.

Verwegen. Gefährlich.

»Glaub mir, in meinem Leben gibt es nicht viele Dinge, die noch unbekannt sind. Wenn du also mit mir das große Geld machen und Details an die Presse verkaufen willst, muss ich dich leider enttäuschen.«

Die Verbitterung in seiner Stimme lässt mich aufhorchen. Aber ich will diesen dunklen Schatten, der sich auf unser Gespräch legt, nicht gewinnen lassen.

»Okay, ein Deal.«

Fragend blickt er mich an.

»Ich gebe zu, mein Leben ist nicht so spektakulär wie deines, aber ich verrate dir eine Sache aus meinem Leben, und im Gegenzug erzählst du mir etwas von dir, was niemand weiß. Das macht uns zu Verbündeten.« Vielleicht ist mir der Champagner ja doch schon zu Kopf gestiegen. Was mache ich denn da?

Einen Moment sagt er nichts, dann nickt er. Ihm scheint mein Vorschlag zu gefallen.

»Okay, fang an.«

Ich beiße mir auf die Lippen und überlege. Es gibt so viel Dinge, die ich ihm erzählen könnte, aber das alles scheint mir nicht das Richtige zu sein. Von meinen Theaterplänen werde ich ihm nichts erzählen. Er würde nur glauben, dass ich es ihm bloß verrate, damit er seine Beziehungen spielen lässt, und das will ich auf keinen Fall. Ich möchte es allein schaffen.

Mir schwirren so viele Gedanken durch den Kopf, aber nur einer bleibt hängen. Der, den ich seit fünf Jahren nicht mehr loswerde und den ich bisher noch nie laut ausgesprochen habe. Weder vor Tante Rose noch vor Jack oder Rae. Nicht einmal vor Colin.

Vor niemandem.

»Es bleibt auf jeden Fall unter uns?«

»Natürlich.« Sein Blick ist ernst, dann streckt er plötzlich seine Hand aus und fährt mit dem Daumen über meine Lippen. Schlagartig wird mir heiß und kalt zugleich. Ich habe nicht bemerkt, wie ich an meinem Piercing gekaut habe. Eine blöde Angewohnheit, die Verunsicherung ausdrückt.

»Nicht«, flüstert er und schüttelt leicht den Kopf. Dann schmecke ich Blut.

»Du musst es nicht erzählen, wenn es dich zu sehr aufwühlt.«

»Doch«, flüstere ich und schlucke. »Ich muss es jemanden erzählen. Ich muss es einmal laut aussprechen.« Noch nie zuvor habe ich einem Menschen so viel Persönliches anvertraut, und ich will es endlich loswerden. Mein Herz trommelt wild gegen meine Brust, meine Hände sind feucht. Ich holte tief Luft, dann nehme ich all meinen Mut zusammen.

»Ich bin schuld am Tod meiner Freundin Erin.«

Ich weiß nicht, was er erwartet hat, aber ganz sicher nicht das. Doch er lässt es sich nicht anmerken. Nur einen ganz kurzen Augenblick weiten sich seine Augen, dann werden sie sanft.

Er sagt nichts weiter dazu, also fahre ich fort.

»Sie starb vor fünf Jahren bei einem Brand. Erin und ich waren schon immer befreundet. Unsere Mütter waren Großcousinen. An dem Tag, als sie starb, gab es hier im Ort eine Brandserie. Erin war ein paar Tage zuvor bei ihren Eltern gewesen, deshalb sind wir davon ausgegangen, dass sie nicht zu Hause ist. Plötzlich brannte ihr Haus, aber niemand von uns ist auf die Idee gekommen, dass sie und Elliott im Haus waren. Als wir es gemerkt haben, war es schon zu spät.«

Meine Kehle fühlt sich trocken an. Plötzlich tauchen all die Bilder wieder vor meinem geistigen Auge auf. Bilder, die ich so lange verdrängt habe. Die ich in eine Schublade gepackt habe, die ich verschlossen und seitdem nie mehr geöffnet habe.

»Colin war zu dem Zeitpunkt auf einer Expedition, nur Scully, ihr Hund, war im Garten. Ich habe ihn gesehen. Er hat wie verrückt gebellt, aber ich habe nur daran gedacht, diesen Hund zu retten. Dabei hätte mir auffallen müssen, dass Erin zu Hause war. Wir wissen bis heute nicht, warum sie früher zurückgekommen ist.«

»Es war nicht deine Schuld.«

Tief in mir weiß ich das. Trotzdem fällt es mir schwer, damit umzugehen. »Das versuche ich mir auch immer einzureden, aber da ist diese Stimme, die mir immer wieder sagt, dass ich sie hätte retten können.«

»Hat dir jemals jemand einen Vorwurf gemacht?« Ich schüttle den Kopf.

»Nein, nie. Weder Colin noch ihre Eltern. Aber ich mir schon.«

Ich streiche mir eine Locke aus dem Gesicht und lächle ihn an. »Ich war Elliotts Patentante. Es war meine Aufgabe, ihn zu beschützen.« Tränen laufen mir über die Wangen, aber ich halte sie nicht auf. Es fühlt sich gut an, sie loszuwerden. Vielleicht gelingt es mir so, auch den Schmerz fortzuspülen. Plötzlich spüre ich seine Hand auf meiner Haut. Sanft streicht sein Daumen über meine Wange.

»Wenn ich eines gelernt habe, dann ist es das, dass wir auf manche Dinge keinen Einfluss haben.«

Ich halte die Luft an und genieße die intime Berührung. Ich bin mir nicht sicher, ob er sich darüber im Klaren ist, wie nah wir uns sind. »Ich habe eine Familie zerstört.«

Einen Moment lang starrt er mich nur an. »Hast du der Feuerwehr auch Vorwürfe gemacht?«

»Was? Nein. Natürlich nicht. Warum denn auch?«

»Es war ihr Job, hineinzugehen und nachzusehen, ob sich jemand im Haus befindet. Nicht deiner. Du hättest dich nur selbst in Gefahr gebracht.«

»Sie konnten es doch nicht wissen. Es sprach doch alles dafür, dass das Haus leer war.«

»Warum kannst du dir selbst dann nicht verzeihen?«

»Ich weiß es nicht«, flüstere ich.

»Ich kenne dich noch nicht lange, Marcy, aber ich habe noch nie einen Menschen getroffen, der sich so für andere einsetzt wie du. Ich frage mich schon die ganze Zeit, wieso das so ist. Ob du einfach nur unheimlich hilfsbereit bist oder ...«

»Oder?« Ich schlucke und habe Angst vor seiner Antwort.

»... oder ob du das Gefühl hast, mit deinen Schuldgefühlen etwas gutmachen zu müssen.«

Wie erstarrt blicke ich ihn an. »Wie meinst du das?«

»Kann es sein, dass du allen helfen willst, weil du dir nie verziehen hast, dass deine Freundin gestorben ist? Dass du deshalb auf dein Leben verzichtest, weil sie ihres verloren hat?«

Panisch lache ich auf, doch der Kloß in meinem Hals droht mich zu ersticken. Aber vielleicht ist es auch nur das

Schluchzen, das aus meiner Kehle kommt. »Das ist doch Unsinn.«

»Ist es das? Ich glaube das nämlich nicht. Es würde sehr viel erklären.«

Wütend springe ich auf. Ich brauche keinen Hobbypsychologen. Ich brauche gar niemanden.

»Ich muss nach Hause.«

»Marcelyn. Warte.« Henry greift nach meiner Hand. Seine Berührung ist fest und zärtlich zugleich. Sanft streicht sein Daumen über meinen Handrücken.

»Geh nicht. Es tut mir leid. Es steht mir nicht zu, ein Urteil darüber zu fällen. Aber ich möchte dir gerne dieses eine Geheimnis über mich erzählen. Dann sind wir quitt.«

Ich halte inne, dann setze ich mich wieder. Ich werde mir sein Geständnis anhören, weil ich es ihm schuldig bin.

Einen Moment starrt Henry mich nur an, dann holt er tief Luft.

»Theo ist nicht mein leiblicher Sohn.«

»Theo?«, frage ich verwirrt.

Er lacht kurz auf. Es wirkt irgendwie befreiend.

»Es tut gut, mal zur Abwechslung mit jemandem zu sprechen, der nicht alles über mich weiß.«

»Das ist das Schicksal einer Berühmtheit.«

»Da hast du wohl recht.« Er nippt an seinem Glas, dann lehnt er sich zurück. Es ist fast so, als wollte er sich Mut antrinken. Vielleicht hätte ich noch mehr trinken sollen.

»Als ich Liv kennengelernt habe, war sie bereits schwanger.«

Einen Augenblick warte ich, ob er noch etwas sagt, aber da kommt nichts mehr.

Irritiert blicke ich ihn an. »Das war's? Mehr erzählst du mir nicht?«

»Ich habe gerade eine Bombe platzen lassen. Das Kind, das ich seit fünf Jahren als das meine ausgebe, ist in Wahrheit nicht von mir.« Okay, das finde ich nicht ganz so schlimm wie mein Geständnis, aber ich schätze, es kommt nicht darauf an, wie gewichtig die Schuld ist.

»Warum hast du es getan? Ihn als dein Kind ausgegeben, meine ich.«

»Liv hat die Schwangerschaft vor der Öffentlichkeit geheim gehalten. Sie wollte auf keinen Fall, dass jemand erfährt, wer der richtige Vater des Kindes ist. Ich selbst weiß es nicht einmal. Wir sind zusammen ausgegangen, und ich habe mich in diese Frau verliebt. Keine einzige Sekunde lang hatte ich ein Problem damit, dass sie das Kind eines anderen Mannes in sich trägt, und ich habe jede Sekunde genossen. Als Theo zur Welt kam, sagte ich Liv, dass ich die Vaterschaft übernehmen möchte. Ich weiß, wie es ist, ohne Vater aufzuwachsen. Das wollte ich dem kleinen Kerl ersparen.« Henry blickt ins Leere. Ein trauriges Lächeln umspielt seine Lippen. »Ich liebe ihn. Auch wenn er nicht mein eigenes ist, gab es von Anfang an diese Verbindung zwischen uns.« Er stellt das Glas auf den Tisch und rauft sich die Haare. »Mein Gott, ist das kitschig.«

Ich schüttle den Kopf. Der Kloß in meiner Kehle wird immer größer. »Nein, nur ehrlich.«

Er lächelt, aber es wirkt traurig.

»Warum ist es denn überhaupt ein Geheimnis?«

»Theo weiß nichts davon. Liv und ich wollen auf keinen Fall, dass die Wahrheit ans Licht kommt, allerdings aus verschiedenen Beweggründen. Für mich zählt nur Theo, und ich will ihn nicht verletzen. Er ist noch zu klein, um das alles zu verstehen. Liv hingegen geht es nur um ihr Image. Sie ist der Meinung, es würde ihrem Ruf schaden, und das Risiko will sie auf keinen Fall eingehen.«

»Aber jetzt gibt es Probleme?«

»Eigentlich gab es die schon immer. Liv gibt mir immer wieder zu verstehen, dass ich nicht sein leiblicher Vater bin. Sie verbietet mir den Umgang mit ihm. Gibt Interviews und verdreht die Wahrheit. Es ist nur eine Frage der Zeit, bis Theo etwas davon mitbekommt.«

»Warum tut sie das?«

»Sie ist verletzt. Nach der Trennung ist alles zusammengebrochen. Alles, was sie sich aufgebaut hat, ist nun weg. Das nagt an ihr.«

Ich sehe ihm einen Moment lang in die Augen.

»Und das lässt sie an dir aus. Und an Theo. Was tust du dagegen?«

»Nichts. Ich will Theo nicht diesem Druck aussetzen, und er soll sich nicht zwischen mir und seiner Mutter entscheiden müssen. Wenn ich dafür zurückstecken muss, damit er glücklich wird, dann werde ich es tun.«

»Was ist mir dir? Bist du glücklich?« Die Frage müsste doch leicht zu beantworten sein. Schließlich ist er erfolgreich und schwimmt im Geld.

»Puh. Das wird ja hier ein richtig tiefgründiges Gespräch. Dabei hatte ich gehofft, dass ich dich mit in mein Zimmer nehmen und dir die Klamotten vom Leib reißen kann und dass wir hier heißen, verschwitzten, lebensverändernden Sex haben werden.«

Vollkommen perplex starre ich ihn an. Wie zur Hölle soll ich denn jetzt die Bilder in meinem Kopf, die er mit seinen Worten heraufbeschworen hat, wieder loswerden? Puh, ist das heiß hier. Kann mal jemand das Fenster öffnen?

Henry lacht laut auf. »Du kannst wieder atmen. Das war ein Witz, Marcelyn.« Mir ist gar nicht bewusst gewesen, dass ich die Luft angehalten habe.

Aber ich sehe es deutlich vor mir. Er und ich zusammen auf seinem Bett. Nackt. Sein durchtrainierter Körper, an dem man jeden Muskel einzeln ertasten kann, und meiner, der aus von Macarons gezeichneten Fettröllchen besteht.

»Hey«, murmelt er, legt einen Zeigefinger unter mein Kinn und hebt es an. »Hab ich etwas Falsches gesagt?«

Ich zwinge mich zu einem Lächeln. Es war nur ein Witz. Warum zur Hölle mache ich mir überhaupt Gedanken darüber?

Vielleicht sollte ich das Thema wechseln. Mir liegt schon länger eine Frage auf den Lippen.

»Warum nennst du mich so?«

Überrascht neigt er den Kopf zur Seite. »Wie?«

»Marcelyn. Niemand außer meinem Vater nennt mich so. Es ist ungewohnt.«

Er zuckt mit den Schultern. »Marcy ist ein Name für ein kleines Mädchen, Marcelyn für eine Frau.« Die Stimmung im Raum verändert sich. Henry schaut mich an, und sein Blick wandert immer wieder zu meinen Lippen. Das letzte Mal habe ich mich so mit fünfzehn gefühlt, als Bryan Lewis mich hinter Brendas Gemischtwarenhandel gefragt hat, ob er mich küssen darf.

Er räuspert sich und lächelt mich an. Der Moment ist verschwunden. Vielleicht ist es besser so. Es würde nur zu Komplikationen führen. »Wo waren wir stehen geblieben?«

»Wir haben uns über die Definition von Glück unterhalten.«

»Richtig. Komm mit!« Er springt auf, greift nach meiner Hand und zieht mich aus dem Zimmer.

»Wo willst du hin?«

»Lass dich überraschen«, ruft er, als wir zusammen die Treppe nach unten ins Café laufen. Rae hat vergessen, die Vorhänge zuzuziehen. Das Licht der Straßenlaterne erhellt den Raum ein wenig. Henry durchquert ihn und bleibt vor der Jukebox stehen. Ehrfürchtig streicht er mit den Fingern über das Metallgehäuse, als wäre sie ein Juwel.

»Sie ist mir sofort aufgefallen. Wo habt ihr die her?«

»Colin hat sie entdeckt. Raes Mom stand total auf Blues, und er wollte dem Iris diesen typischen Flair geben.«

»Das ist ihm gelungen. Warte kurz.« Er kramt in seiner Hosentasche und holt eine Münze hervor.

Es dauert einen kurzen Moment, da ertönt leise eine Melodie. Henry dreht sich zu mir um.

»Hast du Lust zu tanzen?«

»Hier?« Irritiert sehe ich mich um. Das Iris ist nicht besonders groß. Es dürfte schwer sein, sich zu bewegen, ohne etwas umzustoßen.

»Nur ein Tanz. Ich beiße auch nicht.«

Nur ein Tanz. Nicht mehr. Ich kann mich kaum daran erinnern, wann ich das letzte Mal mit einem Mann getanzt habe. Meine Hände sind nass geschwitzt, und ich verfluche mich dafür. Das kann ich jetzt gar nicht gebrauchen. Mein Puls rast. Es fühlt sich an, als hätte ich Lampenfieber.

Als Henry sich der Jukebox zuwendet, wische ich mir schnell die Hände an meiner Kleidung ab und stehe auf. Er muss nicht sehen, wie nervös ich bin.

»Na schön, ein Tanz.«

Er dreht sich zu mir um, greift nach meiner Hand und zieht mich an sich. Als Kind habe ich bei Onkel Peter immer auf den Zehenspitzen gestanden, wenn er mit mir getanzt hat. Dann hat er mich im Wohnzimmer herumgewirbelt. So seltsam es ist, ich habe nur Erinnerungen an die Zeit mit ihm und Tante Rose. Keine Einzige an die Zeit mit meinen Eltern.

Als ich den Kopf hebe, sehe ich, wie Henry mich beobachtet. Aber er sagt kein Wort. Er sieht mich einfach nur an. Als könnte er dort etwas sehen, was den anderen bisher verborgen geblieben ist.

Noch niemals hat ein Mensch mich so betrachtet. Es ist, als nähme er mich wirklich wahr. Mich. Marcy Shark und nicht das Mädchen mit den pinkfarbenen Locken, das damit nur versucht, aufzufallen. Dabei haben sie alle nicht recht. Ich will nicht auffallen – ich verstecke mich.

Hinter einer Fassade, die niemandem einen Blick auf mein wahres Ich ermöglicht.

Denn wenn ich ehrlich bin, kenne ich dieses Ich gar nicht.

Wir sprechen nicht miteinander, während wir uns langsam zur Musik bewegen, aber das ist auch nicht nötig. Ich schließe die Augen und genieße den Augenblick.

Denn wie ich mein Leben kenne, ist er viel zu schnell vorüber.

31

Marcy

»Das ist alles totaler Mist.« Genervt lasse ich mich auf einen Stuhl sinken.

»Du solltest nicht so streng mit dir sein.« Erschrocken drehe ich mich um und sehe Henry, der grinsend im Türrahmen steht. Seit zwei Stunden bin ich in der Bäckerei und versuche aus dem Teigklumpen etwas Essbares zu zaubern. Allerdings gelingt mir das nicht besonders gut. Rae hat für heute die Schicht im Iris übernommen, und ich habe ihr versprochen, nachmittags für sie einzuspringen, da sie mit Gwen einen Termin beim Kinderarzt wahrnehmen muss.

Ich stemme die Arme in die Hüften und funkle ihn wütend an. Der Gestank von Verbranntem liegt in der Luft. »Wie kommst du auf die Idee, dass mich deine Meinung interessieren könnte?«

»Nun«, er stößt sich ab und schlendert auf mich zu. Instinktiv weiche ich einen Schritt zurück.

»Zufällig steht vor dir der beste Cronutbäcker von ganz London. Erinnerst du dich an Paiges Worte? Sie hat recht gehabt.«

»Was du nicht sagst.«

»Du glaubst mir nicht?«

»Ganz recht.«

»Ich kann es dir beweisen.«

Überrascht ziehe ich die Augenbrauen nach oben. »Du glaubst wirklich, dass ich dich hier in dieser Küche arbeiten lasse?« Langsam schlendert er auf mich zu.

»O ja, das glaube ich.«

Wow, sein Selbstbewusstsein ist echt sexy. Was mich gerade ungemein nervt.

»Was hältst du von einer kleinen Wette?«

»Kein Interesse.« Ich wette nicht. Nie mehr.

Ich ziehe mir die Kochhandschuhe an, greife nach dem Backblech und werfe den verbrannten Inhalt in den Müll.

»Du kennst meinen Einsatz noch nicht.«

»Ich will ihn auch gar nicht kennen. Ich werde mich ganz sicher nicht auf eine Wette mit dir einlassen.«

»Warum nicht?«

Ich drehe mich zu ihm und bin ihm plötzlich ziemlich nah. So nah, dass ich sogar sein Aftershave riechen kann. Würzig und sehr männlich. Er starrt mich weiterhin an, dann gebe ich mich geschlagen.

»Sagen wir es mal so, ich habe keine guten Erfahrungen damit gemacht.«

»Was soll schon passieren?«

Stirnrunzelnd betrachte ich ihn. Ich habe mir geschworen, niemals mehr eine Wette anzunehmen, aber er hat etwas Herausforderndes an sich. Und was habe ich zu verlieren?

»Na gut«, murmle ich und gebe mich geschlagen. »Was wäre dein Einsatz?«

Er grinst, und damit sieht er aus wie ein kleiner Junge. Das alles scheint ihm unglaublich viel Spaß zu machen.

»Wenn ich gewinne, begleitest du mich zu einem Abendessen.« Was? Noch ein Date? Ich dachte, nach der Filmpremiere wäre die Sache beendet. Nervös wische ich mir die Handflächen an meiner Schürze ab.

»Wenn du gewinnst …«

Er grinst noch ein wenig breiter.

»Also, für den unwahrscheinlichen Fall, dass du gewinnen solltest ...«

»Du bist ganz schön von dir eingenommen.«

»... erfülle ich dir einen Wunsch.«

Himmel, der Kerl ist wirklich total von sich überzeugt.

Ich zucke mit den Schultern. »Ich bin wunschlos glücklich.«

Ein Schatten liegt plötzlich auf seinem Gesicht. »Niemand ist das.«

Er sagt das mit einer Bestimmtheit, dass ich mich frage, welcher seiner Wünsche nicht in Erfüllung gegangen ist. Was nicht viele sein können, wenn man bedenkt, dass er ein millionenschwerer Fernsehstar ist.

»Nicht jeder hat materielle Wünsche. Man kann nicht alles für Geld kaufen.«

Er starrt mich einen Moment lang an, und es fühlt sich fast so an, als würde er in meinem Gesicht etwas sehen.

»Davon habe ich auch nicht gesprochen.«

Genervt gebe ich auf. »Na gut. Versuch dein Glück. Aber du wirst verlieren.«

Er kommt noch einen Schritt näher, und augenblicklich wird mir ganz heiß. Plötzlich ist es vollkommen still. Sein Blick wandert über mein Gesicht. Wieder mit diesem seltsamen Ausdruck in den Augen. Es ist fast so, als wolle er sich meine Züge einprägen.

Ich schlucke und drehe mich von ihm weg. Ich bin mir sicher, dass er in meinem Gesicht lesen kann, wie verlegen ich bin.

Während Henry sich eine von Iains Backschürzen schnappt und sie sich umbindet, lehne ich mich gegen die Wand und beobachte ihn. Er stäubt Mehl auf die Arbeitsfläche und rollt den Teig ein paarmal aus, ehe er kleine Kreise aussticht.

»Verrätst du mir etwas?«

»Klar. Was willst du wissen?«

»Zwischen dir und Jack. War das was Ernstes?«

Als wenn ich das so genau beantworten könnte.

Stirnrunzelnd starre ich ihn an. »Warum willst du das wissen?«

»Ich bin neugierig.«

Ich greife nach einem Stück Schokolade. »Es ist kompliziert.«

»Das ist es immer.«

»Du sprichst aus Erfahrung?«

»So kann man es auch sagen.«

Ich warte einen Moment und gebe ihm ein wenig Zeit zu überlegen, wie viel er mir erzählen will. Falls er darüber sprechen möchte.

»Olivia und ich haben uns auf einer Wohltätigkeitsveranstaltung kennengelernt. Wir waren jung, neu in L. A. und beide noch ziemlich unbekannt. Ein Freund von mir hat mich ihr vorgestellt, und ich erinnere mich, dass ich gedacht habe: Sie ist die schönste Frau, die ich jemals gesehen habe.«

Ich spüre einen Stich in meiner Brust, von dem ich mir nicht erklären kann, was er zu bedeuten hat.

»Sie hatte etwas an sich, das sich nicht in Worte fassen ließ.«

Oh, mir würden da schon ein paar einfallen.

»Wir unterhielten uns den ganzen Abend, und als die Veranstaltung längst zu Ende war, gingen wir zu einem Deli an der Ecke und saßen dort bis in die Morgenstunden. Ich war noch nie einer Frau begegnet, die mich so zum Lachen bringen konnte.«

Er muss sie wirklich geliebt haben.

»Na ja, das habe ich ja bereits erwähnt. Ich will damit sagen, dass ich so fasziniert von ihr gewesen bin, dass ich nicht gemerkt habe, wie unterschiedlich wir eigentlich sind.«

Ich greife nach einem Scone, reiße ein Stück davon ab und beiße hinein.

»Hast du nie an deiner Entscheidung gezweifelt, Theo als dein Kind anzunehmen?«

»Nein, nie. Ich weiß nicht, wie ich es erklären soll, aber es war von Anfang an mein Kind. Ich habe keinen Gedanken an den leiblichen Vater verschwendet, und Liv hat selten von ihm gesprochen. Er war ein Tänzer einer Popband, den sie bei einem Benefizkonzert kennengelernt und mit dem sie eine Affäre gehabt hatte. Ich hatte mich mittlerweile in sie verliebt und wäre für sie barfuß durch die Hölle gegangen. Also habe ich ihr angeboten, für sie da zu sein. Und für das Kind.«

Wow. »Das ist verdammt mutig.«

Er schüttelt vehement den Kopf. »Nein, es war egoistisch. Wenn ich nicht so drauf versessen gewesen wäre, hätte Liv vielleicht versucht, mit Theos leiblichem Vater Kontakt aufzunehmen.«

»Glaubst du, er hätte sich um ihn gekümmert?«

»Ich weiß es nicht, aber so werden wir es wohl nie erfahren. Und Theo auch nicht. Das ist es, was mir am meisten Sorgen bereitet.«

»Nachdem du Liv kennengelernt hast, was ist dann geschehen?«

»Nach ein paar Monaten lernte ich Richard kennen, und er bot mir die Rolle des Valerius Baron an. Die Serie schlug ein wie eine Bombe, und plötzlich interessierte sich die Presse für mich. Und somit wurden sie auch auf Olivia aufmerksam. Aufgrund der Schwangerschaft war sie gezwungen, mehrere Projekte abzulehnen, und mit der Zeit bekam sie eine regelrechte Wut auf das Baby. Sie gab ihm an allem die Schuld. Ich allerdings fühlte mich Tag für Tag mehr mit ihm verbunden, obwohl er noch nicht einmal auf der Welt war. So verrückt sich das auch anhört, aber ich hatte das Gefühl, wir wären auf derselben Seite. Wir wären ein Team. Also habe ich versucht, Olivia positiv in die Schlagzeilen zu bringen, damit sie Aufmerksamkeit bekommt, und organisierte eine regelrechte Traumhochzeit. Die Presse sprach von der Hochzeit des Jahrhunderts, überall wurden Fotos von uns abgebildet. Wenn ich gewusst hätte, dass ich nur hätte heiraten müssen, damit ich ein Star werde, hätte es mir eine Menge Arbeit erspart.« Er lacht, aber es ist kein glückliches Lachen. Mit einem Mal verspüre ich den Drang, ihn in den Arm zu nehmen.

»Theo ist mein Kind. Egal, was geschieht, aber ich befürchte, dass Liv ihm Lügen über mich erzählt. Noch ist er klein, aber irgendwann wird er sie verstehen.« Er fährt sich mit der Handfläche über das Gesicht und schließt die Augen.

»Wie kommst du darauf?«

»Als die Presse irgendwann das Interesse an uns verlor, fing Olivia an zu reisen und Theo mitzunehmen. Jedes Mal, wenn ich sie bat, bei mir zu bleiben, erwiderte sie, dass ich schließlich nicht Theos leiblicher Vater sei. Das waren ihre Psychospielchen, weil sie wusste, dass sie mich damit traf.«

So ein Miststück.

»Aber er ist doch dein Sohn.«

»Nur auf dem Papier.« Ich sehe ihm an, dass er genau weiß, dass er dieselben Rechte wie ein leiblicher Vater hat und vor Gericht gewinnen würde. Aber ich denke, das ist es nicht, was er will.

»Es tut mir leid.«

»Muss es nicht. Irgendwann habe ich erkannt, dass sie niemals dasselbe für mich empfunden hat wie ich für sie. Ich war so geblendet, dass ich ihr wahres Wesen zu spät erkannt habe. Das alles war für sie nichts weiter als eine Vereinbarung. Olivia ist unglaublich berechnend, und keine ihrer Entscheidungen ist selbstlos.«

Er schüttelt den Kopf und greift nach einer Flasche Pale Ale.

»Unsere Heirat hat ihre Karriere nach vorn gebracht, und als es keinen Nutzen mehr für sie gab, fing sie an, sich anderweitig umzusehen.«

»Aber ich habe gelesen ...« Sofort beiße ich mir auf die Lippe. Vielleicht sollte ich das besser nicht erwähnen.

Er lacht auf und nickt. »Lass mich raten. Du hast gelesen, dass ich sie betrogen hätte und kein Interesse an unserem gemeinsamen Sohn zeige. Was für ein selbstsüchtiger Vater und Ehemann ich doch bin.«

Plötzlich schäme ich mich. Dabei kann ich nichts dafür. Ich kenne ihn kaum und kann überhaupt nicht einschätzen, was richtig oder falsch ist.

Aber ich spüre, dass er die Wahrheit sagt.

»Mit einem Mal war ich der Bösewicht in unserer Geschichte und sie das Opfer.«

»Nur weil du die Scheidung eingereicht hast?«

Er nickt langsam. »Jeden Tag erzählt sie eine neue Lüge über mich.«

Instinktiv greife ich nach seiner Hand und drücke sie. Ich denke nicht darüber nach, was diese Geste bedeuten könnte oder ob er sie vielleicht falsch interpretiert. Aber ich will, dass er weiß, dass ich nicht so von ihm denke. Verrückt, wenn man bedenkt, dass ich ihn im Grunde genommen gar nicht kenne.

»Hast du ihm gesagt, dass du ihn liebst?«

»Wann immer ich die Möglichkeit dazu habe.«

»Kinder spüren, ob jemand die Wahrheit sagt. Er wird wissen, wie viel er dir bedeutet.«

»Er vergöttert seine Mom. Er wird ihr glauben.«

»Sein Verstand vielleicht, aber nicht sein Herz.«

Ich verspüre den Drang, ihm ein wenig von mir zu erzählen. Damit er versteht, was ich meine.

»Als meine Eltern sich scheiden ließen, konnte ich mich nicht entscheiden, bei wem ich bleiben wollte. Dad zog mit seiner neuen Familie nach Glasgow und meine Mom mit Simon, ihrem neuen Freund, ans Meer. Dad sagte mir immer, wie sehr er mich liebt. Er überhäufte mich mit Geschenken und bettelte darum, dass ich zu ihm zog, während meine

Mom zurückhaltender war. Sie sprach nicht gerne darüber, aber ich spürte es, dass es ihr das Herz brach, mich selbst entscheiden zu lassen, bei wem ich bleiben wollte. Ich sah es an ihrem Blick. Ihren Gesten. Ihrem Gutenachtkuss. Kurz vor dem Scheidungstermin drängte mich mein Dad, zu ihm zu ziehen. Ich hatte ihm so oft gesagt, dass ich in Duncan bleiben möchte, aber er ignorierte es. Hier waren meine Freunde. Mein Leben. Aber er hatte nur das Bild einer glücklichen neuen Familie im Kopf. Mein Zögern nahm er sehr persönlich und machte mir deutlich, dass er keinen Wert auf meinen Besuch legte, wenn ich mich für meine Mom entscheiden sollte. Er wollte mich nicht mehr sehen. Ich fühlte mich hin- und hergerissen. Ich hatte niemanden, mit dem ich darüber sprechen konnte, und wünschte mir nichts weiter, als in Duncan bleiben zu können, aber ich sprach diesen Gedanken kein einziges Mal aus. Und dann kam Tante Rose und meinte, ich könnte für immer bei ihr bleiben, sie würde sich um mich kümmern. Meine Mom hatte sie gebeten, mich aufzunehmen. Während mein Dad beleidigt war, weil ich mich nicht sofort für ihn entschieden hatte, erkannte meine Mom meinen einzigen Wunsch, ohne jemals mit mir darüber gesprochen zu haben. Sie hat sich zurückgezogen, um mich glücklich zu sehen. Obwohl sie es so selten gesagt hat, weiß ich, dass sie mich liebt. Sie wollte, dass ich glücklich bin, auch wenn das bedeutet, dass sie mich nicht bei sich haben konnte. Viele im Ort haben sie als egoistisch bezeichnet, weil sie nicht in Duncan geblieben ist, aber jeder hat ein Recht, glücklich zu werden, oder nicht?«

Ich lächle ihn an, während Henry mich beobachtet. »Egal, was seine Mom ihm erzählt. Er wird wissen, wie viel er dir bedeutet. Da bin ich mir ganz sicher.«

Er schluckt und presst die Lippen zusammen, während er stumm nickt.

32

Marcy

Während Henry das Backblech in den Ofen schiebt, rolle ich den Teig weiter aus. Er schließt die Tür, dann kommt er zu mir und nimmt mir die Teigrolle aus der Hand.

»Du musst ihn richtig dünn ausrollen. Nur so kann er anschließend aufgehen.« Er legt den Teig übereinander, dann sticht er kleine, runde Formen aus, die wie Donuts aussehen.

»Du bist dir sicher, dass das schmeckt?«

»Du wirst dich in sie verlieben.«

Spöttisch lache ich auf. »Das bezweifle ich.«

Er hält mir seine Hand hin. »Wetten wir?«

Überrascht ziehe ich eine Augenbraue nach oben. »Das ist deine Wette? Im Ernst?«

Er grinst und stellt einen Topf auf den Herd.

»Die wirst du so was von verlieren.«

»Ich würde an deiner Stelle den Mund nicht zu voll nehmen. Diese Cronuts werden fantastisch.«

»Na schön. Wenn du unbedingt verlieren willst. Gewöhn dich schon mal an den Gedanken, mir einen Wunsch zu erfüllen.« Einen Moment lang sieht er mich an, dann wendet er sich ab.

Er legt die Teigkreise in das heiße Fett und backt sie aus. Es macht Spaß, ihm dabei zuzusehen.

In wenigen Minuten sind die Cronuts fertig, und er wälzt das noch heiße Gebäck anschließend in einer Zucker-Zimt-Mischung.

»Wie kommt es, dass du so gut backen kannst?«

»Meine Großmutter war eine begeisterte Bäckerin. Fast jeden Tag gab es bei uns Kuchen und frisches Brot. Als Kind durfte ich ihr oft dabei zusehen.«

»Was ist mit deinen Eltern?«

»Meine Mutter ist auch Schauspielerin. Immer wenn sie unterwegs war, lud sie mich bei meiner Großmutter ab. Manchmal monatelang, wenn sie drehen musste. Irgendwann hat sie mich gar nicht mehr abgeholt.«

»Und dein Vater?«

»Er starb, als ich elf war. Er war beruflich viel unterwegs, ich kann mich nicht mehr genau an ihn erinnern.« Er zuckt mit den Schultern. »Vielleicht war es mir deshalb so wichtig, dass ich mich um Theo kümmere. Weil ich weiß, wie es ist, wenn man seinen Dad verliert.«

Henry reicht mir einen Cronut.

»So, vergiss nicht unsere Wette.«

Als wenn ich die vergessen könnte.

Ich beiße ab, lasse das Gebäck auf der Zunge zergehen und erinnere mich dran, was Henry prophezeit hat. Ich verliebe mich gerade nicht nur in das himmlische Gebäck, sondern auch in den Mann, der es gebacken hat.

33

Marcy

Henry streift die Ärmel seines Hemdes nach oben. Seine durchtrainierten Unterarme kommen zum Vorschein und lösen ein Kribbeln in meinem Bauch aus. Ich beobachte seine Hände, mit denen er den Teig knetet. Lange, elegante Finger. Saubere Nägel. Keine Schwielen daran oder Ölflecken.

»Marcy?«

Überrascht hebe ich den Kopf. »Was?«

Er lacht laut auf. »Ich hab dich gefragt, wie lange Iain die Bäckerei schon hat.«

»Er hat sie kurz vor dem Tod seiner Mutter übernommen. Zuvor hat sie Iris' Schwester Caroline gehört, die leider bei einem Reitunfall ums Leben gekommen ist. Es war immer klar, dass sie Iain eines Tages übernehmen würde. Schon als Kind ist er immer durch die Backstube gesprungen und hat den Kunden seine selbst erfundenen Backkreationen angedreht.« Angewidert bei der Erinnerung schüttle ich kurz den Kopf. »Sie haben widerlich geschmeckt.«

»Was ist mit dir? Wovon hast du als Kind geträumt?«

»Glaub mir, das interessiert dich nicht.«

Er hebt den Kopf und schaut mich mit einem seltsamen Blick an. »Wir haben uns geküsst. Und wenn es nach mir geht, war es ein verdammt heißer Kuss. Ich glaube, wir sind über den Punkt hinaus, Small Talk zu führen. Wenn ich eine Frage stelle, kannst du mir glauben, dass es mich interessiert. So ein höflicher Kerl bin ich nicht.«

Einen Moment halte ich inne und überlege, ob ich ihm davon erzählen soll. Vielleicht würde er mich verstehen.

»Als meine Eltern gegangen sind, gab es nicht viel, was mich von dem Schmerz ablenken konnte. Tante Rose hat sich wirklich Mühe gegeben, und Jingles war dieser besagte Freund, dem ich meine ganzen Sorgen anvertraut habe, aber erfüllt hat mich eine Weile gar nichts mehr. Eines Tages bat mich meine Lehrerin Mrs Collins, bei einem Theaterstück mitzuspielen. Sie führten Peter Pan auf, und einer der verlorenen Jungen hatte sich das Bein gebrochen. Also stand ich oben auf der Bühne in meinem Jungenkostüm, das Gesicht kohleverschmiert, und starrte auf das Publikum, das mich erwartungsvoll ansah. Ich hatte nur einen Satz zu sagen, aber kein Wort kam über meine Lippen. Ich war so aufgeregt, dass ich diesen einen Satz, der aus fünf Wörtern bestand, nicht aussprechen konnte. Und trotzdem war es der schönste Moment meines Lebens.« Bei der Erinnerung daran fühle ich Wärme in meinem Bauch.

»Danach bin ich zu Tante Rose gelaufen und habe geweint. Sie dachte, ich wäre enttäuscht von meiner Leistung, und tröstete mich, dabei war ich einfach nur so unglaublich erleichtert und voller Euphorie. Ich hatte endlich etwas gefunden, was mich erfüllte. Auch wenn es wohl der peinlichste Moment in meinem Leben war, hat er mir gezeigt, was ich wirklich will.«

»Theater spielen«, sagt er sanft.

»Genau.« Peinlich berührt, streiche ich mir eine Haarsträhne aus dem Gesicht. »Du findest das vermutlich total lächerlich. Meine Erfahrungen beschränken sich auf das Schultheater und auf die Sommeraufführungen im Dorftheater von Westhill. Aber die Vorstellung, auf der Bühne zu stehen und in verschiedene Rollen zu tauchen, erfüllt mich. Es ist mein Traum.«

Er kommt einen Schritt auf mich zu. »Jeder Traum ist es wert, gelebt zu werden. Egal, wie groß oder klein er ist.« Seine Worte erwärmen mich.

»Gibt es denn Fotos davon? Ich würde sie mir gerne ansehen.«

Ich schüttle den Kopf. »Nicht dass ich wüsste. Aber Onkel Peter hat es damals mit seiner Videokamera gefilmt.«

»Kann ich es sehen?«

Röte schießt mir in die Wangen. Henry scheint es zu bemerken, denn er rudert sofort zurück.

»Natürlich nur, wenn es dir nicht unangenehm ist.«

Ich schlucke, dann nicke ich.

»Natürlich. Aber ich will, dass du weißt, dass ich es dir nur deswegen zeige.«

Er runzelt die Stirn und beugt sich näher zu mir.

»Was meinst du damit?«

»Na ja, du bist ein berühmter Schauspieler, und ich träume davon, auf der Bühne zu stehen. Ich will nicht, dass du denkst, ich würde es dir zeigen, weil ich irgendwelche Absichten damit verfolge.« Er nickt, dann lächelt er und streicht mir eine Locke aus dem Gesicht. Die Berührung ist so zart, dass ich sie kaum spüre.

»Das hätte ich auch nicht von dir gedacht.« Erleichtert atme ich aus. Vielleicht wäre ein Themenwechsel angebracht.

»Was ist mit dir? Wolltest du schon immer ein heißer Serienstar sein?«

Er lächelt, doch für einen Augenblick habe ich das Gefühl, einen Schatten auf seinem Gesicht zu sehen. Aber es ist nur ein kurzer Moment, dann ist er verschwunden, und sein zauberhaftes Lächeln kommt zum Vorschein.

Doch gerade als er weitersprechen möchte, klingelt sein Handy.

34

Marcy

War of Kingdoms ist gar nicht so schlecht, wie ich anfangs gedacht habe. Wenn man mal alle Vorurteile über halbnackte Männer, die natürlich alle unglaublich attraktiv aussehen und all die Charaktereigenschaften besitzen, die Frauenherzen höher schlagen lassen, beiseitelegt, dann hat diese Serie durchaus Potenzial. Selbst wenn der Protagonist der Serie jemanden ermordet, dann nur aus Liebe zu seinem König, und daher ist das Morden auch schon wieder eine Heldentat. Dabei ist und bleibt er ein Mörder, und man kann mir erzählen, was man will, dadurch wird mir die Figur auch nicht sympathischer.

Wobei ich festgestellt habe, dass Henry alias Valerius Baron hier durchaus eine Charakterrolle verkörpert. Er ist ein Königssohn, der es sich zur Aufgabe gemacht hat, sein Volk vor den Intrigen seines Vaters, des Königs, zu beschützen. Dass er damit auch noch das Herz der Königin von Cyrus erobert, ist ein schöner Nebeneffekt. Ich stelle die leere Packung Ben & Jerry's, die ich Tante Rose aus dem Gefrierfach stibitzt habe, auf den Wohnzimmertisch und ziehe mir die Wolldecke bis unter das Kinn.

Valerius ist gerade dabei, seiner Angebeteten, Königin Elise, das Kleid auszuziehen. Er trägt nichts weiter als eine dunkle Lederhose, die ihm tief auf den Hüften hängt, und schwarze Stiefel. Gott, der Mann hat vielleicht Bauchmuskeln. Ich greife nach der Fernbedienung und drücke auf

Stopp. Das Standbild erscheint, und einen Moment lang bedauere ich, dass mein Fernseher keine Zoomfunktion besitzt. Ich bin mir sicher, damit könnte ich jedes einzelne Härchen zählen, das sich einen Weg von seinem Bauchnabel nach unten bahnt. Seine Haare sind im Nacken zu einem Zopf gebunden, aus dem sich ein paar Strähnen gelöst haben. Königin Elise alias Vicky Stevens, die ich bereits am Set gesehen habe, streicht über seine Brust, während er sie keine Sekunde aus den Augen lässt. Ich drücke wieder auf Play und genieße die Situation der beiden, die ziemlich erotisch wirkt. Ich bin so gebannt, dass ich von dem Dialog nicht viel mitbekomme. Dialoge werden meiner Meinung nach sowieso vollkommen überbewertet.

Ich frage mich, nach welchen Kriterien der Regisseur Henry für diese Rolle ausgewählt hat. Ob es sein Talent war oder sein verdammt gutes Aussehen?

Nicht, dass ich ihn darauf reduzieren werde. Ich weiß nur zu gut, wie es ist, wenn man nur nach seinem Äußeren beurteilt wird. Als hätten die Haarfarbe, das Körpergewicht oder die Bilder auf deiner Haut irgendetwas mit deinem Charakter oder deiner Intelligenz zu tun.

Mein Blick wandert über sein Gesicht. Die saphirblauen Augen, die Bartstoppeln auf seinen Wangen, der geschwungene Mund. Seine Nase ist ein wenig schief, und ich frage mich, warum mir das bis jetzt noch nicht aufgefallen ist. Er zieht Königin Elise zu sich heran, umfasst mit beiden Händen ihr Gesicht und küsst sie.

In diesem Moment klingelt es an der Tür.

Ich habe gar nicht bemerkt, dass ich die Luft angehalten habe. Ich drücke auf Pause, werfe die Decke zur Seite und stelle fest, dass ich außer meinem XXL-Tinkerbell-Shirt und kurzen Shorts nichts weiter trage.

Wieder klingelt es.

Egal.

»Einen Moment, ich komme sofort.«

Wieder ein Klingeln.

Wer auch immer das ist, es scheint echt wichtig zu sein.

Ich öffne die Tür und blicke in Jacks Gesicht, der sich mit einer Hand am Türrahmen abstützt und mich schief angrinst.

»Hey«, murmelt er und schaut ein wenig verlegen drein.

Perplex starre ich ihn an.

»Was willst du denn hier?«

»Können wir reden?«

Einen Moment hadere ich mit mir. Ich weiß, warum er gekommen ist. Seit unserem letzten Gespräch bin ich ihm aus dem Weg gegangen, und ehrlich gesagt, will ich auch jetzt nicht mit ihm sprechen. Aber ich weiß, dass Jack mehr Antworten braucht. Dass er mehr verdient.

Ich trete zur Seite und signalisiere ihm, dass er eintreten soll. Mein Apartment ist nicht besonders groß und liegt ein Stockwerk über Tante Roses Wohnung. Im Grunde genommen besteht es lediglich aus einem großen Wohnzimmer, das Esszimmer, Schlafzimmer und Küche in einem umfasst, und einem Bad mit einer großen Badewanne. Für mich allein absolut ausreichend. Jack tritt ein und erstarrt, als sein Blick auf den Fernseher fällt, auf dem im Standbild immer noch Valerius Baron Königin Elise küsst. Perfektes Timing würde ich es nennen.

»Der Kerl ist echt überall, oder?«

Sein vorwurfsvoller Ton entgeht mir nicht. Ich dränge mich an ihm vorbei und stelle ihm ein Glas Wasser auf den Tisch.

»Du stehst doch gar nicht so auf dieses Fantasy-Zeug.«

»Das hat nichts zu bedeuten. Ich wollte nur wissen, warum alle so einen Wirbel darum machen.«

Jack starrt auf den Fernseher, dann wirbelt er herum. »Ich weiß, warum du das machst, Marcy.«

»Was mache?«, frage ich verwirrt.

»Diesen Deal, den du eingegangen bist. Ich habe ein Gespräch mit dieser Paige mitbekommen, wie sie mit jemandem über das Foto gesprochen hat. Ich verstehe, dass du helfen willst. Aber deswegen muss das zwischen uns doch nicht vorbei sein.«

Er zieht einen Stuhl hervor, setzt sich und greift nach meiner Hand. »Wir könnten uns heimlich treffen. Niemand wird davon erfahren. Du könntest trotzdem so tun, als wärest du Henrys neue Flamme, und damit Duncan ein wenig auf die Sprünge helfen.«

Sein hoffnungsvoller Blick zerreißt mir fast das Herz.

»Hör zu, Jack«, seufze ich. »Ich denke nicht, dass das funktionieren würde.«

»Warum nicht?«

»Weil ich das mit uns nicht nur wegen diesem Deal beendet habe.« Mir entfährt ein leiser Seufzer. Ich will ihn nicht verletzen, aber ich finde nicht die richtigen Worte, um ihm mitzuteilen, was ich empfinde.

»Wir hatten nie eine Beziehung.«

»Das können wir doch jetzt ändern.«

Wehmütig erinnere ich mich an die vergangenen Jahre, in denen ich gehofft hatte, genau diese Worte von ihm zu hören. In all der Zeit, in der er nur seinen Spaß haben und keine Verpflichtungen eingehen wollte.

»Dafür ist es jetzt zu spät.« Ich hätte es schon viel früher beenden sollen. Aber ich habe mich immer an den Gedanken geklammert, dass er eines Tages einsehen würde, was ich ihm bedeute. Und jetzt ist es so weit, aber aus den falschen Gründen.

Jack weicht zurück. Sein Gesichtsausdruck verändert sich. Ich habe ihn verletzt.

»Was erhoffst du dir denn davon?«

»Das habe ich dir doch schon erklärt. Mehr Touristen in Duncan.«

»Das ist die offizielle Version. Aber das meine ich nicht.«

»Was unterstellst du mir, Jack?«

»Wusstest du, dass Henry, bevor er in dieser Serie mitgespielt hat, am Theater erfolgreich war? Und dass dieser Regisseur, an dessen Casting du bis vor Kurzem noch teilnehmen wolltest, sein Mentor gewesen ist?«

Verwirrt runzle ich die Stirn. Das habe ich tatsächlich nicht gewusst. Aber das ist auch kein Wunder, denn bis vor ein paar Tagen habe ich mich nie mit Henry Lucas befasst.

»Nein, wusste ich nicht.«

»Schon seltsam, findest du nicht?«

Seufzend schüttle ich den Kopf. »Du bist verletzt, das verstehe ich. Aber hör auf, irgendwas hineinzuinterpretieren. Ich habe mich nur aus einem Grund auf den Deal eingelassen und nicht, weil ich mir damit Chancen ausrechne.« Dass er überhaupt daran denkt, verletzt mich. Jack steht so abrupt auf, dass der Stuhl nach hinten kippt und auf dem Boden aufschlägt.

»Du machst einen Fehler, Marcy.«

Dann stürmt er an mir vorbei und wirft die Wohnungstür hinter sich zu. Es wäre so viel einfacher, wenn ich ihm sagen könnte, dass ich etwas für Henry Lucas empfinde. Bisher habe ich es mir selbst kaum eingestanden, aber nach den letzten Tagen kann ich es nicht mehr leugnen.

Ich setze mich zurück auf die Couch, greife nach der Fernbedienung und stelle den Fernseher wieder an.

Wieder klingelt es.

Ich lege den Kopf in den Nacken und schließe für einen Augenblick die Augen. Dann rapple ich mich auf und schlurfe zur Tür.

»Was gibt es denn noch?«

Aber nicht Jack steht vor der Tür, sondern Henry.

35

Marcy

»Hey«, murmelt er, und im Gegensatz zu Jack sieht er kein bisschen verlegen aus.

Dafür bin ich es. Nicht nur, weil ich nicht mit seinem Auftauchen gerechnet habe, sondern auch, weil mir bewusst wird, dass ich fast nackt bin.

»Was willst du denn hier?«, frage ich und nehme mir vor, an meinem Wortschatz zu arbeiten. Irgendwie fühle ich mich wie in einer Zeitschleife.

»Ich war unterwegs und dachte mir, ich ...«, er hält einen Moment inne und runzelt die Stirn. Aus meiner Wohnung dringt eine Stimme, die seiner verdächtig ähnlich ist.

Mist! Der Fernseher. Ich habe ganz vergessen, ihn lautlos zu stellen. Wenn ich Henry jetzt in die Wohnung lasse, wird er glauben, dass ich Fan von ihm bin.

»Siehst du War of Kingdoms?«

»Keine Ahnung ... vermutlich nur Werbung.«

»Auf diesem Sender gibt es keine Werbeeinspielungen.«

Mist! »Na, dann hast du dich eben getäuscht. Was wolltest du sagen?«

Er ist irritiert, und ich kann es ihm nicht verdenken. Vielleicht verschwindet er ja gleich wieder, aber wenn ich ehrlich bin, will ich das gar nicht.

»Ich war zufällig in der Nähe, und da dachte ich mir, ich besuche dich. Kann ich reinkommen?«

Dieser blöde Fernseher.

»Weißt du, was? Ich habe Hunger. Lass uns ins Ginnie's gehen.«

Er zieht eine Augenbraue hoch, und sein Blick wandert langsam über meinen Körper. Es ist, als würde er jede Stelle genau wahrnehmen, und ein kalter Schauer jagt mir über den Rücken.

»So?«

Ach ja, ich trage ja nichts weiter als mein Lieblingsschlafshirt und kurze Shorts.

Henry schmunzelt und lehnt sich mit verschränkten Armen gegen die Wand. »Stör ich dich gerade?«

»Was? Nein«, rudere ich zurück, dann gebe ich seufzend auf. Egal.

Ich öffne die Tür und halte sie ihm auf.

»Komm rein. Aber keine blöden Sprüche, verstanden?«

Verwirrt betritt er meine Wohnung, und als sein Blick auf den Fernseher fällt, fängt er lautstark an zu lachen.

Wenig später sitzen wir gemeinsam auf der Couch und trinken ein Glas Pinot Grigio, den ich noch in der Küche gefunden habe. »Schon seltsam, dass ich bisher noch keine Folge gesehen habe.«

Er sieht mich an und zuckt mit den Schultern. »Es ist nur eine Serie. Nichts Weltbewegendes. Bloß eine fiktive Handlung, die Millionen Pfund verschlingt.«

»Und einbringt. Es ist die erfolgreichste Serie der Welt.«

»Das ist Ansichtssache. Es gibt so viele gute Serien und Filme im Fernsehen.«

»Damit bietet ihr den Menschen Zerstreuung. Manchmal braucht man das.«

Fragend sieht er mich an. »Indem man halbnackte Menschen durch den Schnee jagt, damit sie sich gegenseitig die Köpfe einschlagen?«

»Warum bist du so kritisch?«

»Weil ich mich schon seit geraumer Zeit frage, ob ich nicht Sinnvolleres mit meinem Leben anstellen könnte. Von meinem Geld ganz zu schweigen.«

»Hast du eine Ahnung, wie viele Menschen davon träumen, an deiner Stelle zu sein?«

»Das ist doch alles nur Schein, Marcy. Niemand weiß, wie mein Leben wirklich ist. Wie es ist, die Hälfte des Jahres in fremden Betten schlafen zu müssen. Wie es ist, für Geld manchmal seine Seele verkaufen zu müssen. Wie es ist, Menschen im Stich zu lassen, die einem etwas bedeuten.« Er hält inne und senkt den Kopf.

»Wenn es dir nicht gefällt, warum änderst du es dann nicht?«

»Weil ... weil ich es versprochen habe.«

»Weißt du, Tante Rose sagt immer zu mir: Niemand kann dir ans Bein pissen, wenn es deine Entscheidung ist.«

Einen Moment lang starrt Henry mich an, dann beginnt er lautstark zu lachen, bis ihm Tränen über die Wangen laufen.

»Deine Tante ist wirklich cool.«

Langsam nicke ich. »Das ist sie.«

»Du liebst sie sehr.«

»Sie ist alles, was ich habe. Ich hätte nie gedacht, dass eine einzige Person mal meine ganze Familie sein würde. Sie ist Tante, Mutter, Großmutter, Schwester, Freundin in einem.«

»Sie muss dich sehr lieben, wenn sie dich bei sich aufgenommen hat.«

»Sie konnte keine Kinder bekommen, und Onkel Peter war oft beruflich unterwegs. Ich glaube, sie war einfach einsam.«

»Es ist egal, aus welchem Grund sie dich aufgenommen hat. Letztendlich hat sie sich um dich gekümmert, und so, wie ich das wahrnehme, ist ein toller Mensch aus dir geworden.«

Lachend schüttle ich den Kopf, aber ich muss sagen, dass mir seine Worte guttun. »Könntest du das noch mal wiederholen? Vielleicht morgen Abend im Ginnie's? Und bei der nächsten Bürgerversammlung?«

Er legt den Kopf zur Seite. »Warum?«

Ich zucke mit den Schultern. »Weil es wohl einige Leute hier im Ort gibt, die nicht deiner Meinung sind.«

»Warum?«

»Keine Ahnung. Das fing schon früh an. Ich war zu laut, zu wild, zu nervig. Egal, was ich gemacht habe, es war immer falsch.«

»Falsch in deren Augen bedeutet nicht, dass du grundsätzlich falsch bist.«

»In einem Dorf wie Duncan schon.« Ich trinke einen Schluck von meinem Rotwein. »Als ich mein Studium abgebrochen habe, hieß es nur, dass aus mir sowieso nie etwas Vernünftiges geworden wäre. Ständig fiel ein anderer Spruch, bis ich irgendwann nicht mehr zugehört habe.«

»Wie hat deine Tante reagiert?«

»Sie hat nur gemeint, dass sie darauf warten wird, bis ich meinen Weg gefunden habe. Wann auch immer das sein wird.«

»Wenn ich eines gelernt habe, dann, dass man alten Menschen glauben sollte. Meistens haben sie tatsächlich recht.«

Wir sitzen seit einer halben Stunde auf dem Sofa und zappen durch das Fernsehprogramm. Henry bleibt bei der hundertsten Wiederholung von Thrill & Crime hängen, einer Quizshow, bei der die Zuschauer den Täter erraten müssen, und schüttelt genervt den Kopf.

»Mittlerweile dürfte jeder mitbekommen haben, dass der Arzt der Mörder ist.«

Ich boxe ihm auf die Schulter. »Du solltest es nicht verraten. Ich liebe diese Serie.«

Er lächelt und legt den Arm auf die Sofalehne. Seine Hand berührt meine Schulter, und es wirkt wie eine zufällige

Geste. Dennoch spüre ich seine Finger, die immer wieder meine Schulter streifen.

»Ich würde gerne deine Theateraufführung sehen.«

Ich schlucke. Damit habe ich nicht gerechnet, und ich weiß auch nicht, ob mir der Gedanke gefällt, dass er sie sieht. Ich fühle mich, als wäre ich nackt.

Plötzlich beugt er sich vor und nimmt mein Gesicht in seine Hände. Ich halte die Luft an, so überrascht bin ich von dieser Geste. Seine Hände fühlen sich schwielig an, als hätte er damit schwere Arbeit verrichtet.

»Hey«, murmelt er und lächelt mich an. »Es war nur ein Vorschlag. Wir müssen das nicht tun.«

Ich hebe den Blick und sehe ihm in die Augen. Wunderschöne blaue Augen mit einem Hauch Grau, wie ein Himmel bei tobender See. Sie wirken müde und trüb, als wäre ihm momentan alles zu viel. Ich verstehe, wie er sich fühlt. Es geht mir genauso. Aber ihm das Video zu zeigen bedeutet, dass ich mich vor ihm ausziehe. Nicht im wörtlichen Sinne, sondern dass ich etwas von meiner Seele preisgebe. Bislang haben nur drei Menschen dieses Video gesehen. Tante Rose, Onkel Peter und Rae. Menschen, denen ich vertraue und bei denen ich mir sicher sein kann, dass sie es niemals gegen mich verwenden würden.

»Okay«, murmle ich und zwinge mich zu einem Lächeln. Es ist eine so ungewohnte Situation, dass ich keine Ahnung habe, wie ich damit umgehen soll. Henry löst sich von mir, und ich stehe auf und hole die DVD aus dem Fernsehregal. Bevor ich sie ihm reiche, greife ich zu meinem Mutmachglas und fische einen zitronengelben Zettel heraus.

»Was ist das?«

»Mein Mutmachglas.«

Er zieht nur fragend eine Augenbraue nach oben.

»Meine Schwester hat lauter Sprüche dort hineingelegt, die mir in Situationen, in denen ich Angst habe, Mut machen sollen.«

»Und das ist jetzt so eine Situation?«, flüstert er.

Kurz nicke ich. »Irgendwie schon.«

»Ich will dir keine Angst machen, Marcy.«

Ich lächle bei dem Gedanken, dass er mich zum ersten Mal bei meinem Spitznamen genannt hat.

»Es liegt nicht an dir. Doch irgendwie schon, aber nicht nur.« Ich öffne den Zettel und beginne zu lesen.

Die Angst findet nur in deinem Kopf statt.

Lächelnd rolle ich den Zettel wieder zusammen und lasse ihn auf den Wohnzimmertisch fallen.

»Darf ich auch?«

Überrascht blicke ich ihn an. Henry lächelt, aber ich kann die Unsicherheit in seiner Stimme hören.

Wortlos halte ich ihm das Glas hin. Er greift hinein, lässt mich dabei aber keine Sekunde aus den Augen.

Dann rollt er den Zettel auseinander und liest. Ich würde zu gerne wissen, was auf seinem steht. Und ich frage mich, warum in aller Welt er einen Zettel benötigt. Braucht er Mut, um mein Video ansehen zu können?

»Bereit?«, murmle ich, als er den Zettel zusammenknüllt und ihn in seine Hosentasche steckt.

Er presst die Lippen zusammen und nickt.

Als das Stück zu Ende ist, greife ich nach der Fernbedienung und schalte den Fernseher aus. Einen Augenblick sagt niemand etwas, und die Stille macht mich verrückt. Ich weiß nicht, was genau ich erwartet habe, aber nicht dieses bedrückende Nichts. Aus den Augenwinkeln werfe ich einen Blick zu Henry, der immer noch auf den Bildschirm starrt. Fast, als wäre er in seinen Gedanken gefangen.

»War ich so mies?«

Sein Blick wandert zu mir. »Was?«

»Na ja, du sagst gar nichts dazu. Das kann etwas Gutes oder etwas Schlechtes bedeuten.«

»Und du gehst automatisch davon aus, dass es schlecht gewesen sein muss?«

So habe ich es gelernt. Auch wenn ich mich an das Zusammenleben mit meinen Eltern kaum erinnern kann, so weiß ich doch genau, dass es bei meinem Dad immer hieß: Kein Tadel ist Lob genug. Was aber nur bedeutete, dass man nicht richtig grottenschlecht gewesen war. Nicht gerade aufbauend.

»Es war fantastisch. Ich habe Die Katze auf dem heißen Blechdach schon so viele Male gesehen. Den Film mit Elizabeth Taylor in der Hauptrolle wie auch das Bühnenstück, aber noch nie hat mich die Figur der Maggie so berührt. Ich habe noch nichts dazu gesagt, weil ich erst mal in Worte fassen muss, was ich empfinde.«

Ich schlucke, und ich spüre, wie mir Tränen in die Augen steigen. Mir hat noch nie jemand etwas so Schönes gesagt.

»Ich verstehe, warum du deinen Traum nicht aufgeben willst. Es wäre eine Schande, wenn du es tun würdest.«

»Meinst du wirklich?«

Er lacht und zieht an einem Faden, der sich aus meiner Wolldecke gelöst hat. »Warum sollte ich lügen?«

Ich zucke mit den Schultern. »Keine Ahnung. Vielleicht aus Höflichkeit.«

»Glaub mir, im Moment habe ich nicht das Bedürfnis, höflich zu sein.«

Sein Blick geht mir durch und durch. Ich müsste nur eine Hand ausstrecken, dann könnte ich ihn berühren. Aber irgendetwas hindert mich, und ich weiß nicht, was.

Henry beugt sich näher zu mir, dann umfasst er mit beiden Händen mein Gesicht. Streicht mit seinem Daumen über meine Unterlippe. Dann legt er seine Stirn an meine und schließt die Augen.

»Marcy«, flüstert er, und ich schlucke. Es ist, als warte er auf meine Erlaubnis. Aber kein Wort kommt über meine Lippen. Stattdessen schließe ich die Augen, und dann küsst er mich.

36

Marcy

Seine Hände streicheln meine nackten Oberarme entlang. Hungrig presse ich mich an ihn. Ich will ihn spüren. Ihn fühlen. Alles an ihm. Immer und immer wieder.

Jetzt. Hier.

Ich habe jegliches Zeitgefühl verloren.

Er öffnet seine Lippen, und ich schmelze dahin. Ich spüre seine Zunge, die meine umkreist, und es fühlt sich an wie ein gemeinsamer Tanz. Plötzlich nehme ich so viel wahr. Die Wärme, die von seinem Körper ausgeht, der Geruch seines Aftershaves, herb und zitronig, die Berührung seiner Hände. Das alles wirkt sich explosionsartig auf mich aus. Ich presse mich an ihn und will so viel mehr. Jetzt. Hier. Mit ihm. Auf meiner heruntergekommenen Couch in meinem viel zu kleinen Apartment. Aber nichts davon spielt jetzt eine Rolle. Henry legt die Arme um meine Taille und zieht mich auf seinen Schoß. Der Kuss wird stürmischer und sanfter zugleich – zu widersprüchlich, um mir darüber Gedanken zu machen. Ich schlinge meine Arme um seinen Nacken und presse mich dicht an ihn heran. Henrys Hände wandern über meinen Rücken und hinterlassen eine Gänsehaut. Es sind so viele Empfindungen, die ich wahrnehme und von denen ich nicht einmal wusste, dass sie existieren.

Wir befinden uns in einem Rausch, und ich will nie wieder nüchtern werden.

Als hätte er meine Gedanken gehört, löst sich Henry von mir. Sein Atem geht schwer, und ein verlegenes Grinsen umspielt seine Lippen.

»Dieses Mutmachglas hat es echt in sich. Damit könntest du viel Geld machen.«

Mein Mutmachglas? Wie kommt er denn jetzt darauf?

»Ähm ... warum?«

Er hebt seine Hüften an, und ich halte mich an seinen Schultern fest, während er in seiner Hosentasche nach etwas sucht. Dann zieht er den Zettel heraus, den er vorhin aus meinem Glas gefischt hat. Wortlos hält er ihn mir entgegen.

Vehement schüttle ich den Kopf.

»Regel Nummer eins. Man liest nie den Mutmachzettel eines anderen.«

»Sagt wer?«

»So was weiß man einfach.«

»Und warum nicht?«

»Weil er dann nicht hilft.«

Henry zuckt mit den Schultern. »Er hat schon geholfen. Ich brauche ihn nicht mehr. Lies.«

Vorsichtig greife ich danach und erkenne sofort Hannahs Handschrift darauf.

»Manchmal ist die beste Art, die Angst zu besiegen, sie einfach wegzuküssen«, lese ich auf dem Zettel.

»Ich hatte gar keine Angst«, flüstere ich und gebe ihm den Zettel zurück.

»Du nicht, aber ich.«

Die Antwort erstaunt mich. Niemals wäre ich darauf gekommen, dass er verunsichert sein könnte.

Einen Moment sehen wir uns nur an, und es liegt diese Stille auf uns, die alles verschlingt.

Henry beugt sich zu mir herüber. Wieder rast mein Puls, aber auf die gute Art. Es ist seltsam, wie intensiv der eigene

Körper auf einen anderen Menschen reagieren kann. Alles in mir schreit danach, ihm näher zu sein.

Alles fühlt sich so übermächtig an. Zu viel. Es ist alles viel zu viel. Die Gefühle. Die Lust. Die Liebe.

Liebe. Wie zur Hölle komme ich auf die Idee, auch nur daran zu denken? Was immer hier geschieht, es kann keine Liebe sein. Liebe wächst. Schritt für Schritt. Langsam. Aber ich kenne Henry erst seit ein paar Wochen, und in wenigen Tagen wird er Duncan wieder verlassen. Auf eine gewisse Weise liebe ich Jack. Ihn kenne ich. Schon mein ganzes Leben. Er ist ein Vertrauter. Ein Freund. Ein Herzensmensch. Aber Henry? Wie kann man jemanden lieben, den man kaum kennt?

Aber was immer es auch ist, das ich für ihn empfinde, es fühlt sich übermächtig an. Und diese Empfindungen lassen mich kühn werden. Leichtsinnig. Übermütig.

Als ich ein Kind war, meinte Tante Rose zu mir, dass Liebe gefährlich wäre. Doch in meiner kindlichen Naivität habe ich ihre Worte und den Sinn dahinter nicht begriffen. Aber jetzt weiß ich, was sie damit gemeint hat.

Liebe neigt dazu, alles zu vergessen und kopfüber ins Wasser zu springen. Ohne Rücksicht auf Verluste. Ohne einmal nach hinten zu blicken.

Henrys Hände umschlingen meine, und er zieht mich ganz nah an sich heran. Er neigt den Kopf und küsst meinen Hals. Die Stelle hinter meinem Ohr. Meine Schläfe.

»Marcy«, murmelt er. Und dann küsst er mich noch mal.

Nicht die ersten Küsse sind die perfektesten. Es sind die zweiten. Man ist nicht mehr so aufgeregt wie beim ersten Mal und dadurch in der Lage, viel mehr wahrzunehmen. Zu spüren. Zu fühlen. Zu riechen. Zu schmecken. Alles für sich und doch alles zusammen.

Nichts spielt eine Rolle, und doch bedeutet das hier alles. Henrys Lippen sind sanft, warm und dennoch voller Leidenschaft. Ich kann mich nicht erinnern, jemals so geküsst worden zu sein.

Dabei ist es nur ein verdammter Kuss.

Ein verdammt guter Kuss.

Ich weiß nicht, wie viel Zeit vergangen ist, als er sich von mir zurückzieht.

Sein Blick ruht auf mir, und es ist, als würde er jede Kleinigkeit von mir wahrnehmen. Als würde er Dinge sehen, die anderen bisher verborgen geblieben sind. Noch nie zuvor hat jemand mich so angesehen.

Ganz langsam wandern seine Augen über mein Gesicht, und es ist, als würde er mich lesen. Laut für Laut, Buchstabe für Buchstabe, Silbe für Silbe. Sein Blick ist so eindringlich, dass ich das Gefühl habe, nackt vor ihm zu stehen. Splitterfasernackt, und er ist in der Lage, auch noch das zu sehen, was im Schatten versteckt ist.

Sanft streicheln seine Fingerspitzen über meine nackten Oberarme. Eine Gänsehaut bildet sich und legt sich wie ein Mantel um mich. Quälend langsam fährt er fort, lässt mich dabei nicht aus den Augen. Er berührt meine Schultern, fährt entlang meines Schlüsselbeins über mein Kinn bis zu meinen Lippen. Sein Daumen streift sanft über meine Unterlippe.

Sein Adamsapfel bewegt sich, als er schluckt, aber weiterhin wie gebannt auf meine Lippen starrt. Langsam lehnt er sich zurück und lässt mich keine Sekunde aus den Augen.

»Henry«, sage ich schüchtern und verfluche mich dafür, dass ich mich wie ein kleines Mädchen anhöre. Ich kann seine Zurückweisung nicht nachvollziehen. Er schüttelt den Kopf, dann wandert sein Blick hinab über mein Schlafshirt. Sanft wandern seine Hände darunter. Er berührt meine Haut, und es fühlt sich an, als würde etwas in mir explodieren. Zögerlich wandern sie weiter, über meinen Rücken, an meiner Taille entlang. Instinktiv ziehe ich den Bauch ein. Henry bemerkt es, denn er hält inne.

»Nicht«, murmelt er und streicht über meinen Bauch. »Tu das nicht.«

Er lässt mich nicht aus den Augen, als seine Hand weiter nach oben gleitet. Seine Fingerspitzen streichen über meine Haut, berühren meine Brüste, und ich keuche auf. Lege den Kopf in den Nacken, schließe die Augen und genieße jede einzelne Berührung. Als wäre es nicht schon genug, zieht Henry mir das Shirt über den Kopf, und ich sitze völlig entblößt vor ihm. Er kann mich sehen. Alles an mir, und es fühlt sich ungewohnt an. Aber ich will das. Hier. Jetzt. Mit ihm.

Noch nie zuvor habe ich mich so begehrenswert gefühlt. Henrys Fingerspitzen berühren die Tattoos auf meiner Haut. Jedes einzelne. Er streicht über meine Arme, meine Schultern, nach oben. An einem Schlüsselbein stockt er.

Ich weiß, was er sieht. Ich schließe die Augen und halte die Luft an.

Chan eil duine gam fhaicinn.

»Was bedeutet das?«

Ich will nicht darüber reden. Es ist eine Sache, wenn er meinen Körper nackt sieht, aber eine völlig andere, wenn es meine Seele ist. Dazu bin ich noch nicht bereit.

Ich greife nach meinem Shirt und ziehe es mir über den Kopf.

Henry hält mich nicht auf. Auch als ich von ihm klettere und so weit wie möglich von ihm wegrutsche, sagt er nichts. Aber ich spüre seinen Blick auf mir.

»Vielleicht solltest du besser gehen.«

»Bist du sicher?«

Stumm nicke ich. Dabei ist es eine Lüge. Ich will nicht, dass er geht. Aber ich bin nicht bereit, ihm zu sagen, was dieses Tattoo bedeutet.

Er presst die Lippen zusammen, dann steht er auf. Noch einmal sieht er zu mir, ehe er sich umdreht und zur Tür geht.

»Marcy?«

Ich bleibe stehen.

»Ich finde heraus, was es bedeutet.« Dann öffnet er die Tür und verlässt die Wohnung.

Ich weiß, dass es ihm gelingen wird. Das jagt mir eine Heidenangst ein.

Und diesmal kann mir kein Mutmachzettel helfen.

37

Marcy

Ich gehe allein zu Laurens Party. Henry habe ich seit gestern Abend nicht mehr gesehen, und ich habe nicht den Mut aufgebracht, mich bei ihm zu melden. Er muss mich ja für eine durchgeknallte Irre halten. Wenn ich ehrlich bin, habe ich sowieso keine Lust, hinzugehen, aber ich habe es Lauren versprochen.

Laurens Haus steht am Ende von Duncan in einer kleinen Wohnsiedlung. Es ist das einzige Backsteinhaus im Ort, mit einem gepflegten Vorgarten und einem Holzzaun, auf dem ein Schild »Zu Verkaufen« angebracht ist. Dass Lauren das Haus verkaufen will, ist mir neu. Aber vermutlich ist sie froh, die gemeinsamen Erinnerungen mit Jeremiah endlich loszuwerden.

Die Party ist bereits in vollem Gange. Aus dem Haus dröhnt Musik der Achtzigerjahre, und ich widerstehe dem Drang, umzudrehen und wieder nach Hause zu fahren.

Langsam gehe ich durch die Menge und erstarre, als ich Henry sehe, wie er mit Jenna an der provisorisch eingerichteten Bar steht. Sie hat eine Hand auf seinen Oberarm gelegt, und so, wie es aussieht, gefällt ihr der Platz recht gut. Ihre Bluse ist zu weit aufgeknöpft, ihre Lippen sind einen Tick zu rot, und der Rock ist zu kurz. Geht es noch offensichtlicher?

»Marcy! Wie schön, dass du es noch geschafft hast.« Lauren hält mir ein Glas Champagner entgegen, das ich dankend ablehne. Eigentlich hatte ich mir vorgenommen, heute Abend nichts zu trinken, aber jetzt brauche ich etwas Stärkeres.

»Ein Glas Whisky wäre gut.«

»Kommt sofort«, schnurrt sie und drängt sich durch die Menge. Ich komme mir vollkommen fehl am Platz vor und suche unter den Gästen jemanden, mit dem ich mich unterhalten kann. Aber Lauren hat einige Leute aus den Nachbarorten eingeladen, und von Quentin fehlt jede Spur.

Ganz toll.

»Hey, Pinkie Pie.«

Überrascht drehe ich mich um und sehe Jack, der hinter mir steht. Er trägt ein schwarzes, enges Shirt, zerrissene Jeans und Sneakers.

»Ziemlich viel los hier, nicht?« Die Stimmung zwischen uns ist seltsam, und es bricht mir das Herz, dass wir jetzt an diesem Punkt angelangt sind. Sinnloser, peinlicher Small Talk. Als hätte man nicht ein ganzes Leben miteinander verbracht. Nicht nur als Liebespaar, sondern auch als Freunde. Aber irgendwie vergisst man es. Es verschwindet unter einer Decke aus Wut, Schuldgefühlen und Gleichgültigkeit. Mein Blick fällt auf Henry, der sich immer noch mit Jenna unterhält. Er hat sich näher an sie gebeugt und lacht, während sie ihm etwas ins Ohr flüstert.

»Ich brauche ein bisschen frische Luft. Kommst du mit?« Ich will hier weg.

»Klar. Warum nicht?«

Ich dränge mich durch die Menge, hinaus auf die Terrasse. Zwar werde ich mir innerhalb kürzester Zeit den Arsch abfrieren, aber besser noch, als drinnen zu ersticken.

»Alles klar zwischen uns«, flüstert Jack und lehnt sich gegen das Geländer. Er zieht eine Zigarette aus seiner Tasche und steckt sie sich in den Mund. Seine Art, sich das Rauchen abzugewöhnen. Ich kichere und schüttle den Kopf.

»Ja, alles gut.« Jack sieht mich fragend an.

»Warum glaube ich dir nicht?«

Er kennt mich viel zu gut. All die Dinge, die wir zusammen durchgemacht haben, kann uns keiner nehmen. Das sind wir, und wir werden es immer bleiben. Aber jetzt ist eine andere Ära angebrochen. Für ihn und für mich. Nur weiß ich nicht, was das zu bedeuten hat.

»Es ist ziemlich stressig momentan.«

Er beobachtet mich, runzelt die Stirn, aber sagt nichts dazu.

»Rose hat mir erzählt, Iain kommt bald nach Hause.«

»In ein paar Tagen.«

»Freust du dich?«

»Natürlich. Es muss schrecklich für ihn gewesen sein, ans Bett gefesselt zu sein. Du kennst ihn doch. Immer unterwegs.«

Er öffnet den Mund, aber in dem Moment höre ich Schritte hinter mir. Verwundert drehe ich mich um und sehe Henry nur wenige Meter hinter mir stehen.

Er sagt nichts, blickt nur zwischen Jack und mir hin und her.

»Kann ich kurz mit Marcy allein sprechen?«

Jack wirft mir einen raschen Blick zu. Er wartet auf meine Entscheidung. Ich nicke stumm, dann steckt er die Hände in die Hosentaschen und schlendert davon.

»Wenn dir das Gespräch mit ihm zu langweilig wird, Pinkie Pie, dann komm rein. Mein Auftritt beginnt jeden Moment.«

Auftritt? Da fällt es mir wieder ein. Sein Striptease.

»O mein Gott! Ganz sicher nicht.«

Er lacht, und ich höre es noch, selbst als er bereits verschwunden ist.

»Was willst du?«

Henry steht immer noch an derselben Stelle und starrt mich an. Er trägt nur einen dunkelblauen Hoodie und Bluejeans, aber keine Jacke. Er wird sich noch den Tod holen.

Langsam kommt er auf mich zu. Mein Herz klopft wie wild in meiner Brust, als er die Hand ausstreckt und mir eine Locke aus dem Gesicht streicht.

»Ich sehe dich«, murmelt er, und mir stockt der Atem. Er weiß es. O mein Gott.

Chan eil duine gam fhaicinn.

Niemand sieht mich.

»Ich habe dich von Anfang an gesehen.«

38

Marcy

»Du und Henry Lucas«, flüstert Lauren und legt mir die Hand auf den Oberarm. Henry ist gerade dabei, uns noch etwas zu trinken zu besorgen. Quentin steht am Kühlschrank und ist auf der Suche nach etwas Essbarem. Die Kaviarhappen, die Lauren serviert hat, scheinen nicht seinem Geschmack zu entsprechen.

»Hmm ...«, murmle ich und wünsche mir, dass ich niemals hergekommen wäre. Ich kann weder einer Scheidungsparty noch dieser Fragerei etwas abgewinnen.

»Ist es was Ernstes zwischen euch?«

Wenn ich das selbst nur wüsste.

»Warum fragst du mich das?«

Sie presst die Lippen zusammen und blickt über ihre Schulter, als hätte sie Angst, jemand könnte sie hören.

»Wie groß ist die Chance, dass du Jack zurückwillst?«

Okay, damit hätte ich nicht gerechnet.

»Zwischen mir und Jack ist es vorbei.«

»Sicher?«

»Ganz sicher.«

»Weiß er das auch?«

Ich erinnere mich an unser letztes Gespräch.

»Ja, ich denke schon.«

»Hättest du etwas dagegen, wenn ich mit Jack ausgehen würde?«

Wow. Das überrascht mich jetzt. »Du und Jack? Im Ernst?«

Sie lacht, und mir fällt auf, dass ich genau wie sie reagiere. Röte schießt mir in die Wangen. »Nein, Lauren. Überhaupt nicht.«

Erleichtert atmet sie aus. »Gott sei Dank. Ich dachte schon, du wärst wütend darüber.«

»Ich freue mich für euch.«

»Danke. Na, dann mache ich mich mal auf die Suche nach ihm. Hat er dir erzählt, dass er strippen wird?«

Ich nicke. Wenn ich ehrlich bin, will ich das nicht kommentieren.

»Du musst es dir unbedingt ansehen. Er macht das fantastisch.«

Dann drückt sie mich und marschiert davon.

39

Henry

»Bist du dir sicher, dass du dir das antun willst?«, fragt Marcy, als wir uns das Haus näher ansehen. Nachdem ich ihr etwas zu trinken gebracht habe, dachte ich mir, es wäre interessant, einen Rundgang durch das Haus zu machen. Es gefällt mir, und wenn ich hier in Duncan wohnen würde, dann wäre es meine erste Wahl. Es ist so verdammt normal, ohne diese ganzen Starallüren, wie Richard es nennen würde. Nur weil man Geld besitzt, muss man es nicht automatisch zur Schau stellen.

Ich halte Marcys Hand und gehe mit ihr die Treppen nach oben. Als ich ihr gesagt habe, dass ich die Bedeutung ihres Tattoos kenne, schimmerten Tränen in ihren Augen. Noch nie zuvor hatte ich das Bedürfnis, einen Menschen in diesem Moment lieben zu dürfen.

Es ist so verrückt, dass jeder die Frau mit den pinkfarbenen Locken, den Tattoos und den Piercings sieht, aber die starke Frau, die dahintersteckt, nicht bemerkt.

Marcy greift nach meiner Hand und verwebt unsere Finger miteinander. Diese kleine Geste erzeugt einen Kloß in meinem Hals. Ich starre auf die Stelle, die uns beide miteinander verbindet. Es ist schon so lange her, dass ich so etwas empfunden habe.

»Auf jeden Fall.«

»Sie werden dich zerfleischen, das ist dir hoffentlich klar.«

»Dann hoffe ich, dass du mich retten wirst.«

»Hey, bin ich jetzt hier der Märchenprinz?«

»Du bist eine Märchenprinzessin. Und so viel Emanzipation muss sein, dass auch eine Prinzessin ihren Prinzen retten sollte, oder nicht?« Ich zwinkere ihr zu und beginne zu lachen.

»Natürlich. Ich werde jeden, der dir etwas antun will, mit meiner Haarnadel erstechen.«

»Das ist mein Mädchen.«

Als wir das Haus betreten, kommt uns Lauren schon entgegen. »Hey, ich habe euch überall gesucht. Ihr habt Jacks Auftritt verpasst.«

Nun, darüber bin ich nicht enttäuscht.

»Ihr kennt euch bereits?«, fragt Marcy und blickt überrascht von Lauren zu mir.

»Jenna hat uns schon vorgestellt.«

Ihr Blick verdunkelt sich, und ihre Lippen ziehen sich zu einem schmalen Strich zusammen. Dass sie Jenna nicht leiden kann, ist mir schon aufgefallen, aber jetzt wirkt sie fast eifersüchtig. Kann das sein?

Ich drücke ihre Hand ein wenig fester. Falls sie es bemerkt, lässt sie sich nichts anmerken.

»Danke für die Einladung.«

»Ach was. Wann hat man schon einen Star auf seiner Party. Hast du nicht Lust, mit zu feiern? Ich habe gehört, du hast auch eine Scheidung hinter dir.«

»Ich würde es nicht einen Grund zum Feiern nennen.« Ich stecke die Hände in die Hosentaschen und blicke mich im Raum um. Bisher hat uns noch niemand von den anderen Gästen bemerkt. Es ist nur eine Frage der Zeit, bis mich jemand erkennen wird.

»Hey, alles okay?«

Nervös blicke ich auf.

»Alles in Ordnung. Es ist nur verdammt viel los hier.«

»Ich habe Durst. Lass uns etwas zu trinken holen.«

»Jenna hat gesagt, Lauren verkauft das Haus?«, frage ich, als wir uns in der Küche befinden. Hier hält sich Gott sei Dank gerade niemand anders auf, sodass wir ungestört sprechen können. Marcy nimmt zwei Pale Ale aus dem Kühlschrank und reicht mir eines, dann lehnt sie sich mit dem Rücken gegen die Arbeitsplatte. Die Küche ist nur halb so groß wie in meiner Wohnung in London, aber sie ist gemütlich und mit hochwertigen Elektrogeräten ausgestattet. In der Mitte befindet sich eine Kochinsel mit sechs Gasherdplatten.

»Ich habe das Schild zufällig am Zaun entdeckt. Ich bin selbst überrascht.«

Ich lege den Kopf in den Nacken. Dieses Haus fasziniert mich. »Es ist toll.«

Langsam nippe ich an meinem Bier.

»Ach komm. Du wohnst doch sicherlich in einer Villa mit Bediensteten, einem Pool und einem Ferrari vor der Haustür.«

»Penthousewohnung mit einer Putzfrau, einem Whirlpool und einem Porsche.«

»Ja, klar.«

»Na ja, nur weil ich in einer schönen Wohnung lebe, heißt das ja nicht, dass es mir hier nicht gefallen kann.«

»Aber das hier ist normal.« Sie macht eine ausschweifende Handbewegung.

»Normal ist gut.« Ich trinke von meinem Bier und wische mir mit dem Handrücken über den Mund.

»Normal ist sogar verdammt gut.«

»Hey, Henry«, ruft Jenna, als sie die Küche betritt. Sie fährt sich durch die frisch gefärbten blonden Haare und wirft mir einen kurzen Blick zu. Marcy versteift sich, und ich frage mich, was zwischen den beiden vorgefallen ist, dass sie Jenna nicht leiden kann.

»Ich habe Marcy gerade gesagt, dass ich das Haus fantastisch finde.« Jetzt dreht Jenna sich zu ihr um, mit einem erstaunten Ausdruck auf ihrem Gesicht.

»Marcy, ich wusste gar nicht, dass du auch hier bist. Hast du Jack schon gesehen?«

Sie presst die Lippen zusammen und hebt die Hand zum Gruß. »Hey, Jenna. Ja, wir haben uns schon unterhalten.«

»Gut. Er war ja am Boden zerstört, als du die Sache mit ihm beendet hast.« Mit einem gekünstelten Lächeln wendet sie sich an mich. »Soll ich Ihnen das Haus zeigen?«

»Nein. Ich bleibe lieber hier bei Marcy.« Tja, das war eine eindeutige Abfuhr.

Jenna scheint damit nicht gerechnet zu haben, denn sie wird ganz blass um die Nase.

»Okay, dann vielleicht ein anderes Mal.« Ohne mich zu beachten, dreht sie sich um und rauscht davon.

»Das war aber nicht sehr nett.«

»Aber ehrlich. Und ich habe dir schon mal gesagt, dass ich meine, was ich sage.«

Ich sehe dich.

Vorsichtig stelle ich das Bier auf der Arbeitsfläche ab und schlendere zu ihr herüber. Dann lege ich die Hände um ihre Taille und ziehe sie nah an mich heran.

»Ich sehe dich, und das, was ich sehe, ist unglaublich schön.« Ich lege meine Hand auf ihre Wange und berühre mit dem Daumen ihre Unterlippe.

»Danke.«

»Nicht dafür.«

»Ist es unhöflich, wenn ich lieber mit dir allein wäre?«

Grinsend schüttelt sie den Kopf. »Ist es nicht. Aber ich schätze, Lauren lässt uns nicht einfach so gehen.«

»Dann müssen wir eben heimlich von hier verschwinden.«

40

Marcy

Henry drückt seine Lippen auf meine und küsst mich. Ein Kuss, der wie ein Feuerwerk durch meinen Körper jagt. Seine Zähne stoßen an meine, seine Zunge drängt sich in meinen Mund.

Wir haben uns von Laurens Party davongeschlichen und befinden uns jetzt in seinem Zimmer. Wir kichern wie kleine Kinder, fühlen uns frei und unbeschwert. Ich bin dankbar dafür, dass sich Rae und Colin dazu entschlossen haben, bei Brenda zu wohnen. Dann müssen wir wenigstens nicht leise sein.

So zurückhaltend, wie ich gestern noch gewesen bin, so stürmisch dränge ich mich ihm jetzt entgegen, fahre durch sein Haar, ziehe daran. Henry stöhnt auf, ein unglaublich erotischer Laut dringt aus seinem Mund, der die Muskeln in meinem Unterleib sich zusammenziehen lässt.

Ich dränge mich stärker an ihn, erwidere seinen leidenschaftlichen, fast schon herrischen Kuss und spüre die Erektion, die gegen meinen Bauch drückt. Egal, was das zwischen uns ist, es fühlt sich richtig an.

Ich will mir keine Gedanken darüber machen, dass Henry in wenigen Tagen Duncan verlassen wird. Dass das hier ein Ablaufdatum hat. Ich will an gar nichts denken.

All meine Gefühle für ihn lege ich in diesen Kuss. Das Verlangen nach ihm. Wieder stöhnt er auf, dann spüre ich, wie er mich mit dem Rücken gegen die Wand drückt, eines meiner Beine um seine Hüfte schlingt und mit seinen Händen meinen Oberschenkel auf und ab streichelt.

»Du solltest mich Sir nennen«, murmelt er, während er mein Schlüsselbein zart küsst.

»Was?«, keuche ich. Das ist so seltsam, dass ich nicht weiß, ob ich ihn richtig verstanden habe. Seine Lippen wandern an meinem Hals entlang.

»Ich finde, diese Anrede wäre genau richtig.«

Okay, ich habe ihn nicht falsch verstanden. Ich kralle mich an seinem Hemd fest und drücke ihn sanft von mir weg.

»Du willst, dass ich dich Sir nenne? Macht dich das irgendwie scharf?«

Er lacht laut auf, und ich schwöre, dieses Lachen ist so unglaublich sexy.

»Wenn ich es mir recht überlege, hat es wirklich seinen Reiz.« Ein verschmitztes Lächeln umspielt seine Lippen. Ich boxe ihm gegen die Schulter. »Du sollst dich nicht über mich lustig machen.«

Sofort ist sein Lachen verschwunden, und er blickt mich ernst an. »Das würde ich niemals tun.«

Er streicht mir mit dem Daumen über die Wange. »Diese Sprüche sind nur meine erbärmliche Art, dich zum Lachen zu bringen. Das verschafft mir ein gutes Gefühl.«

»Wenn ich lache?«

»Wenn du glücklich bist.«

O mein Gott. Mir wird warm ums Herz. Ich kann mich nicht erinnern, wann jemand so etwas für mich gemacht hat.

Sein Blick haftet an dem J, das sich hinter meinem linken Ohr befindet. Es ist so klein, dass es kaum auffällt. Wieder verdunkelt sich Henrys Blick.

»Jack hat mir von diesem Tattoo erzählt. Vorhin auf der Party.« Er blickt mich unverwandt an. Ich weiß, was er denkt. Diesen Kommentar bringt Jack immer. Mich wundert es, dass er es nicht schon früher erwähnt hat.

Ich schließe die Augen und atme tief aus.

»Du denkst, dass es für Jack steht.«

»Nicht?«

Langsam schüttle ich den Kopf. »Nein.«

»Sondern?«

»Als meine Eltern aus Duncan weggezogen sind und Tante Rose mich aufgenommen hat, war das nicht die einzige Überraschung an diesem Tag. Als ich von der Schule nach Hause kam, öffnete ich die Haustür, und Tante Rose stand in der Wohnzimmertür. Auf dem Arm hielt sie ein kleines Bündel, das in ein Handtuch eingewickelt war. Darin lag ein Katzenjunges, und Tante Rose sagte, ich müsse mich von nun an darum kümmern. Ich gab ihm den Namen Jingles.«

Jetzt versteht er.

»Als Jingles gestorben ist, habe ich mir das Tattoo stechen lassen.«

»Dann bin ich wohl ein ziemlicher Idiot.«

»Kann man wohl sagen.«

»Das kann ich wiedergutmachen.«

»Dafür musst du dir aber echt etwas einfallen lassen.« Ich habe den Satz noch nicht einmal zu Ende gesprochen, da hebt er mich hoch und trägt mich zu seinem Bett.

41

Marcy

Ich liege auf dem Rücken und fühle mich vollkommen wehrlos, während er sich über mich beugt und langsam meine Bluse aufknöpft. Es lässt mich dabei nicht aus den Augen, und es wirkt so, als genieße er den Moment.

Ich halte die Luft an, als seine Fingerspitzen über meine Haut streifen. Über meinen Bauch. Henry lässt mich nicht aus den Augen, und ich widerstehe dem Drang, den Bauch einzuziehen. Ich will ich sein. Mit meinen pinkfarbenen Locken, den Tattoos und den Speckröllchen an meinem Bauch.

Wieder treffen seine Lippen auf meine, diesmal langsamer, und ich habe das Gefühl, er genießt es mit jeder Faser seines Körpers. Er zieht eine Spur über mein Kinn und meinen Hals entlang, sodass ich den Kopf in den Nacken lege, um ihm Zugang zu gewähren.

»Ich sehe dich, Marcy«, flüstert er, während er meinen BH auf der Vorderseite öffnet.

»Alles an dir.« Fast ehrfürchtig beugt er sich herunter, sodass er auf Augenhöhe mit meinen Brüsten ist, und nimmt zuerst die rechte Brustwarze in den Mund. Er leckt und saugt daran und lässt mich dabei keine Sekunde aus den Augen.

Es ist gut. So verdammt gut, und ich will immer mehr. Seine Worte klingen wie eine indirekte Liebeserklärung. Immer weiter liebkost er mich, während seine Hände über meinen Bauch streichen, meine Taille entlang.

Meine Hände gleiten über seinen Rücken. Ich kralle meine Finger in sein Hemd. Henry löst sich von mir, dann öffnet er quälend langsam jeden einzelnen Knopf. Ich muss ihn ansehen. Himmel, er ist wunderschön. Trotz der Dunkelheit, die ich in seinen Augen sehen kann. Ich stemme mich hoch, stütze mich auf den Ellbogen auf und lege eine Hand auf seine Wange. Er hält sofort inne.

»Ich sehe dich auch.«

Er schluckt, und ich bemerke, wie sich sein Adamsapfel bewegt. Was auch immer für seine Dunkelheit verantwortlich ist, meine Worte bringen Licht in das Dunkel.

Henry zieht sich mit einem Ruck das Hemd über den Kopf, dann ist er über mir.

Seine Hände gleiten über den Bund meiner Leggins, und noch ehe ich michs versehe, streift er sie mir über die Hüften und reißt mir mit einem Ruck den Slip herunter. Den kann ich jetzt wohl vergessen.

Er bückt sich nach vorn und holt aus seinem Nachttisch eine Kondomverpackung hervor. Einen Moment lang frage ich mich, ob er diese Dinger immer überall deponiert, aber ich verwerfe den Gedanken gleich wieder.

Darüber will ich jetzt nicht nachdenken.

Mit einem kräftigen Ruck reißt Henry die Kondomverpackung auf und streift es sich über. Ich beiße mir auf die Unterlippe, als ich ihn vor mir knien sehe. Nackt und perfekt. Dann nimmt er wieder mein Gesicht in seine Hände, küsst mich, und schon spüre ich ihn in mir.

Ich schnappe nach Luft, lasse mich nach hinten fallen, während ich seine Hand auf meinem Rücken spüre, die mich hält. Er sieht mir mit diesem intensiven und fast schon entschuldigenden Blick in die Augen, dann habe ich das Gefühl, endgültig zu fallen.

Henry drückt mir einen Kuss auf die Schulter, und seine Hand wandert über meinen Rücken.

Müde vergrabe ich mein Gesicht in seinem Kissen. Es riecht nach ihm. Herb und männlich, und es ist wundervoll. Bei Jack war es nie so. Ich wachte in der Nacht auf, und das Bett neben mir war leer. Er hat sich einfach aus dem Staub gemacht, sich ein paar Tage nicht gemeldet und hat dann irgendwann wieder auf der Matte gestanden.

Zärtlich wandern Henrys Lippen über meinen nackten Rücken. Ein Schauer jagt mir über die Haut. Das Vibrieren eines Handys lässt mich innehalten. Henry seufzt, tastet zum Nachttisch und wirft einen Blick darauf. Dann steht er plötzlich auf, steigt aus dem Bett und schlüpft in seine Jeans. Langsam öffne ich ein Auge. »Was machst du?«

»Ich muss weg.«

»Jetzt?« Mein Blick fällt auf die leuchtend roten Zahlen seines Weckers, der auf dem Nachttisch steht. Es ist bereits 8 Uhr morgens. Mist! Ich habe verschlafen. Ich muss in die Bäckerei. Zum ersten Mal verfluche ich mich dafür, dass ich Iain meine Hilfe angeboten habe.

Henry blickt mich nicht an, während er sich ein Shirt überzieht. »Ich muss zum Set. Richard will mit mir sprechen.«

Ohne mich weiter zu beachten, schlüpft er in seine Boots, und noch ehe ich etwas sagen kann, hat er die Wohnung schon verlassen und wirft die Tür hinter sich zu.

42

Henry

Nachdem ich am Set angekommen bin, gehe ich direkt zu meinem Wohnwagen. Noch ehe ich die Tür ganz geöffnet habe, fällt mir Theo mit weit ausgebreiteten Armen um den Hals und lässt sich von mir durch die Luft wirbeln. Der Kleine wiegt mit seinen sechs Jahren gerade mal sechzehn Kilo. Wie bei vielen Kindern gehören Fruchtgummis und Schokolade zu Theos Leibspeisen, aber die anderen Gerichte verschmäht er meistens. Was vermutlich auch mit Olivias seltsamem Essverhalten zu tun hat. Theo trägt eine Augenklappe, einen angeklebten schwarzen Oberlippenbart und ein rot kariertes, an den Seiten zerrissenes Hemd.

»Hey, Pirat«, flüstere ich und gebe ihm einen Kuss auf die Stirn, ehe ich mich hinunterknie und ihn auf dem Boden absetze. Ich habe ihn wochenlang nicht gesehen. Für gewöhnlich versuche ich meine Drehtermine so zu legen, dass wir uns regelmäßig treffen können, aber seit der Scheidung funktioniert das nicht mehr.

Sofort greife ich nach seiner eiskalten, kleinen Hand und drücke sie.

»Es ist kalt. Lass uns hineingehen.« Ich folge ihm in den Wohnwagen und schließe die Tür hinter mir.

»Da bist du ja endlich. Wir warten schon eine Ewigkeit.« Olivia sitzt auf einem der Barhocker und blickt mich herausfordernd an. Neben ihr sitzt Paige, die etwas in ihren Laptop tippt.

»Was machst du hier?«

»Ich habe dir doch gesagt, dass wir vorbeikommen werden.«

»Es ist viel zu früh. Du wolltest doch erst mittags kommen.« Normalerweise hätte ich heute freigehabt. Ein schlechtes Gewissen macht sich in mir breit. Ich habe Marcy nicht die Wahrheit gesagt, aber ich wollte sie nicht verletzen. Ich habe gestern Abend mit Richard gesprochen und ihm von meinen Plänen erzählt. Schon morgen werde ich nach Island fliegen. Dort wartet bereits ein Teil der Crew, und wir werden uns um die nächsten Folgen kümmern. Sobald diese im Kasten sind, bin ich raus. Richard löst meinen Vertrag frühzeitig auf. Im Gegenzug habe ich ihm versprochen, dass ich mich noch um alle Verpflichtungen kümmere, die mit der dritten Staffel zusammenhängen. Aber dann bin ich weg.

Ich wollte Marcy letzte Nacht schon davon erzählen, aber ich musste erst mit Paige sprechen. Das bin ich ihr schuldig.

Ich nehme Theo auf den Arm und setze mich mit ihm neben Liv.

»Ich will mit dir reden.«

»Okay«, sage ich gedehnt. Vielleicht hätte ich noch duschen sollen. Irgendwie würde es die Verhandlungen angenehmer machen.

»Um was geht es?«

»Kann Theo bei dir leben?«

»Was?«

»Jason Sullivan hat mir ein Angebot gemacht, das ich nicht ablehnen kann. Er plant eine Trilogie und will mich als seine weibliche Hauptrolle. Die Dreharbeiten finden in Südafrika statt, und er will alle Filme in einem Zug drehen. Das kann Monate dauern.«

Jason Sullivan ist einer der absoluten Shootingstars in der Branche. In der Presse munkelt man, dass Olivia und er eine Affäre haben sollen, aber ich werde sie nicht darauf ansprechen. Es geht mich auch nichts an. Aber für einen Moment bin ich sprachlos. Mein Blick wandert zu Theo, der auf meinem Schoß sitzt.

»Was meinst du, Pirat? Willst du bei mir wohnen?«

Er schlingt die Arme um mich, und mir wird ganz warm ums Herz. Ich werfe Paige einen kurzen Blick zu, die mich anlächelt. Sie hat ihre Finger im Spiel, da bin ich mir sicher. Ich weiß nicht, wie sie es geschafft hat, aber sie hat dafür gesorgt, dass Olivia das Kriegsbeil zwischen uns zur Seite gelegt hat. Es existiert noch, und sie kann es jederzeit wieder hervorholen, aber für den Moment herrscht Waffenstillstand.

Doch so leicht will ich es Liv nicht machen. Auch wenn ich vor Freude jubeln möchte.

»Paige? Könntest du Theo ein wenig den Set zeigen?« Sie blickt mich überrascht an. Dann taucht diese Furche auf ihrer Stirn auf, die mir sagt, ich solle ja keinen Fehler machen. Habe ich nicht vor. Aber es gibt einiges zu klären. »Komm schon, Theo. Ich zeig dir, wo Richard die Monster versteckt hat.« Sie zwinkert mir zu, dann verlässt sie mit Theo den Wohnwagen.

Liv steht auf und holt sich ein Wasser aus dem Kühlschrank.

»Sie ist echt gut.«

»Das weiß ich. Deshalb ist sie auch meine Managerin.«

»Hättest du etwas dagegen, wenn ich sie mir ausleihe? Sie könnte dafür sorgen, dass Jasons Angebot noch ein wenig besser für mich ausfällt.«

»Man soll sein Glück nicht strapazieren, Liv.«

Sie seufzt und streicht sich eine blonde Haarsträhne aus dem Gesicht.

»Was willst du, Henry?«

»So läuft das nicht. Du kannst nicht einfach hier auftauchen und mich fragen, ob ich Theo bei mir aufnehmen möchte.«

Sie runzelt die Stirn. »Du willst ihn nicht?«

Schockiert blicke ich sie an. »Natürlich will ich ihn. Aber ich will ihn immer haben. Nicht nur für ein paar Monate, während du einen Film drehst. Du kannst ihn nicht bei mir lassen und ihn mir dann wieder wegnehmen. Und wenn du schon nicht an mich dabei denkst, dann solltest du wenigstens an Theo denken. Du brichst ihm damit das Herz.«

»Du hättest beim Theater bleiben sollen, Henry. Du klingst immer so melodramatisch.«

Dann schüttelt sie den Kopf. »Aber du hast natürlich recht. Ich will ihn dir gar nicht wegnehmen. Ich habe mich falsch verhalten, und das weiß ich jetzt. Du hast genauso das Sorgerecht für Theo wie ich. Wir werden einen Weg finden, damit er bei uns beiden leben kann.«

»Wie stellst du dir das vor?«

»Das weiß ich noch nicht. Aber wir werden eine Lösung finden. Doch es wäre für ihn unheimlich wichtig, wenn er die nächsten Monate bei dir leben könnte. Ich werde ihn so oft wie möglich besuchen, und vielleicht kommt ihr auch mal zu mir nach Südafrika. Aber das ist die Chance, auf die ich so lange gewartet habe, Henry.«

Ich nicke. Es ist nicht so befriedigend, wie ich gedacht habe, aber es ist besser als nichts. Theo wird die nächsten Monate bei mir verbringen. Und das allein zählt im Moment.

Endlich nimmt mein Leben eine andere Wendung. Und ich kann es kaum erwarten, Marcy davon zu erzählen.

43

Marcy

Während ich über den Wintermarkt schlendere, stelle ich fest, dass er eine verdammt gute Idee gewesen ist. Der Markt ist ein voller Erfolg. Colin und Jack haben sich in den letzten Tagen selbst übertroffen und den Marktplatz in eine Märchenlandschaft verwandelt. Dazu hat es letzte Nacht frisch geschneit, und der Markt wirkt wie mit Puderzucker überzogen. Lauren hat sich Peter Pan als Vorbild genommen und eine Pappversion des Big Ben nachgebaut und sie mitten auf den Platz gestellt. Überall befinden sich Buden, die bunt geschmückt sind. An Raes Stand werden Glühwein und Hot Toddies verkauft, heiße Zimtrollen und frische Apfeltaschen, während Brenda hauptsächlich selbst gehäkelte Mützen und Schals, Handschuhe und Socken anbietet. Zu jedem Verkauf gibt es noch eine Flasche Rum dazu. Quentin hat eine Bar aufgebaut, an der es frisches Pale Ale, aber auch Cocktails gibt. Der Duft von Zimt und gebrannten Mandeln hängt in der Luft, während ich mich weiter umsehe.

Tante Rose steht nur wenige Meter entfernt, und mein Herz schlägt schneller, als ich Henry bemerke, der auf der anderen Straßenseite steht und sich mit jemandem unterhält.

Bislang scheint ihn keiner der Besucher erkannt zu haben, trotz seiner schwarzen Ray-Ban und der übergroßen Daunenjacke, aber lange wird er sich nicht mehr verstecken können. Als sich die andere Person zu mir umdreht, erstarre ich. Es ist Olivia. Was macht die denn hier? Henry legt ihr die Arme um die Schultern und zieht sie in eine innige Umarmung. Der Kloß in meinem Hals wird größer. Jetzt sehe ich einen kleinen Jungen, der beide Arme um seinen Bauch schlingt. Sie lachen, und ich fühle mich wie in einem Film.

Vielleicht sollte ich sie nicht beobachten. Sie wollen vermutlich ungestört sein. Henry hatte vorgeschlagen, dass wir uns auf dem Markt treffen, aber vielleicht hat er es sich ja anders überlegt. Das würde auch sein überstürztes Verhalten heute Morgen erklären.

Jetzt, da Olivia und Theo bei ihm sind, braucht er mich nicht mehr.

Hör auf, eifersüchtig zu sein, Marcy. Ich hasse es, dass ich mich wie ein unsicherer Teenager benehme, aber ich komme nicht dagegen an. Das hier ist seine Familie, die er über alles liebt.

Ich drehe mich um, da höre ich Tante Roses Stimme.

»Also habe ich mir gedacht, ich kandidiere für das Amt der Bürgermeisterin.«

»Das ist eine sehr gute Idee.« Brenda steht neben ihr und nippt an ihrer Tasse.

»Du willst was?« Entfährt es mir, und ich starre Tante Rose mit offenem Mund an.

»Oh, Marcy. Schön, dass du hier bist. Ich muss schon sagen, das hier habt ihr schön hinbekommen.«

»Du willst Bürgermeisterin werden?«

»Warum denn nicht? Nachdem Archie Dunn im Gefängnis sitzt, ist der Posten mit Charly MacBrian besetzt. Aber wir wissen doch beide, dass das keine langfristige Lösung ist. Ich finde, ich bin die perfekte Wahl dafür.«

»Da muss ich deiner Tante recht geben«, sagt Brenda und blickt zu mir. »Sie ist die geborene Bürgermeisterin.«

»Siehst du, Marcy. Die Leute glauben an mich.«

Automatisch wandert mein Blick wieder zu der Stelle, an der Henry und Olivia stehen. Sie lachen gemeinsam, und Henry hat Theo auf den Arm genommen.

»Entschuldige mich bitte«, sage ich zu Tante Rose und gehe weiter.

Ich schlendere über den Markt, bleibe zwischendurch stehen und hole mir bei Lauren einen Glühwein. Ihre Nichte Jessica ist für ein paar Tage zu Besuch und kümmert sich ein wenig um den Hausverkauf.

Während ich an meinem Glühwein nippe, gehen mir so viele Gedanken durch den Kopf. Sie wirbeln umher, saugen sich wie Tentakel an und versprühen eine Art Gedankenwirbelsturm. Das Verrückte daran ist, je mehr ich mich bemühe, klar zu denken, desto verwirrter werde ich.

»Du hast das alles eingefädelt?« Die Stimme kommt mir bekannt vor. Als ich mich umdrehe, sehe ich Regina, die Regieassistentin, und Paige, wie sie auf einer Holzbank sitzen und Tante Roses Hühnersuppe essen.

»Aber natürlich.«

»Sie entspricht nun mal überhaupt nicht seinem Typ.«

»Genau deswegen war die Idee ja so gut.«

Sie scheinen mich nicht zu bemerken.

»Dann bist du jetzt so was wie Amor?«

»Nein, bin ich nicht«, antwortet Paige und knabbert an einem Baguette. »Ich bin nur eine verdammt gute Managerin, die dafür sorgt, dass ihr Star wieder in den Himmel gehoben wird.«

»Indem du dich überall einmischst?«

»Wir haben von Anfang an mit offenen Karten gespielt. Marcy wusste, worauf sie sich einlässt, und Henry auch. Das alles war abgestimmt und genau kalkuliert.«

»Bist du dir sicher? Ich habe die beiden zusammen gesehen, und ich mag mich vielleicht täuschen, aber wenn du mich fragst, dann hat sich Marcy in Henry verliebt.«

Ist das so offensichtlich?

»Na und? Wo liegt das Problem?«

»Im Ernst? Für den Moment mag das alles aufregend sein, aber langfristig würde es doch nur Probleme geben. Das Mädchen ist doch für das Leben an Henrys Seite gar nicht gemacht. Wenn das noch länger so weitergeht, dann schaffst du dir damit eine zweite Olivia. Und glaub mir, das will keiner.«

»Du übertreibst, Regina. So läuft das nicht. Wir haben eine klare Vereinbarung mit Marcy. Es ist alles in Ordnung. Außerdem gehören immer zwei dazu, und ich habe erst gestern mit Henry darüber gesprochen. Es besteht kein Grund zur Sorge. Zudem wird er morgen sowieso nach Island fliegen, dann ist die Angelegenheit bald vom Tisch.«

Er fliegt nach Island? Morgen? Warum hat er mir nichts davon erzählt?

»Ich habe gehört, wie er Richard regelrecht angefleht hat, schon morgen fliegen zu dürfen ...«

Der Kloß in meinem Hals wird immer größer. Er wollte weg von hier?

Der Lauscher an der Wand ... ich habe dieses Sprichwort noch nie gemocht, und jetzt ärgere ich mich darüber, dass ich nicht einfach weitergegangen bin.

Ich will nichts mehr darüber hören. Ohne weiter auf die beiden zu achten, mache ich mich auf den Weg ins *Iris*.

44

Marcy

Ich hole das frisch gewaschene Geschirr aus der Spülmaschine und räume es in den Schrank. Dann falte ich die Servietten, befülle die Espressomaschine mit frischen Kaffeebohnen und überlege mir eine neue Kaffeekreation. Dabei versuche ich immer wieder, nicht an Henry zu denken.

Es besteht kein Grund zur Sorge. Das heißt, dass er kein Interesse an mir hat. Was habe ich denn auch erwartet? Schließlich hatten wir eine Vereinbarung. Sein Image gegen mehr Touristen. Echte Gefühle waren da nicht inklusive. Davon war nie die Rede.

Das Café ist voll, nur ein Tisch ist nicht besetzt. Immer wieder tauchen neue Kunden auf, die an der Tür stehen bleiben und warten, bis ein Tisch frei wird. Ich habe das Iris noch nie so gut besucht gesehen, was vermutlich daran liegt, dass viele aus den benachbarten Gemeinden den Wintermarkt besuchen und sich anschließend im Café aufwärmen möchten. Rae und ich haben uns heute abgewechselt. Ich habe ihre Schicht im Café übernommen, dafür kümmert Rae sich um den Stand. Die Bäckerei haben wir geschlossen. Die Begeisterung für Henrys Cronuts ist überwältigend. Ein Glück, dass er sein Rezept Rae verraten hat, die jetzt dabei ist, sie nachzubacken. Dem Ansturm nach gelingt es ihr recht gut.

Ich bin so in Gedanken vertieft, dass ich ihn im ersten Moment gar nicht bemerke.

»Hey, was machst du hier?«

Ich blicke auf und sehe Henry, der mich anstrahlt. Wieder versetzt es mir einen Stich.

»Ich habe Raes Schicht übernommen.«

»Aber wir wollten doch zusammen auf den Markt. Ich habe auf dich gewartet.«

»Keine Lust.«

Er neigt den Kopf und sieht mich fragend an. »Was ist los?«

Seufzend atme ich aus. »Was willst du hier, Henry?«

»Wir waren verabredet.«

»Das meine ich nicht. Sieh dich um. Seit Wochen laufen die Geschäfte wieder. Immer wieder tauchen Touristen in Duncan auf. Und dein Image hat sich enorm verbessert. Du fliegst morgen nach Island und lässt Duncan hinter dir. Das ist gut.«

Misstrauisch sieht er mich an. »Wer hat dir davon erzählt?«

»Ist das wichtig?«

»Ich schätze schon. Du kennst nur einen Teil der Wahrheit.«

»Wahrheit«, murmle ich und greife nach einem Geschirrtuch. Ich muss mich ablenken.«

»Marcy, sieh mich an. Was ist los?«

Seufzend blicke ich zu ihm. Sein Gesicht ist angespannt.

»Paige meinte, es gäbe keinen Grund zur Sorge.« Ich weiß nicht, warum das jetzt aus mir herausplatzt, aber ich schätze, meine Gefühle sind das Einzige, was nicht gefaked ist.«

Eine Furche bildet sich auf seiner Stirn.

»Können wir woanders darüber reden?«

Ich schüttle den Kopf und gehe zu einem Kunden, der unser Gespräch interessiert verfolgt hat.

»Kann ich Ihnen helfen?«

»Klären Sie das ruhig, Mädchen. Ich habe Zeit.«

»Ja, Marcy. Klären wir das«, platzt es aus Henry heraus.

Ich schließe die Augen und atme tief aus.

»Ich glaube, ich will nicht mit dir reden, Henry. Fahr nach Island.«

Er sieht mich ausdruckslos an, und ich kann seinen Blick nicht deuten.

»Das war es dann also?«

»Ich schätze, ja.«

»Einfach so?«

»Es war doch nie echt, oder? Es war von Anfang an nur Fake. Ein fast Fake-Kuss. Ein Fake-Date. Fake-Gefühle.«

Er widerspricht mir nicht, und das verletzt mein verwundetes Herz noch mehr. Wie habe ich mich nur so täuschen können?

»Ich weiß nicht, wann ich wiederkomme werde.«

»Okay«, murmle ich, auch wenn es mir das Herz ein Stückchen mehr bricht.

»Mehr hast du dazu nicht zu sagen?« Ich kann die Fassungslosigkeit in seiner Stimme hören. Aber ich will ihm nicht in die Augen sehen. Mit aller Kraft halte ich meine Tränen zurück. Nur nicht heulen.

Stumm schüttle ich den Kopf.

Einen Augenblick sagt niemand etwas, dann dreht sich Henry um und drängt sich durch die Menge. Jeder von ihnen hat unser Gespräch mitbekommen, und es ist mir unsagbar peinlich.

Einen Moment erwische ich mich dabei, wie ich hoffe, dass er sich noch mal wendet.

Aber er geht einfach hinaus.

Sieht mich nicht mehr.

45

Henry

»Henry, wie schön, dich zu sehen. Was machst du denn in Glasgow?«

»Ich war beruflich eine Weile in den Highlands, und ich dachte mir, ich besuche dich. Bei der Premiere konnten wir uns ja nicht wirklich viel unterhalten.«

David lächelt und deutet mir an, mich zu setzen. Sein Büro ist genauso imposant wie der Rest seines Hauses.

»Willst du einen Scotch? Einen von der guten Sorte.«

Es ist erst 10 Uhr morgens, aber David gehört zu denjenigen, bei denen Zeit und Etikette keine Rolle spielen.

»Nein, danke«, sage ich und sehe mich um. Hier hat sich seit meinem letzten Besuch nicht viel verändert. An den Wänden stehen schwere Wandregale, die mit unzähligen Büchern gefüllt sind. Ab und zu kann man eine Erstausgabe darunter finden.

David schenkt sich ein Glas ein und lässt sich dann auf dem Ledersofa mir gegenüber nieder. »Du bist sehr erfolgreich, mein Junge. Das freut mich.« David prostet mir zu und nippt an seinem Scotch.

Ich kenne David schon eine verdammt lange Zeit. Damals, als ich die ersten Versuche am Theater gestartet habe, war er es, der an mich geglaubt hat. Der mir eine andere Welt gezeigt hat als die, die ich kannte. Er hat mich den richtigen Leuten bekannt gemacht, mit mir über Verträge gesprochen.

Mich immer unterstützt. Ich wundere mich, dass unsere Verbindung bislang noch nicht in der Presse erwähnt wurde.

Ich habe mir lange den Kopf darüber zerbrochen, wie ich David von meinem Vorhaben erzählen soll. Er wird es verstehen. Mehr als jeder andere Mensch auf dieser Welt.

»Du hast es sicherlich schon gelesen. Ich bin ausgestiegen.«

Seltsamerweise ist keinerlei Überraschung in seinem Gesicht zu sehen.

»Du hast deine Entscheidung getroffen.«

Ich nicke.

»Was sagt dein Management dazu?«

»Paige ist ausgerastet, aber nachdem ich ihr einen Scheck ausgestellt habe, war sie besänftigt. Außerdem habe ich ihr versprechen müssen, dass wir in Kontakt bleiben und sie meine Managerin bleibt. Sie gibt die Hoffnung nicht auf, dass mir die Decke auf den Kopf fallen wird, sobald ich eine Weile nicht mehr gedreht habe.«

»Richard hat deine Figur einfach sterben lassen?«

»So war es am einfachsten.«

»Du weißt, dass das einen ziemlichen Presserummel mit sich ziehen wird, sobald die Folge ausgestrahlt wird. Die Leute lieben die Figur. Die Einschaltquoten werden einbrechen, und man wird dich dafür verantwortlich machen.«

»Das habe ich alles schon einkalkuliert. Aber Richard steht hinter mir. Ich habe ihm versprochen, dass ich alle Verpflichtungen, die mit der Staffel in Verbindung stehen, einhalten werde.« Damit komme ich klar. Das bin ich Richard schuldig. Ich hätte gerne Marcy an meiner Seite gehabt, aber sie hat auch nach meinem Abflug meine Anrufe nicht angenommen. Ich habe mich mit Rae in Verbindung gesetzt, doch sie meinte nur, ich müsse ihr Zeit geben.

»Und was hast du jetzt vor?«

»Ich kümmere mich um Theo. Außerdem habe ich da etwas im Auge, aber das ist noch nicht spruchreif. Doch wenn es klappt, dann könnte es etwas Großes werden.«

David lächelt. »Da bin ich mir sicher. Du hattest schon immer ein Händchen dafür, aus kleinen Dingen etwas Großes zu machen. Aber lass uns das Thema wechseln. Wie geht es Theo? Ich habe den kleinen Räuber schon eine Ewigkeit nicht mehr gesehen.« Es wundert mich nicht, dass er mich nicht nach Olivia fragt. Er konnte sie noch nie ausstehen. Aber Theo hat er von Anfang an in sein Herz geschlossen.

»Gut. Er lebt jetzt bei mir.«

Überrascht zieht David eine Augenbraue nach oben.

»Du hast dich mit Olivia geeinigt?«

»Ja. Es hat lange gedauert, aber wir haben einen Weg gefunden.«

David klopft mir auf die Schulter. »Das freut mich für dich. Für euch. Der Junge braucht dich.«

»Ich bin auch froh, dass es so ausgegangen ist. Wobei es sich nicht wirklich wie ein Sieg anfühlt.«

»Hier geht es nicht um Sieg oder Niederlage, sondern nur um das Wohl eures Kindes. Theo weiß, dass du ihn liebst. Es schmerzt immer besonders, der Klügere sein zu müssen. Aber es wird sich auszahlen, glaub es mir. Egal, was noch geschieht, du musst immer an ihn denken.«

Ich zucke bei seinen Worten zusammen. Zwar habe ich mit Liv die Einzelheiten beschlossen, aber sie kann unberechenbar sein.

»Warum werde ich das Gefühl nicht los, dass es noch einen anderen Grund gibt, warum du hier bist?«

»Du kennst mich zu gut.«

»Nun ja, du bist für mich der Sohn, den ich nie hatte. So was legt man nicht einfach ab.«

»Du hast vor einigen Wochen ein Vorsprechen veranstaltet für eine Rolle in deinem neuen Stück.«

Überrascht zieht er eine Augenbraue nach oben. »Nun, ich gehe davon aus, dass du dich nicht dafür bewerben wolltest. Aber falls doch, dann tut es mir leid. Die Rollen sind bereits vergeben.«

»Darum geht es nicht.«

David legt seinen Kopf zur Seite und betrachtet mich genauer. Das war schon immer seine beeindruckendste Fähigkeit. Fast, als könnte er damit direkt in den Kopf hineinsehen.

»Sondern?«

»Es geht um ein Stipendium an der Royal Scottish Academy.«

Er zieht eine Augenbraue nach oben. »Die Bewerbungsfrist ist längst abgelaufen.«

»Ich weiß.«

Ich hole die CD aus meiner Tasche und reiche sie ihm.

»Schau es dir einfach an. Wenn ich mich irre und du kein Potenzial in ihr siehst, dann vergiss einfach, was ich gesagt habe. Aber ich glaube, dass sie es draufhat.«

Er nimmt sie mir ab, dann blickt er mich skeptisch an.

»Wir haben eine Vereinbarung, Henry.«

»Das habe ich nicht vergessen.«

Keine Gefälligkeiten. Kein gutes Wort. Bisher habe ich meine Beziehung zu David nie genutzt, um jemandem die Möglichkeiten zu geben, ihn näher kennenzulernen. Geschweige denn, eine Rolle bei ihm zu bekommen. Bisher haben wir beide Privates und Berufliches strikt voneinander getrennt. Im Showbiz ist so was selten, aber wir haben uns immer daran gehalten.

Bis jetzt.

Manchmal muss man eine Ausnahme machen.

Er nickt. »Ich werde es mir ansehen.«

Mehr will ich nicht. Mehr kann ich nicht verlangen. Aber ich will, dass Marcy gesehen wird.

46

Marcy

»Bereust du es?«

Jack sitzt an der Bar und nippt an seinem Pale Ale. Ich habe Quentin angeboten, seine Schicht zu übernehmen. Und die danach auch. Ich muss etwas tun, sonst fällt mir die Decke auf den Kopf.

Ich reiche Jamie Green, der neben Jack sitzt und unser Gespräch belauscht hat, einen Gin Tonic und wende mich an Jack. Die Geschichte mit Henry ist ein offenes Geheimnis. Nachdem er abgereist war, hatte Paige ein offizielles Statement bei World of Celebrities veröffentlicht und unsere Trennung bekannt gegeben. Am folgenden Tag wurde er zusammen mit Olivia abgelichtet, sodass die Gerüchteküche erneut zu brodeln begann.

Ihr Anblick versetzte mir einen Stich.

Einen Moment lang denke ich über seine Frage nach.

»Nein.« Weder, dass ich mich darauf eingelassen habe, noch, dass ich es beendet habe.

»Das war's dann also?«

Ich zucke mit den Schultern. »Es war nur Fake. Eine PR-Aktion, die ihm und uns geholfen hat. Und es hat funktioniert. Schau dich doch um. Selbst jetzt. Obwohl er nicht mehr hier ist, kommen täglich noch unzählige Touristen vorbei und holen sich im Café einen Kaffee und einen Cronut.«

Jack dreht sich um, und sein Blick wandert durch die Bar. Jeder Tisch ist besetzt, und am Tresen gib es keinen einzigen freien Platz mehr. Rae kann sich vor Anfragen gar nicht mehr retten. Jeder möchte in dem Zimmer schlafen, in dem Henry Lucas übernachtet hat. Manche von seinen Fans haben sogar angefragt, ob Rae die Bettwäsche gewechselt hat. Verrückt. Jack weiß, dass ich mir alles nur schönrede. Er kennt mich schon mein ganzes Leben. Wenn es jemanden gibt, den ich nicht anlügen kann, dann ihn.

»Wir wissen beide, dass das nicht wahr ist. Aber wie mein Freund Konfuzius gesagt hat: Was du liebst, lass frei. Wenn es zu dir zurückkommt, gehört es dir für immer.«

Ich öffne den Mund und will schon widersprechen, da halte ich inne.

»Wie kommst du darauf, dass ich ihn liebe? Hast du mir nicht zugehört? Es war alles Fake.«

»War es nicht. Es ist offensichtlich, dass ihr beide etwas füreinander empfindet.«

»Es waren nur vier Wochen, Jack. In so einer kurzen Zeit entsteht keine Liebe.«

Er zieht eine Augenbraue nach oben. Eine Geste, die mich zum Lachen bringt. »Rede dir das nur weiter ein, Pinkie Pie.«

Er nippt an seinem Pale Ale.

»Seit wann braucht es denn einen festgelegten Zeitraum, um sich in jemanden zu verlieben?«, mischt sich jetzt Jamie ein. Na toll. Bald wird ganz Duncan Bescheid wissen.

»Ich kenne ihn doch überhaupt nicht richtig.«

»Es gibt Menschen, die teilen jahrelang Bett und Tisch miteinander und kennen sich nicht wirklich.«

»Da hat er recht«, murmelt Jack.

»Ich dachte, du könntest Henry nicht ausstehen?«

»Er ist ein cooler Typ, und er mag Autos. Mir hat nur nicht gefallen, dass er meine Freundin abbekommen hat. Auch wenn es anfangs nur Fake gewesen ist.«

Ich lege meine Hand auf seine. »Es tut mir leid, Jack. Ich wollte dir nie wehtun.«

»Das weiß ich. Und du hattest recht. Ich brauche etwas Lockeres, aber du bist bereit.«

»Bereit für was?«

»Für was Ernstes. Für was Großes. Für alles.«

Ich schlucke und blicke auf unsere Hände. All die Jahre dachte ich, das zwischen Jack und mir wäre für immer.

»Und zwischen dir und Lauren? Läuft da was?«

Ein verschmitztes Lächeln umspielt seine Lippen. »Ein Gentleman genießt und schweigt.«

Wusste ich es doch.

47

Marcy

Es ist verdammt schwer, jemanden zu vergessen, wenn man täglich an ihn erinnert wird.

Seit Henrys Abreise sind bereits zwei Monate vergangen, und noch immer gibt es keinen Tag, an dem nicht jemand seinen Namen erwähnt. Mal abgesehen davon, dass sein Name ständig in den sozialen Medien und in den Zeitungen auftaucht. Nicht, dass ich mich damit beschäftigen würde. Ich habe meinen Instagram-Account gesperrt und seit über einer Woche kein einziges Mal auf die Website von World of Celebrities geguckt. Ich gehe ihm aus dem Weg, aber das ist fast ein Ding der Unmöglichkeit, wenn man jemanden in seinem Herzen mit sich trägt.

Die Tür zum Iris steht sperrangelweit offen, und Jack lehnt gegen den Türrahmen und beobachtet mich. Jeden Morgen taucht er hier auf und holt sich eine Tasse Kaffee.

Und immer wieder fällt mein Blick zur Eingangstür, und mein Herz macht einen Satz, sobald sie sich öffnet. Dabei weiß mein bescheuertes Herz doch, dass Henry in Island ist und nicht zurückkommen wird. Ich habe es vermasselt.

»Vermisst du ihn?« Raes Stimme reißt mich aus meinen Gedanken.

Diese Frage habe ich mir schon so oft gestellt. Nein. Ja. Vielleicht. Das zwischen uns hat sich echt angefühlt, und ich werde das Gefühl nicht los, dass es auch so gewesen ist. Noch nie hat mir jemand das Gefühl gegeben, gesehen zu werden. Wie auch immer Henry das angestellt hat, es ist ihm gelungen. Und jetzt möchte ich mehr davon. Ich vermisse es. Ich vermisse ihn.

»Ich denke schon.«

»Du hast es bisher nie erwähnt.« Sie zieht eine Augenbraue nach oben, sagt aber nichts weiter dazu. Ich weiß, was sie meint. Während der letzten Wochen wurde sein Name ein Synonym für *den Namen, der nicht genannt werden darf.* Ich habe Henry zu einem Lord Voldemort gemacht.

»Was hätte es geändert? Er ist irgendwo in Island, stampft durch den Schnee und kümmert sich um das gebrochene Herz einer Elfenkönigin.«

Rae lässt den Teller sinken und blickt mich fragend an.

»Sag bloß, du weißt es nicht? Henry hat seinen Vertrag mit TrueMind Productions gekündigt. Er ist mit sofortiger Wirkung aus der Serie ausgestiegen. Liest du keine Zeitung?«

Das habe ich tatsächlich nicht gewusst. Warum zur Hölle hat er das getan?

Fassungslos lasse ich mich auf einen Stuhl sinken.

»Das wusste ich nicht.«

»Kannst du dir vorstellen, warum er das getan hat?«

Ich schüttle den Kopf.

»Warum rufst du ihn nicht einfach an?«

Wieder schüttle ich den Kopf.

»Es würde nichts bringen. Dafür ist zu viel vorgefallen. Außerdem hat er genug um die Ohren. Der Sorgerechtsstreit wegen Theo, seine Probleme mit Olivia.«

Rae blickt mich mit einem seltsamen Gesichtsausdruck an, den ich nicht genau deuten kann. »Hast du in letzter Zeit mal seinen Instagram-Kanal gesehen?«

»Nein.«

»Das erklärt einiges.«

Fragend blicke ich sie an. »Warum?«

»Nun, dann wüsstest du, dass Theo mittlerweile bei Henry lebt.«

Überrascht blicke ich sie an. Damit habe ich nicht gerechnet.

»Er hat sich mit Olivia geeinigt?«

»So sieht es aus. Warte kurz …«, murmelt sie, zieht ihr Handy hervor und tippt darauf herum, ehe sie es mir herüberreicht.

Auf dem Display ist ein Bild von Henry zu sehen, wie er Theo im Arm hält. Allerdings ist Theos Gesicht nicht zu erkennen. Man sieht nur seinen Hinterkopf. Henry lacht in die Kamera, während Theo die Arme um seinen Hals schlingt. Bei dem Anblick wird mir ganz warm ums Herz. Ich scrolle nach unten und überfliege den Beitrag, den vermutlich Paige verfasst hat.

Wohin mein Herz gehört. Ich weiß nicht, was damit gemeint ist, aber ich kann sehen, wie glücklich die beiden sind, und das freut mich. Henry hat es verdient, dass sein Sohn bei ihm lebt.

»Das freut mich für ihn, es ändert aber nichts an meiner Lage.«

Ich gebe Rae das Handy zurück und mache mich wieder an meine Arbeit.

»Vielleicht solltest du Kontakt zu ihm aufnehmen.«

»Nein, das ist keine gute Idee.«

»Verdammt, warum bist du nur so stur?«

»Weil sie nicht wieder verletzt werden will. Das solltest du besser als jeder andere verstehen, mein Schatz.« Mein Blick wandert zu Colin, der in diesem Moment die Treppe herunterkommt. Er trägt Gwendolyn in einem Tragetuch an seinem Bauch und lächelt mir kurz zu, während er Rae auf den Scheitel küsst. Bei seinem Anblick wird mir ganz warm. Männer mit Kindern sind unglaublich sexy.

Rae tippt Colin auf die Brust. »Mir hat mal ein kluger Mann gesagt: Man muss über seinen Schatten springen, wenn man Großes erreichen will. Ich finde, das ist ein sehr guter Rat.«

Colin schüttelt den Kopf. »Und mir hat mal jemand gesagt: Jeder Soldat muss wissen, wann man die Schlacht verloren hat. Dieser Rat gefällt mir viel besser.«

»Aber ...«

»Hör zu, Rae«, sage ich und greife nach ihrer Hand. »Ich weiß, du machst dir nur Gedanken um mich, aber ich glaube, Colin hat recht. Auch wenn ich den Vergleich mit der Schlacht etwas unpassend finde, muss ich zugeben, dass ich verloren habe.«

Sie presst die Lippen aufeinander, aber ich sehe, wie sie mit sich hadert.

In diesem Moment klingelt mein Handy. Eine mir unbekannte Nummer erscheint auf dem Display, und mir wird mulmig zumute. Ich zögere, dann nehme ich den Anruf entgegen.

»Hallo?«

»Spreche ich mit Marcelyn Shark?«

Verwirrt blicke ich zu Rae, die sich gerade eng an Colin schmiegt. »Ja. Wer will das wissen?«

»Ich heiße Sofia Hemsworth. Ich bin die Assistentin von Mr Long. Sie sind ihm neulich bei einer Filmpremiere begegnet. Erinnern Sie sich?«

Neulich? Sie scheint ein seltsames Zeitverständnis zu besitzen. Es kommt mir vor wie in einem anderen Leben.

»Natürlich.«

»Er möchte Sie gerne zu einem persönlichen Gespräch einladen. In drei Tagen in Glasgow. Bitte senden Sie mir vorab eine kurze Bestätigung zusammen mit Ihrer E-Mail-Adresse per WhatsApp zu. Sehen Sie meine Telefonnummer auf Ihrem Display?«

Was? »Oh, Moment.« Ich bin viel zu verwirrt um einen klaren Gedanken zu fassen.

»Ja, die sehe ich. Warten Sie. Ich brauche etwas zu schreiben.« Colin blickt mich fragend an, während ich an den beiden vorbeigehe und mir einen Stift und ein Stück Papier schnappe. Miss Hemsworth diktiert mir ihre Nummer, und ich konzentriere mich darauf, ja nichts falsch zu notieren.

»Sie erhalten dann umgehend weitere Informationen per E-Mail. Wäre das für Sie in Ordnung?«

Mir bleibt vor Schreck der Mund offen stehen. Was hat das zu bedeuten?

»Sind Sie noch dran?«

»Was? Ja, natürlich. Tut mir leid, ich bin nur so überrascht.«

»Wären Sie damit einverstanden?«

»Ja. Ja, natürlich.«

»Sehr gut. Ich freue mich auf Ihren Besuch.«

»Warten Sie …«, platzt es aus mir heraus. Mein Herz trommelt wild gegen meine Brust.

»Ja?«

»Warum will er denn mit mir sprechen?«

»Das kann ich Ihnen leider auch nicht sagen.«

»Ach so, okay. Vielen Dank.«

Dann lege ich auf. Und ich habe keine Ahnung, was das zu bedeuten hat.

48

Marcy

Ich steige aus Colins Taxi und betrachte das Gebäude der Royal Scottish Company of Drama – kurz RSCD. Es ist ein riesiges Gebäude aus rotbraunem Stein, und an den Seiten befinden sich meterhohe Glasfenster. Davor wurde ein Springbrunnen in Form einer Bronzefigur platziert. Ich kann nicht genau erkennen, was sie darstellen soll. Vielleicht war es doch keine so gute Idee hierherzukommen. Nervös ziehe ich das Mutmachglas aus meiner Tasche und fische den vorletzten Zettel heraus.

Es liegt nur an dir, wie viel Macht du deiner Angst gibst.

Ich frage mich, wie Hannah nur immer auf diese Sprüche kommt. Aber sie hat recht. Es liegt nur an mir.

Ich atme tief durch, dann werfe ich noch einmal einen Blick auf meine Kleidung. Rae hat mich dazu genötigt, mich nicht zu verkleiden.

»Er soll dich sehen, oder nicht? Nicht eine Marcy, die du gar nicht bist. Also verkleide dich nicht. Sei Marcy.«

Also habe ich mich für schwarze Leggins entschieden, meine roten Docs und eine weiße Hemdbluse, die ich in der Taille mit einem schmalen Gürtel trage. Damit fühle ich mich wohl, und ich bin Rae so unendlich dankbar dafür.

Ich gehe langsam die Treppe nach oben und öffne die Eingangstür. Als ich die Eingangshalle betrete, lasse ich erst einmal alles auf mich wirken.

In der Mitte hängt eine tanzende Ballerina von der Decke herab. Sie beginnt sich zu drehen, wann immer sich die Eingangstür öffnet. An den Seiten ist spiralförmig eine Treppe zu sehen, die vom oberen Stockwerk bis in die Eingangshalle führt. Mein Blick wandert durch die Halle. Auf den spiegelglatten Fliesen sind in der Mitte der Halle die Anfangsbuchstaben RSCD zu sehen. Über dem Informationsschalter am Ende der Halle, direkt vor den Aufzügen, sitzt eine junge Frau und winkt mich lächelnd zu sich.

»Kann ich Ihnen helfen?«

»Mein Name ist Marcelyn Shark. Ich habe einen Termin mit Mr Long.«

»Tatsächlich?« Sie runzelt die Stirn und blickt in ihren Computer. »In seinem Terminkalender ist nichts notiert.«

»Warten Sie«, murmle ich und ziehe die E-Mail aus meiner Tasche. Vorsichtshalber habe ich sie vor der Abfahrt noch ausgedruckt. Für den Fall, dass der Akku meines Handys mich im Stich lässt. Ein ungutes Gefühl macht sich in mir breit. Die junge Frau, die auf der Brust ein Schild mit dem Namen Larissa Scotch trägt, greift danach und liest ihn sich durch, bevor sie ihn mir wieder zurückgibt.

»Das muss ich erst klären. Wenn Sie bitte kurz Platz nehmen würden, ich kümmere mich darum.«

Ich nicke kurz, dann nehme ich auf einem der Plastikstühle, die alle eine andere Farbe haben und am Rand aneinandergereiht aufgestellt sind, Platz. Sie wirken wie ein Kunstobjekt.

Ich kenne die Erfolgsgeschichte der Schule dank diverser Zeitungsartikel und einer kurzen Internetrecherche, aber nur die oberflächlichen Informationen. Doch ich weiß, dass viele große Bühnenschauspieler hier angefangen haben. Wehmut kommt in mir auf. Wie gerne würde ich hier studieren.

Wenig später taucht die junge Frau mit einem strahlenden Lächeln wieder auf.

»Mr Long erwartet Sie bereits. Kommen Sie, ich bringe Sie nach oben.«

Ich stehe auf und folge ihr zu den Fahrstühlen. Mein Puls rast, und ich frage mich zum gefühlt hundertsten Mal, ob ich hier wirklich richtig bin. Vielleicht hätte ich doch besser in Duncan bleiben sollen. Manche Dinge sind einfach dafür gemacht, Träume zu bleiben. Zumal ich gar nicht weiß, was David Long von mir möchte. Die Fahrstuhltüren öffnen sich, und ein Schwarm junger Frauen strömt heraus. Soweit ich weiß, befindet sich hier nicht nur Schottlands größte Schauspielschule, sondern auch eine Tanz- und Musikakademie. Ein paar von ihnen sind sportlich gekleidet, andere wiederum tragen einen Geigenkoffer auf dem Rücken. Nur ich stehe ziemlich dämlich in der Gegend herum.

Je mehr ich darüber nachdenke, desto mehr habe ich das Gefühl, dass ich hier überhaupt nicht hingehöre.

»Ich bin übrigens Larissa. Es läuft hier ziemlich unkonventionell ab.«

Ich lächle sie an. »Ich bin Marcy«, sagte ich, aber dann fällt mir ein, dass ich mich ja vorhin bereits vorgestellt habe. Sie muss mich für komplett dämlich halten. Scheiße, bin ich aufgeregt. Ich habe so etwas noch nie gemacht. Das Aufregendste war die Fahrt nach Aberdeen zur Uni, und das habe ich nach zwei Semestern wieder abgebrochen.

Veränderungen liegen mir nicht.

Dabei habe ich nichts dagegen, neue Menschen kennenzulernen. Weder in der Bar noch in der Bäckerei, aber das hier ist vollkommen ungewohnt für mich.

»Hast du dich für ein Stipendium beworben?« Die Frage kommt so überraschend, dass ich im ersten Moment gar nicht antworten kann.

Ich betrete den Aufzug und lehne mich mit dem Rücken gegen die Spiegelwand, als sich die Tür schließt. Larissa drückt den obersten Knopf und dreht sich zu mir.

»Nein. Ich wollte an dem Vorsprechen für die Theaterproduktion vor ein paar Monaten teilnehmen, aber mir ist etwas dazwischengekommen.«

»Und wie kommt es, dass du jetzt hier bist? Soweit ich weiß, wurden alle Teilnehmer bereits gecastet, und die Proben finden bereits statt.«

»Mr Long hat mich eingeladen.«

Sie reißt überrascht die Augen auf. »Einfach so? Wow. Das hat er noch nie gemacht. Hat er denn eine Vorstellung von dir besucht?«

Ich beiße mir auf die Lippen, weil sich das alles so seltsam anhört. Ich verstehe es ja selbst nicht ganz.

»Nein«, sagte ich und schüttle den Kopf. »Wir sind uns vor zwei Monaten auf einer Filmpremiere begegnet.«

»Ach, dann bist du Schauspielerin? Ich dachte mir schon, dass du mir bekannt vorkommst.«

Wieder schüttle ich den Kopf. Himmel, das ist alles so kompliziert. Ich sehe auf das Display über der Aufzugtür, die anzeigt, in welchem Stockwerk wir uns befinden, und bete, dass wir bald ankommen. Dann muss ich keine Fragen mehr beantworten.

»Nein, bin ich nicht. Ich war in Begleitung von Henry Lucas dort.« Jetzt ist es raus.

In diesem Augenblick sehe ich die Erkenntnis in ihren Augen, und mir wird übel. Ich weiß genau, was sie denkt, und ich hasse die Vorstellung, dass dies auch der Grund sein könnte, weshalb Long mich eingeladen hat. Wegen Henry. Der Gedanke kam mir in den letzten Stunden immer wieder. Genauer gesagt, während der gesamten Fahrt hierher, aber ich habe ihn immer wieder verdrängt. Bis jetzt.

»Jetzt weiß ich, woher ich dich kenne. Ich sage nur Hashtag Merry.« Ich presse die Lippen zusammen und zwinge mich zu einem Lächeln.

»Richtig.«

»Du willst nicht darüber reden.«

»Wär mir lieber.«

»Kann ich verstehen. Wobei es bei Henry Lucas wohl so ist: Besser, eine Beziehung mit ihm gehabt zu haben, die in die Brüche gegangen ist, als nie mit ihm im Bett gewesen zu sein.«

Sie kichert, und ich lache mit, auch wenn mir gar nicht danach ist. Es ist ja nicht so, dass wir eine richtige Beziehung gehabt hätten, aber das kann ich Larissa natürlich nicht sagen. Außerdem gefällt es mir nicht, dass sie Henry so auf sein Aussehen reduziert. Ja, er sieht verdammt gut aus, aber das ist es nicht, was ihn liebenswert macht. Das einen dazu bringt, sich in ihn zu verlieben.

»Tut mir leid, dass es vorbei ist. Ihr habt das ja ziemlich unproblematisch beendet. Erlebt man ja in der Branche nicht oft.«

Wieder nicke ich nur. Ich habe keine Ahnung, welches Statement Henry abgegeben hat oder ob Paige etwas verfasst hat, und es ist mir auch egal.

Ich blicke auf die Stockwerkanzeige und bete, dass wir bald ankommen. Genau in diesem Moment bleibt der Aufzug stehen, der Signalton erklingt, und die Türen öffnen sich. Larissa geht vor mir hinaus und stolziert den leeren Gang entlang. Rechts und links befinden sich unzählige Türen, und ich komme mir vor wie Alice, die nicht weiß, welche Tür sie nehmen muss, um ins Wunderland zu gelangen.

Larissa bleibt stehen, dann klopft sie an eine Tür.

»Ja bitte.«

Sie öffnet die Tür, und für einen Moment wird mir übel. Vielleicht war das alles ein riesengroßer Fehler.

»Marcy! Schön, Sie wiederzusehen. Danke, Larissa!« David Long reicht mir die Hand und bittet mich herein, während Larissa mir nur kurz zulächelt und dann die Tür hinter mir schließt. Sie lässt mich hier allein. Na toll! Ich fühle mich unwohl. Was, wenn er ganz andere Absichten hat? Würde mich jemand hören, wenn ich um Hilfe rufe?

Schluss jetzt, Marcy!

»Setzen Sie sich. Es freut mich, dass es so schnell geklappt hat. Hatten Sie eine gute Anreise?«

»Ja, danke«, antworte ich kurz und knapp und setze mich auf einen gelben Lederstuhl, der sich mitten in seinem Büro befindet. Der Mann hat einen eigenwilligen Geschmack.

Es ist kein Tisch zu sehen, nicht einmal ein Schreibtisch. Dafür eine orange Kunstledercouch, die an einer Glasfront steht und einen wundervollen Ausblick auf Glasgow bietet.

Nervös beobachte ich ihn, während er sich eine Tasse Tee einschenkt.

»Möchten Sie auch eine?«

Eigentlich nicht, aber ich brauche etwas, was ich in der Hand halten kann, um meine Nervosität in den Griff zu bekommen.

Wobei bei mir die Gefahr besteht, dass ich etwas verschütte und mir der heiße Tee über die Leggins läuft. Trotzdem entscheide ich mich dafür.

»Sehr gerne.«

Ich erinnere mich daran, dass er sich auf der Filmgala mit seinem Vornamen vorgestellt hat.

Trotzdem bin ich mir nicht sicher, wie ich ihn anreden soll. Vielleicht sollte ich es einfach vermeiden.

Ich kann mir nicht noch ein Fettnäpfchen leisten.

Long reicht mir die Tasse und nimmt auf dem Sofa an der Fensterfront Platz.

»Entschuldige bitte die mangelnde Sitzauswahl, aber das ist für gewöhnlich nicht mein Büro. Nur werden in meinem momentan die Fenster erneuert, und man hat mich umquartiert.« Er schüttelt kurz den Kopf. »Von den Farben bekomme ich Kopfweh.«

Erleichterung macht sich in mir breit. Ich dachte schon, nur ich finde dieses Büro ziemlich verrückt.

»Nun, Marcy, du fragst dich sicher, warum ich dich eingeladen habe, oder?«

Angespannt nicke ich.

»Ich werde es dir zeigen.« Er holt sein Handy hervor, tippt darauf herum und zeigt mir das Display.

Augenblicklich wird mir schlecht. O mein Gott! Das kann nicht sein.

Das bin ich. Als Maggie in Die Katze auf dem heißen Blechdach. Die Rolle, die ich gespielt habe. Übelkeit macht sich in mir breit. Das kann nicht sein.

»Woher haben Sie das?« Meine Stimme zittert.

»Henry hat es mir gezeigt, und ich muss zugeben, dass ich lange mit mir gehadert habe, ob ich Sie kontaktieren soll.«

Weil es so schlecht ist. Am liebsten würde ich im Erdboden versinken. Wie konnte Henry mir das nur antun? Was fällt ihm ein?

David Long scheint meinen Gesichtsausdruck richtig zu interpretieren, denn er spricht sofort weiter.

»Nicht, weil mir Ihre Arbeit nicht gefallen hat. Im Gegenteil, ich finde sie brillant. Aber ich habe Prinzipien, und diese besagen, dass ich Privates und Berufliches strikt trenne. Henry weiß das, und bisher gab es keinen einzigen Moment, in dem er unsere Freundschaft benutzt hat.«

»Diesmal schon?«

»Ja. Und wie ich bereits sagte, habe ich lange darüber nachgedacht. Schließlich will ich weder mein Verhältnis zu Henry gefährden, noch möchte ich, dass es sich herumspricht, dass ich für diese Art von Zusammenarbeit empfänglich bin. Aber bei Ihnen habe ich eine Ausnahme gemacht, und ich verrate Ihnen auch, wieso.«

Ich bin mir sicher, mein Herz hat mittlerweile aufgehört zu schlagen.

»Es waren Henrys Worte, die mich überzeugt haben.«

»Was hat er denn gesagt?«, flüstere ich.

»Er wollte, dass Sie gesehen werden.«

49

Marcy

»David Long möchte mich als Zweitbesetzung für sein neues Stück, und er hat mir einen Platz an seiner Schauspielschule angeboten. Es ist zwar nur ein Teilstipendium, aber ich werde das Geld dafür schon irgendwie auftreiben.«

»Das ist der Wahnsinn, Marcy.« Iain kommt um den Tresen herum und zieht mich in eine Umarmung. Seit zwei Tagen ist er wieder hier, und niemand konnte ihn dazu überreden, sich noch ein wenig zu schonen. Deshalb habe ich bewusst noch zwei Tage in Glasgow verbracht, um mir darüber klar zu werden, was ich wirklich will.

Wehmut überkommt mich. Iain kennt noch nicht die ganze Wahrheit.

»Da gibt es aber noch ein Problem.«

Er löst sich von mir und sieht mich fragend an. »Und das wäre?«

Ich stehe in der Bäckerei und sehe Iain dabei zu, wie er ein Blech frischer Cronuts in den Ofen schiebt. Der köstliche Duft des noch warmen Gebäcks liegt in der Luft, aber ich widerstehe dem Drang, einen zu essen. Es erinnert mich an Henry. Wie alles in Duncan. Es ist so verrückt. Er ist nur wenige Wochen hier gewesen, und schon dreht sich alles in meinem Leben um ihn. Das ist auch ein Grund, warum ich Davids Angebot angenommen habe. Ich muss weg von hier. Das hätte ich schon viel früher tun sollen.

»Erinnerst du dich noch an dein Angebot, dass ich mich an deiner Bäckerei beteiligen kann?«

»Natürlich.« Er blickt mich verwundert an. »Was ist damit?«

Okay, Augen zu und durch. So schlimm wird es nicht werden.

»Ich kann dein Angebot nicht annehmen. Ich werde unter der Woche in Glasgow sein und nur am Wochenende nach Hause kommen können. Das wäre nicht fair.«

Er fährt sich durch das Haar, das während des Krankenhausaufenthalts viel länger geworden ist. »Darüber wollte ich sowieso noch mir dir reden. Ich hoffe, du nimmst es mir nicht übel, aber ich habe schon jemand anders gefunden, der sich beteiligen will.«

Jetzt bin ich es, die überrascht ist.

»Wirklich? Und wer ist es?«

Er blickt zu Boden und atmet tief durch. Was will er mir denn sagen?

»Ich bin es.«

Überrascht drehe ich mich um. O mein Gott! Henry steht vor mir, die Hände in den Hosentaschen vergraben, und lehnt gegen den Türrahmen.

»Rae hat mich angerufen und mir Bescheid gegeben, dass du mit Iain sprichst.«

O mein Gott. »Seit wann bist du wieder hier?«

»Seit zwei Tagen. David hat mich angerufen und mir erzählt, dass du sein Angebot angenommen hast.«

Irritiert schüttle ich den Kopf. »Aber die Zimmer sind doch gar nicht vermietet.« Ich habe es selbst gesehen.

Er schüttelt leicht den Kopf und zieht einen Schlüssel aus seiner Jeanstasche. »Ich habe Laurens Haus gekauft.«

Okay, damit habe ich nicht gerechnet. Ich weiß gar nicht, was ich sagen soll.

»Ich lass euch mal allein«, murmelt Iain und humpelt an uns vorbei. Er ist noch nicht ganz gesund, aber die Ärzte meinen, dass er mit Krankengymnastik wieder fit wird. Doch vermutlich braucht er jetzt dringender jemanden, der sich an seiner Bäckerei beteiligt, als zuvor.

Aber jetzt leuchtet es mir ein. Die Cronuts im Ofen. »Du bist sein Partner?«

»Sieht so aus.«

»Aber warum?«

»Es war schon immer ein Traum von mir. Und meine Cronuts kommen verdammt gut an.«

Das glaube ich. Vermutlich liegt es nicht nur an dem Gebäck, sondern auch an dem Mann, der sie zubereitet.

»Ich habe gehört, Theo wohnt bei dir?«

Jetzt strahlen seine Augen. »Ja, ich habe mich mit Olivia geeinigt.«

»Das ist toll.« Ich komme mir so dämlich vor. Eigentlich möchte ich ihm so viel sagen. Dass es mir leidtut und ich ihm dankbar bin, dass er mit David über mich gesprochen hat. Aber kein Wort kommt über meine Lippen. Stattdessen starre ich ihn einfach nur an.

»Hat sich ja ganz schön was verändert in deinem Leben, nicht wahr? Jetzt bist du Bäcker und kein Serienstar mehr. Theo lebt bei dir, und du wohnst in einem Haus irgendwo in den Highlands anstatt in einer schicken Villa. Scheint alles perfekt zu sein.«

Er presst die Lippen zusammen und nickt. »Fast.«

»Fast?«

»Du fehlst.«

Ich schlucke. Meine Hände werden feucht.

»Henry ...«

»Es war kein Fake, Marcy. Anfangs war es nur eine von Paiges irrsinnigen Ideen, aber es war niemals gelogen. Nichts davon. Schon im Krankenhaus habe ich dich gesehen.«

Seine Worte gehen mir nahe.

»Manchmal zählt nicht, wie etwas anfängt, sondern wie etwas endet. Es liegt an dir, ob es endet, Marcy.«

Und dann mache ich das, was ich all die Zeit vermisst habe.

Ich gehe auf ihn zu, schlinge die Arme um ihn und küsse Henry.

Es ist meine Entscheidung, und ich weiß nicht, ob es die richtige ist, aber für den Moment fühlt es sich so an. Und das ist alles, was zählt.

Epilog

Henry

Fünf Jahre später

»Du hättest mir ruhig sagen können, dass man sich hier im Winter den Arsch abfriert.«

»Was hattest du erwartet? Wir sind in New York. Natürlich ist es hier kalt.«

Paige verdreht die Augen.

»Sieh dir die Autos an. Sie frieren auch. Überall hängen Eiszapfen daran.«

Sie wirft mir einen missbilligenden Blick zu. »Sehr witzig. Komm, lass uns hineingehen. Die Vorstellung fängt gleich an.«

»Geh du ruhig schon mal vor. Die anderen sitzen bereits auf ihren Plätzen.«

»Bist du sicher?«

»Natürlich.«

Einen Moment bleibe ich draußen stehen und lasse die Atmosphäre auf mich wirken. Die blinkenden Lichter. Die laute Musik. Die Menschen, die wie Ameisen umherirren. Das ist New York.

Ich atme tief ein und gehe hinein. Kurz mache ich vor dem Theaterplakat halt.

Der Anblick erfüllt mich mit Stolz und verursacht mir eine Gänsehaut.

Die Katze auf dem heißen Blechdach.

Mit Marcyeln Shark-Lucas als Maggie und Harrison Smith als Brick.

Die Premiere findet im Majestic Theatre statt und war nach einer halben Stunde ausverkauft.

»Sind wir zu spät?« Ich drehe mich um und sehe Olivia zusammen mit Jason das Theater betreten. Sie ist im neunten Monat schwanger, aber hat es sich nicht nehmen lassen, Marcy bei ihrer Premiere zu sehen.

»Es hat noch nicht angefangen.« Jason klopft mir auf die Schulter, während Liv erleichtert ausatmet.

»Gott sei Dank. Ich dachte schon, wir schaffen es nicht. Kommst du mit?«

»Gleich. Theo ist bei Rae und Colin. Er wartet schon auf dich.«

Sie drückt mir einen Kuss auf die Wange, und die beiden verschwinden in der Menge.

Liv und ich haben uns geeinigt. Sie ist mit Jason nach Edinburgh gezogen, sodass wir uns das Sorgerecht teilen können. Es ist nicht immer leicht, aber so ist das Leben. Kein Friede-Freude-Eierkuchen, sondern echt. Genauso wollte ich es, und ich bin unsagbar froh, dass es funktioniert. Für Theo. Für Olivia. Für uns alle.

Marcy hat ihr Studium an der Schauspielschule abgeschlossen und ist Davids Lieblingsdarstellerin geworden. Es ist kein Wunder, dass er ihr sofort die Rolle der Maggie angeboten hat. Er ist ihr Mentor, so wie er früher meiner gewesen ist.

Ich habe mich aus dem Showbiz zurückgezogen. Meine Cronuts verkaufen sich immer noch gut in Iains Bäckerei, sodass wir beschlossen haben, eine weitere Filiale in Glasgow zu eröffnen. Sie befindet sich direkt neben Davids Schauspielschule. So habe ich Marcy ein wenig Heimat mitgeben können. In Duncan habe ich mein Know-how und meine finanziellen Mittel genutzt und eine Theaterbühne gegründet. Hier kann jeder sein Können unter Beweis stellen.

Die meiste Zeit wird sie für Poetry-Slams genutzt. Die Idee kam mir durch Hannahs Mutmachzettel. Ich streife den Ärmel meines Jacketts zurück und betrachte mein linkes Handgelenk. Wir haben uns nicht für Eheringe entschieden, sondern für drei kleine Worte, die für uns die Welt bedeuten. Drei Worte, die sich für immer in unsere Herzen und in unsere Haut gebrannt haben.

Unser Hochzeitsversprechen.

Ich sehe dich.

Danksagung

Als ich vor drei Jahren in New York gewesen bin, habe ich bei einem nächtlichen Spaziergang (dank Jetlag) am Times Square einen kleinen Laden entdeckt, der Cronuts verkauft hat, und mich sofort in dieses köstliche Gebäck verliebt. Zurück in Deutschland habe ich allerdings keine Bäckerei gefunden, die sie angeboten hat. Also habe ich ein wenig recherchiert und unzählige Varianten ausprobiert, bis ich schließlich Cronuts hinbekommen habe, die dem Original sehr ähnlich sind.

Ich kann jedem nur empfehlen, sie auszuprobieren. Sie schmecken himmlisch.

Als ich 2020 den ersten Band der Highlands-Reihe geschrieben habe, ist mir Marcy, die damals nur eine Nebenfigur gewesen ist, sofort ans Herz gewachsen, und ich wollte unbedingt auch ihre Geschichte aufschreiben.

Liebe Sonja, ich hoffe, dir gefällt Marcys Geschichte genauso gut wie Raes.

Ich danke dem Piper Verlag, der es mir möglich gemacht hat, Marcys Geschichte zu veröffentlichen.

Zudem möchte ich mich bei Eliane Wurzer von Piper Digital bedanken und auch bei Christiane Bauer und Birgit Förster für die tolle Zusammenarbeit.

Ganz großen Dank auch an meine Leser und Blogger, die mich von Beginn an unterstützen und meine Geschichten lesen.

Liebe Sandra, vielen Dank auch an dich, für die vielen WhatsApp-Nachrichten, die ich dir schicken durfte. Für deinen Support und dass du nie müde wurdest, meine Fragen zu be-

antworten. Auch wenn du sie manchmal nicht abhören konntest.

Und zum Schluss tausend Dank an meine Kinder und meinen Ehemann, die mich unterstützen, an mich glauben und die perfekten Cronuts-Testesser waren. Danke, dass es euch gibt. Ich liebe euch.

Rezept Cronuts

- 2 Lagen TK-Croissantteig
- 200 g Zucker
- etwas Zimt
- Butterschmalz
- Alternativ: 1 Päckchen Puderzucker, etwas Wasser, etwas Zitronensaft

Beide Lagen TK-Croissantteig übereinanderlegen und ausrollen. Einmal falten und noch einmal ausrollen. Das Ganze ein paarmal wiederholen, bis der Teig aus mehreren Schichten besteht.

Mit einem Glas (Durchmesser ca. 8 cm) Löcher ausstechen. In der Mitte mit einer kleineren Form (ca. 3 cm) ebenfalls Löcher ausstechen, damit die Cronuts die typische Donutform erhalten.

Butterschmalz erhitzen. Die Temperatur ist richtig, wenn sich am Kochlöffel Bläschen bilden. Die ausgestochenen Cronutringe in das heiße Fett geben und durch ständiges Umdrehen herausbacken. Temperatur gegebenenfalls reduzieren, damit nichts verbrennt. Wenn die Cronuts schön braun sind, herausnehmen und das noch warme Gebäck in einer Zucker-Zimt-Mischung wälzen.

Wer mag, kann auch mit dem Puderzucker eine Zuckerglasur herstellen. Dabei allerdings genau auf die Wassermenge achten, da sonst die Glasur zu flüssig wird. Mit Zitronensaft abschmecken und die noch warmen Cronuts mit der oberen Seite hineintauchen.

Guten Appetit!

Willkommen im gemütlichsten Café Schottlands

*Cover- und Preisänderungen vorbehalten

Das kleine Cafe in den Highlands

Roman

Piper Taschenbuch, 312 Seiten
€ 14,00 [D], € 15,50 [A]*
ISBN 978-3-492-50379-2

Raelyn lebt als erfolgreiche Immobilienmaklerin in Manhattan. Nach einem schliefgelaufenen One-Night-Stand wird sie von ihrem Chef zu einer kleinen Auszeit verdonnert. Also fliegt Raelyn kurzentschlossen nach Duncan, wo sie ein kleines Café geerbt hat. Obwohl ihr Empfang alles andere als herzlich ist und das Café verschuldet ist, gibt Rae nicht auf. Schon bald serviert sie den kühlen Schotten nicht nur heiße Hot Toddys, sondern auch die wundervollsten Kuchen. Aber dann soll Raelyn zurück nach New York ...

PIPER

Leseproben, E-Books und mehr unter **www.piper.de**